SE I PESCI GUARDASSERO LE STELLE

Luca Ammirati

SE I PESCI GUARDASSERO LE STELLE

DeA
Planeta

Prima edizione: gennaio 2019
Redazione: via Inverigo 2 - 20151 Milano
www.deaplanetalibri.it

Alla mia famiglia

Uno, ricordatevi sempre di guardare le stelle, non i piedi. Due, non rinunciate al lavoro: il lavoro dà significato e scopo alla vita, che diventa vuota senza di esso. Tre, se siete abbastanza fortunati a trovare l'amore, ricordatevi che è lì e non buttatelo via.

Stephen Hawking

Primo dialogo con Leo

Ho sempre pensato che le estati fossero il momento in cui uno cresce, invecchia o matura... Insomma, gira un anno. Non in inverno, non in autunno, e nemmeno in primavera, quando tutto rifiorisce. Se ci pensi, vecchio mio, è sempre in estate che c'è la svolta, anche se dal tuo punto di vista sembrerà strano. Arrivano le vacanze, le cose sembrano arrestarsi, e invece ripartono con incredibile slancio.

Sono settimane che aspetto una comunicazione – te lo ricordi, no?

Ultimamente non ti ho parlato d'altro, e lo so bene che mi ascolti con attenzione, mi sembra di essere salito su un'altalena di euforia e di inquietudine. Questa mattina di agosto, però, è diverso. Cos'è cambiato, vuoi sapere? Sono su di giri. Sta per accadere qualcosa, lo sento. Non so spiegarlo, ma accadrà.

Non puoi capire l'effetto che ha su di me questa attesa, Leo. Forse non lo capisco fino in fondo neppure io. Mi dovrei controllare. Non che mi piaccia, eh, non si vive bene ad aspettare troppo. E sì che di cose da fare ne ho un sacco. Non te lo sto neanche a dire, sennò poi inizi a guardarmi storto. Come se non ti conoscessi...

Bene o male, comunque, ci siamo dentro. E allora tiro un respiro e provo ad andare avanti, tutto qui.

Magari un giorno arriverà qualcuno che mi insegnerà a vivere. Qualcuno che, un po' come te, non si lascia turbare dagli eventi. Qualcuno che ha trovato la propria dimensione e sa come comportarsi in ogni situazione. Qualcuno che mi indichi la strada giusta: sul lavoro, nelle amicizie, persino in amore, e nell'approcciarsi ai sogni piccoli e grandi. Qualcuno che mi consigli come gestire l'ansia di non riuscire e la paura dell'abbandono, l'intimità e l'ingiustizia. Qualcuno che mi spieghi il significato del mondo e di tutte le parole che ho detto e sentito. Della felicità e della tristezza, anche.

Perché vedi, Leo, se c'è una conclusione che posso trarre con indiscutibile certezza, è questa: io, fino ad oggi, in tutto quello che sta sotto questo cielo, non ci ho capito granché.

1

Spalanco le persiane che danno sul terrazzo di pietra, faccio un passo avanti e mi lascio investire dalla luce. Come tutte le mattine, da qui posso affacciarmi a guardare il mare, mentre la collina alle mie spalle, severa e sicura, protegge dai freddi insistenti questo angolo di paradiso a sfumature gialle, turchesi e blu. Quel blu sconfinato che è sempre stato il mio colore preferito. Quel blu che molti, chissà perché, associano alla malinconia, e che invece per me ha il sapore della felicità.

Mi stiracchio e lancio uno sbadiglio, abbozzando un misero tentativo di stretching. Fa caldo, molto caldo. Da sotto arrivano i rumori attutiti della strada: un cancello che cigola, il borbottio di un motorino, un tappeto sbattuto alla finestra. Resto in ascolto per un attimo, il che mi fa sentire un po' filosofo e un po' artista.

Il quadro sembra perfetto, è tutto così poetico.

Mi faccio schermo con la mano e alzo lo sguardo verso il sole, rivolgendogli una piccola preghiera, le dita incrociate. Potrebbe anche farmelo un miracolo.

«Fa' che vada bene. Fa' che vada bene. *Deve* andare bene.»

Mentre inizia a balenarmi l'idea di un cappuccino, sento il cellulare emettere un mugolio. Rientro in casa di malavoglia e mi lascio sfuggire un gemito di dispiacere. Il messaggio viene dal direttore del giornale, mi ricorda la conferenza stampa di presentazione dello spettacolo pirotecnico di Ferragosto.

"Alle dieci in Comune" chiosa l'sms senza entusiasmo. Sono ancora le nove e un quarto, ma quel tizio puntiglioso trova sempre il modo di mettermi fretta. D'altronde è l'unica persona sulla faccia della terra ad andarsene in giro con due orologi, uno per ciascun polso.

L'idea del cappuccino appartiene già al passato. Provo a convincermi che con un po' di fortuna qualche anima pia me lo offrirà al termine della conferenza stampa. Faccio una doccia veloce e, sotto lo sguardo indifferente del mio coinquilino, mi butto addosso i vestiti della sera prima, camicia bianca di lino e pantaloni beige.

Rivolgo un cenno di saluto a Leo, afferro le chiavi, la tracolla con il laptop e mi precipito giù per le scale, lottando e rischiando l'osso del collo per sistemarla al centro della schiena.

«Anche oggi di corsa, giovanotto? Ha già fatto colazione?»

Come se mi avesse preso al lazo, mi fermo davanti alla porta socchiusa da cui fanno capolino la testa e la voce della signora Verrando, l'aria profumata di focaccia appena sfornata e caffè.

La signora Verrando, adorabile vedova alla soglia degli ottanta anni, è l'inquilina del pianterreno e come tale svolge del tutto volontariamente le mansioni di portinaia. Non che ce ne sia bisogno. Nel palazzo vivono stabilmente solo sei persone e la maggior parte degli appartamenti è affittata stagionalmente, perlopiù da milanesi e torinesi.

È una donna minuta ma ha il viso paffuto e gli occhi vispi di una bambina. Spesso indossa un grembiule imbiancato da sbuffi di farina.

«Magari...» rispondo con deferenza. «Devo correre a un appuntamento.»

«Ah, allora capisco perché abbia le ali ai piedi... Come si chiama la fortunata?»

Mercurio, il messaggero degli dèi. Una bella metafora, mi si addice. Sfodero un sorriso mezzo forzato.

«Ecco, non ha un nome...»

«Come sarebbe che non ha un nome? Per carità, non sono affari miei, me ne rendo conto» farfuglia la Verrando, iniziando a ritirarsi dietro la porta.

«No, aspetti, non mi sono spiegato bene. È solo un incontro di lavoro, non c'è nessuna donna di mezzo» sospiro.

La vedova ci rimane male. La testa fra le nuvole, gli occhi sognanti, l'andare sempre di corsa: per lei i sintomi dell'innamoramento erano chiari.

«Che peccato» commenta. «Nella vita si avrebbe ben altro da fare che non lavorare.»

Lo dice a me, che di lavori ne faccio – o meglio, tento di farne – tre contemporaneamente. E, tra tutti e tre, non riesco a tirare su uno stipendio decente per risollevare le sorti del mio conto in banca perennemente scoperto.

«Purtroppo non sempre si può scegliere» allargo le braccia.

«Se avessi la sua età penserei soltanto ad avere la libertà di farlo, altroché.»

Io ho trent'anni, tondi tondi. Il giorno del mio compleanno la Verrando mi ha indirizzato uno sguardo di rimprovero, quando le ho fatto notare che, in termini stretti, non ero più un *giovanotto*. "E allora, che sarà mai!" ha risposto. "Trent'anni non sono niente. E poi trenta è un numero bellissimo. Si è ancora giovani, ma già adulti. Si può vivere la vita al meglio e sentirsi al centro di tutto."

Allora come questa mattina, inutile ribattere.

Nel comportamento della Verrando c'è qualcosa che non mi ha mai convinto: spesso la sento litigare con la lavascale o la sorprendo ad armeggiare con le cassette della posta altrui. Anni di solitudine possono causare certe stramberie. In fondo è normale, mi dico.

Se c'è una lezione che ho imparato è che le donne, a ogni età, sono creature imprevedibili, capaci di estrema dolcezza ma anche di offendersi per un nonnulla.

«Va tutto bene, signora Verrando?» le domando, premuroso.

«Sì, caro. È tutto a posto.»

«Le occorre qualcosa?»

«È davvero gentile a interessarsi.»

«È giusto che tra vicini di casa ci si dimostri un po' di considerazione reciproca, no? In caso non si faccia problemi a chiedere, davvero.»

«Oh, non si preoccupi. Più tardi faccio una passeggiata fino al parco.»

«Comunque prometto di farle visita presto per un caffè e un bel pezzo di focaccia.»

«Bravo, giovanotto. Non è salutare essere sempre agitati.»

La ringrazio. Un attimo dopo mi sono già voltato e alle mie spalle la sento aggiungere, con il tono di chi sta declamando una citazione: «L'ansia è come una sedia a dondolo: sei sempre in movimento, ma non avanzi di un passo».

Deglutisco e a grandi falcate oltrepasso il portone.

Il mondo esterno è calmo, c'è ancora poca gente in giro.

Libero la bicicletta legata al palo della luce e mi lancio in discesa, in direzione del centro.

Il vento in faccia è il definitivo bentornato alla vita di questa giornata che può significare tanto. Mi piace da matti abitare in questo piccolo quartiere, un pezzetto rimasto fuori dal tempo del puzzle contemporaneo.

La *Pigna*, è così che si chiama, perché le sue vie si ammassano intorno alla collina che sovrasta la città in un modo che ricorda le squame dell'omonimo frutto. Cittadella fortificata fondata intorno all'anno Mille, è un crogiolo di cortiletti, passaggi coperti, fontane e scalinate. Ci sono piccoli ristoranti e botteghe artigiane nei vicoli che si intersecano, mentre diversi archi e contrafforti sorreggono le mura delle antiche abitazioni. Qui l'aria calda sale insieme allo iodio e all'odore del mare, inondando queste case popolari color pastello abitate da gente un po' arroccata su se stessa, abituata al basso profilo e ai lavori manuali, come tutti quei liguri che ci tengono a tracciare una linea di confine tra loro e il mondo e che guardano ai forestieri con inguaribile diffidenza, al riparo delle persiane verdi. Gente poco incline ai cambiamenti, abituata a gettare l'ancora e a essere solida, pragmatica. Gente con i cespi di basilico sul davanzale e che mugugna di continuo per qualsiasi cosa, ma che sa farlo amabilmente.

Io sto al quarto piano, l'ultimo, di un antico palazzo bianco splendente e senza ascensore.

L'agente immobiliare, una bella ragazza con la pelle olivastra e gli occhi verdi, ci aveva messo meno di cinque minuti a convincermi.

«Vista panoramica, tranquillità e vicini silenziosi. Meglio di così...» aveva civettato con l'organizer sottobraccio, ancheggiando più del necessario.

«Certo, manca il riscaldamento» avevo azzardato.

«Ma tanto la casa prende il sole da ogni angolazione per diverse ore al giorno» aveva continuato l'esotica immobiliarista. «E l'acqua non si gela nei tubi.»

E, cosa più importante: pur faticando e risparmiando, posso permettermela.

L'appartamento è di proprietà di un pescatore che si è incurvato troppo per sciropparsi tutte quelle rampe di scale. I figli, due fratelli con rispettive famiglie al seguito, non si sono accordati su chi ci dovesse abitare, così hanno deciso di darlo in affitto.

Ai quattro angoli dello stabile e della terrazza di cui vado enormemente fiero, dormono e si risvegliano la città vecchia con le tegole dei tetti e i risalti dei campanili, il mare e il golfo, la benevola collina e un parco dalle alte palme dedicato alla Regina Elena del Montenegro. Istantanee che porto sempre con me, ovunque vada.

È questa la parte che più amo della mia Sanremo. Una città che non porta – contrariamente a quel che tanti credono – il nome di un santo, ma che qualche amico in paradiso ce lo deve pur avere se gode del sole trecento giorni all'anno, con temperature medie da maniche corte.

La bicicletta sfreccia nei vicoli tra i palazzi che sanno di salsedine e con le facciate screpolate, le finestre aperte e i panni stesi fuori a sgocciolare.

Senza smettere di spingere sui pedali, in barba a ogni norma di sicurezza, chiudo gli occhi per respirare gli odori della mia terra. Pedalare ha il potere di svuotarmi la mente, ma oggi non riesco a non pensare al momento in cui mi accomoderò davanti al computer per leggere l'email che mi cambierà la vita.

Perché io sono così, non ho fatto altro che inseguire i sogni. Fin da bambino, quando raccontavo alla maestra e a tutti quelli che incontravo di voler diventare un cacciatore di draghi.

Infilo con imprudenza gli archi del centro storico e sbuco sull'Aurelia come un gatto selvatico che attraversa davanti alle macchine quando meno se l'aspettano. Incasso con stile qualche colpo di clacson – i ciclisti rimangono misteriosamente una delle categorie più odiate del pianeta – e un quarto d'ora dopo mi trovo davanti a Palazzo Bellevue, edificio ottocentesco che è stato un albergo di lusso e adesso ospita gli uffici del Comune tra alti soffitti, saloni maestosi e specchi incassati in grandi cornici dorate.

Dedico un ultimo sguardo al sole – ormai abbiamo stretto un patto – ed entro.

«Appena in tempo!» esclamo presentandomi alla postazione dell'accoglienza con un accenno di fiatone. «Sono Samuele Serra, reporter di *Sanremo PuntoNews*.»

2

«Serra! Allora? Com'è andata?»

Sergio Berti, l'uomo che ha ripudiato dal proprio vocabolario la parola "buongiorno", esce dall'ufficio con l'accendino in mano e la sigaretta spenta penzolante dalla bocca.

«Niente di nuovo, direttore» minimizzo, scrollando le spalle. «La città si veste a festa per il consueto appuntamento dell'estate. Tanti i turisti attesi, spiegamento di forze dell'ordine, misure di sicurezza e un'infinità di altre chiacchiere.»

«Tutto qui?» mi domanda contrariato.

«Ho fatto le foto della conferenza stampa. Le carico sul server, butto giù un paio di righe e il pezzo è online.»

Il direttore non può trattenere il proprio disgusto per questa terminologia. Lui, giornalista vecchia scuola costretto a fare il salto dalla carta stampata delle tipografie e delle edicole alla giungla dell'editoria digitale, non riesce a trovare nulla di affascinante nell'innovazione.

«Il giornalismo è morto» è solito cantilenare nei momenti di maggiore furia, «e noi partecipiamo al suo funerale, che si celebra ogni giorno in ogni maledetta redazione come la nostra.»

A volte, in memoria dei tempi andati, traccia in aria titoli a caratteri cubitali e il suo volto è attraversato da un lampo di emozione. Ma poi segue la nausea non appena si ricorda che la stampa tradizionale – «pagine sulle quali si scriveva la Storia» – sta cedendo il passo a schermi piatti e lucidi su cui bruciarsi gli occhi. Concetti come cloud, gigabyte e fibra ottica non solo gli risultano oscuri, ma hanno anche il potere di fargli andare il proverbiale boccone di traverso.

«Mai che l'amministrazione comunale ci dia una notizia che sia una» protesta sbracciandosi. «Annunci e proclami, nient'altro che annunci e proclami. Guai se quando convocano una conferenza stampa non ti presenti, però. Si attaccano subito al telefono e sbraitano bollandoti come un sovversivo, un nemico politico e così via. Ah, ma arriverà la pensione a salvarmi da questo martirio, prima o poi!»

Poi bofonchia qualcos'altro di irripetibile ed esce a fumare sulla porta.

Parcheggio la bici dietro la scrivania e mi siedo. Alice mi manda un cenno con la testa scuotendo l'ingente mole di ricci biondi. Sta parlando al telefono, con calma, mentre si controlla le unghie smaltate.

«Quindi ci vediamo stasera alla festa? Calcola che non arriverò prima delle nove e mezza. Anzi no, fai direttamente alle dieci. Prima ci spariamo un paio di aperitivi in piazzetta, presentarsi puntuali è da sfigati.»

Quando non è al computer, intenta a controllare e copincollare senza nemmeno correggere i refusi i comunicati stampa che vengono inviati all'indirizzo email della redazione, Alice Caviglia passa le ore al cellulare. Sia a voce sia su WhatsApp, con le amiche o qualcuno dei suoi "futuri ex fidanzati". È lei stessa a definirli così, dato che le sue relazioni tendono a durare in media fra le due e le tre settimane. I numerosi spasimanti le fanno recapitare mazzi di rose e altre specie vegetali sul posto di lavoro, assaltando i chioschi dei fioristi che stanno nei dintorni dell'ufficio.

Un post-it abbandonato sulla porta del bagno informa che il quarto e ultimo componente della squadra di *Sanremo PuntoNews*, Valerio Ottonello, il responsabile della cronaca, è impegnato sul campo per un lieve scontro auto-scooter.

Il suo talento primario è lo stalking di tutti gli infermieri, medici e paramedici del Pronto Soccorso. Li tormenta più volte al giorno per monitorare la situazione e, non appena sente in lontananza il grido di una sirena, schizza all'inseguimento.

Si avvale dello stesso collaudato sistema con polizia, carabinieri, guardia di finanza e vigili del fuoco di ogni caserma della Riviera dei Fiori. In pubblico si vanta spesso di queste sue conoscenze, le utilizza a mo' di biglietti da visita per mostrare di essere qualcuno anche lui.

Accendo il computer e inizio a battere svogliatamente alcune parole sui fuochi d'artificio di Ferragosto.

"Conto alla rovescia" digito, per poi subito cancellare.

Troppo standard, troppo freddo. Manca l'elemento emozionale. Riprovo.

"Emozioni e spettacolo per la festa estiva della città..."

Mollo di nuovo il colpo e mi prendo la testa fra le mani. È inutile. Ho esaurito la passione per questo lavoro – non che ne abbia mai avuta troppa – e a confermarmelo una volta di più è il cursore che lampeggia laconico in alto a sinistra.

Mentre cerco disperatamente un incipit convincente per l'articolo, mi perdo a ricordare come mi sia guadagnato questo posto e, di rimando, sia finito in questa gabbia di schizzati nevrotici.

Era il marzo di due anni fa, nel giorno della *Classicissima di Primavera*, la Milano-Sanremo. I giornalisti e i fotografi erano tutti schiacciati oltre la linea del traguardo di via Roma, in attesa dell'arrivo dei ciclisti in volata.

Io, che mi sono sempre considerato una persona dotata di inventiva e, soprattutto, da non addetto ai lavori ero sprovvisto di accredito e di libero accesso all'area riservata, avevo messo in atto un altro piano.

Più tardi, al termine della corsa, avevo raggiunto a passo spedito la redazione di *Sanremo PuntoNews* nella vicina via Feraldi, una graziosa stradina fiancheggiata da edifici d'epoca con finiture di lusso. Avevo bussato alla porta a vetri incastrata tra un'agenzia viaggi e un negozietto di caramelle, e ad aprirmi era venuta Alice. Alta e filiforme come una modella, aveva le cuffiette nelle orecchie e indossava un top bianco, jeans scuri attillati e un paio di scarpe da ginnastica che pattinavano in modo insopportabile sul pavimento. Mi aveva fatto accomodare in una stanza dal soffitto bassissimo. Nessuna finestra, solo uno sfiatatoio. Praticamente uno scantinato.

Era stata lei, dopo alcuni minuti di attesa, a introdurmi a Sergio Berti, il direttore. Oltre alla stranezza dei due orologi, di primo acchito avevo notato quelle rughe particolari che, pur senza farlo apparire vecchio, gli davano l'aria di chi aveva accumulato anni di esperienza. Il giornalismo lo aveva tenuto in forma. Il suo problema era – in realtà lo è tuttora, visto che non l'ha mai risolto – che non gli ci volevano più di tre secondi netti per andare in collera.

«Desidera? La avverto, il momento non è dei migliori. Siamo in attesa delle foto del podio da un nostro collaboratore, e i tempi sono stretti» mi aveva accolto tirando su le maniche della camicia.

L'importante era mostrarsi brillanti e non avere tentennamenti. In buona sostanza, dovevo sforzarmi di essere tutto il contrario di me stesso.

«Buongiorno.»

Ecco, ero già partito con il piede sbagliato. I convenevoli sono per gli insicuri e i perdenti. Ero corso ai ripari.

«Cioè... No, mi scusi... Anzi no, non mi scusi! E niente buongiorno...»

Berti, che era abbastanza navigato da sapere che chiunque, ma proprio chiunque, nasconde dei segreti, e di conseguenza si era abituato a guardare le persone come se volesse cogliere dei messaggi cifrati nelle loro parole e nei loro atteggiamenti, non ci aveva capito nulla.

«Non mi scusi? Niente buongiorno? Che razza di maleducazione è?» aveva obiettato con tono acido. «Ragazzo, lo so da me che non è un buongiorno. Primo, perché siamo di pomeriggio. Secondo, non è più stato un buongiorno da quando mi hanno relegato in questa specie di bunker a scrivere su questi dannati aggeggi.»

Aveva indicato il computer. Ben presto avrei fatto il callo a quelle urla, agli improperi e ai pugni battuti sulla scrivania quando si impalla il sito, oppure il segnale wi-fi latita proprio sul più bello, il famigerato attimo in cui basta premere il tasto "invio" per mandare l'articolo in pubblicazione e si rischia di perdere tutto il lavoro se ci si è dimenticati di salvare.

Avevo tentato di ricompormi, riprendendo il filo.

«Ok, ricominciamo. Se oggi non ha ancora sorriso» avevo annunciato solennemente, «be', credo che tra poco lo farà.»

«Ah sì? E perché mai?»

«Per questo» avevo replicato estraendo il cellulare dalla tasca.

Avevo avviato un video della volata della Milano-Sanremo, ripresa dall'alto, per l'esattezza dal terrazzo di un condominio all'angolo tra corso Mombello e via Roma, a picco sulla linea del traguardo. La visuale era privilegiata e nitida.

Quei secondi finali di furiosa battaglia a tutta velocità, da quell'inquadratura inedita, costituivano un piatto parecchio appetitoso rispetto al materiale che avrebbero repertato gli altri, fotografato o filmato frontalmente con il telescopio oltre lo striscione dell'arrivo.

Il direttore aveva strabuzzato gli occhi, la saliva gli era andata per traverso.

«Come diavolo ha fatto ad averlo?» mi aveva domandato, tossicchiando.

«Segreto professionale» avevo detto, finalmente in coerenza con la linea dura.

Non c'era bisogno di rivelare la mia conoscenza con il pasticcere in pensione che abitava al primo piano del palazzo – per il quale avevo effettuato delle consegne in passato – e che non solo mi aveva volentieri aperto la porta di casa, ma mi aveva anche rimpinzato di biscotti di pastafrolla, dispensando aneddoti e lodi sui nipoti.

«Spero che diventino dei bravi ragazzi come te» aveva sottolineato a più riprese.

Vai a sapere perché sono sempre l'idolo degli anziani.

Ma in quella circostanza, per vincere la posta in palio nel duello con il direttore di *Sanremo PuntoNews*, era necessario mettere da parte l'educazione a vantaggio di astuzia e sangue freddo.

«Avanti, allora. Piantiamola di tergiversare e andiamo al sodo. Che cosa vuole per quel video?»

Sergio Berti mi incalzava dondolandosi avanti e indietro sulla poltrona. Eravamo seduti uno di fronte all'altro, come due giocatori di scacchi.

«Voglio un lavoro» avevo dichiarato seccamente. «A tempo indeterminato.»

Aveva riso di gusto.

«Un lavoro? Questa è bella! Il signorino qui vuole un lavoro! A tempo indeterminato, per di più! Alice, mi sente? Chiami il servizio di sicurezza. Svelta, c'è uno svitato nel mio ufficio!"

Io, impassibile, avevo schioccato la lingua e riavviato il video sul telefonino. E di nuovo erano partite le immagini dell'appassionante arrivo, i ciclisti che sfilavano a velocità folle, il pubblico incendiato dietro le transenne, la zampata del campione negli ultimi metri, la gloria sportiva e le braccia al cielo in segno di vittoria.

«Nessun problema.» E mi ero alzato. «Se non interessa, vado a proporlo a qualche altro online. Magari saranno più propensi ad accogliere le mie richieste. E poi i tempi sono stretti...»

Adesso che ero in piedi, il direttore ne aveva approfittato per squadrarmi meglio.

«Ascolti bene. Tutti vogliono qualcosa. Io per esempio vorrei essere giovane, palestrato, e potermi sdraiare su una spiaggia tropicale con Scarlett Johansson che mi spalma l'olio di cocco, ma non mi metto a fare il diavolo a quattro e a ricattare nessuno, perché so che è una cosa che non si avvererà mai.»

«Ricatto?» Avevo simulato indignazione. «Quello che le sto proponendo è un accordo.»

La sua faccia mi diceva che in fin dei conti il giochetto non gli stava dispiacendo. Era il momento di affondare il colpo.

«Allora, direttore, vuole che me ne vada insieme a questo video che potrebbe essere una macchina da visualizzazioni?»

«Lo vede che mi sta di nuovo minacciando? Sono abbastanza cresciuto da decidere io che cosa sia meglio fare e cosa no. Non sono il tipo che prende ordini.»

«Va bene, arriveder...»

«Fermo lì! Dove va? Aspetti un secondo!» Infine il duro si era ammorbidito. «Comportiamoci da uomini di mondo. Perché è questo che siamo, no? Mi dica, non possiamo venirci incontro?»

«Chissà... Forse sì» avevo buttato lì, con noncuranza, tornando a sedere.

«Ha esperienza in questo settore?»

«Nessuna» avevo detto la verità. «In compenso sono molto motivato» avevo mentito.

In aggiunta mi ero preparato una postilla schietta e convincente, una che non lasciasse spazio a esitazioni e anzi comunicasse una certa padronanza della situazione. Anche perché l'unica vera forte motivazione era pagare l'affitto ogni fine mese.

«Sono un gran lavoratore» avevo dunque concluso. «Non mi preoccupa darmi da fare, mi deprime al contrario starmene con le mani in mano.»

Berti aveva congiunto i polpastrelli, pensoso.

«Ok. Quindi lei è un gran lavoratore... Come se qui in redazione noialtri fossimo tutti dei lavativi» aveva borbottato. Poi, dopo una pausa: «Siamo sempre nel campo delle ipotesi, beninteso. Che cosa vorrebbe fare?».

«Diciamo che non vado matto per la cronaca. Mi sento piuttosto ferrato sugli eventi.»

«A Sanremo di eventi ce ne sono a bizzeffe. Al contrario, sia chiaro, per l'incarico di soldi ce ne sono pochi.»

A me bastavano quelli che c'erano, ma non potevo darlo troppo a vedere.

«Ecco, giustappunto. Lo stipendio com'è?»

Sergio aveva sollevato il busto.

«È sordo? Le ho appena detto che non navighiamo nell'oro.»

«Sì, ma pensavo fosse il solito balletto. Siamo a inizio trattativa, no? Io sparo una cifra più alta, lei una più bassa. Lei viene incontro a me, io vengo incontro a lei. E alla fine troviamo un'intesa.»

«Io non vado incontro proprio a nessuno!» aveva gridato con astio, smentendo quanto aveva detto appena un minuto prima. «Si sta prendendo gioco di me?»

«No, ci mancherebbe. Ho troppo rispetto.»

Quella vecchia volpe mi aveva di nuovo messo sulla difensiva.

«Su, facciamo in fretta, che dobbiamo pubblicare prima possibile. Per il compenso vedrò quello che posso fare. Ma un contratto a tempo indeterminato, al giorno d'oggi... Ma che ragionamenti sono? Mi auguro che non ci creda neanche lei.»

«No?»

«Eh, no! Quel suo video è interessante, glielo concedo, ma non vale di certo una vincita al Superenalotto.»

Aveva preso carta e penna e si era messo a fare due conti. Scriveva, di tanto in tanto alzava la testa verso il soffitto e poi tirava delle righe decise.

Non potevo più aspettare. Avevo appoggiato le mani sulla scrivania, anticipandolo.

«Contratto full time di dieci anni, milleottocento euro al mese, contributi versati, ferie pagate, tredicesima e quattordicesima.»

«Non firmerei nemmeno con una pistola alla tempia! Siamo a marzo e il Natale è passato da un pezzo. Ecco cosa le propongo io: lavoro a tempo parziale e un anno di contratto a cinquecento euro.»

«Full time di otto anni a millecinque.»

«Part time di un anno e mezzo a seicento.»

Cinque minuti più tardi, dopo aver più che dimezzato le mie pretese, era arrivata la fumata bianca.

Avevo strappato un triennale part time malpagato – diciamo pure *molto* malpagato – e avrei iniziato il lunedì successivo. Tanto sarebbe stato un impiego temporaneo, mi ero detto.

Avevo in cantiere progetti di ben altro tenore.

«Serra, vogliamo metterci sotto? Anche se si tratta di due righe in croce e una gallery fotografica, l'articolo mica si scrive da solo.»

Il direttore ha spento la sigaretta ed è rientrato, ma il livello di stress non è calato e i suoi occhi mandano lampi.

«Non ci vuole tutta questa scienza. Cerchiamo almeno di uscire prima della concorrenza. Non potrei sopportarlo. Gli inserzionisti pretendono click e visualizzazioni.»

Un altro moto di disgusto gli attanaglia lo stomaco. Si ferma a squadrare Alice, che sta inviando messaggi vocali a un numero imprecisato di contatti della sua chat. Si volta verso di me e sbuffa prima di scomparire nel suo ufficio.

«Ai miei tempi i giornalisti avevano cervello e spina dorsale! E oggi, questo... La mediocrità trionfa su tutto. Signore, dammi la forza!»

«Percepisco un sacco di energia negativa» miagola Alice, alzandosi e tirandosi la minigonna di jeans.

Più giovane di me di qualche anno, quando non sta fra queste anguste mura dà una mano nella libreria di famiglia, anche se la lettura non è che le interessi poi granché.

«Te l'ha detto, il capo, della riunione plenaria di domani?» mi chiede.

«No, era troppo concentrato a inveire.»

«Dovrebbe prendere le pillole per la pressione. Quelli della sua età hanno l'abbonamento in farmacia.»

Alice, una che perde subito il filo di qualsiasi discorso, si mette a soffiare sulla seconda mano di smalto.

«Dicevi della riunione?» le rinfresco la memoria.

«Ah, giusto. È per le dieci e mezza. Valerio è già avvertito.»

«Ricevuto.»

«Io vado a pranzo, Samu. Vieni anche tu o ti porto qualcosa?»

Normalmente arrivo in redazione dopo le undici, faccio tutta una tirata, a volte saltando anche i pasti, e me ne vado tra le quattro e le cinque.

«Nessuna delle due» rispondo. «Finisco qui e scappo, devo prepararmi per stasera.»

«Ah. Stasera siete aperti?»

La guardo con aria trasognata.

«Vuoi scherzare? Certo che siamo aperti, è la notte di San Lorenzo. La notte delle stelle cadenti. La notte dei desideri.»

3

«Questo Osservatorio astronomico è un luogo magico, il luogo ideale in cui esprimere i propri desideri. Un luogo apparentemente dimenticato, un vero tesoro nascosto. Sorge accanto a un'antica chiesa medievale, un tempo abbazia di frati cappuccini, ed è intitolato all'illustre astronomo Gian Domenico Cassini, che è nato proprio qui a Perinaldo nel 1625.»

La mia introduzione è sempre di grande effetto, fa presa soprattutto sui visitatori più giovani, ma stasera non è facile mostrare il consueto entusiasmo. Non dopo quanto è successo.

Una bimba dai capelli dorati sta trascinando la mamma all'interno della struttura.

«Un po' di pazienza, Matilde» la riprende quella. «Non vedi che c'è la fila?»

L'affluenza infatti è da record. In coda ci sono almeno trecento persone, pronte a pagare il biglietto per osservare lo spettacolo dello sciame meteorico delle Perseidi.

«Le famose stelle cadenti, conosciute anche nella tradizione popolare come "lacrime di San Lorenzo", il santo a cui questo giorno e questa notte fatata sono dedicati. Gli antichi ritenevano che fosse un segno di sventura» spiego con enfasi.

«Mamma, chiediglielo! Daiiii...»

La piccola Matilde non sta nella pelle e continua a incalzare.

«Mi scusi. Gliel'ho spiegato più volte, ma mia figlia si sentirebbe più sicura se potesse confermarlo anche lei» afferma la donna con tono pacato. «È vero che, quando si vede una stella cadente, se si esprime un desiderio questo viene esaudito?»

Assumo la mia espressione più seria e mi avvicino alla bambina, inginocchiandomi davanti a lei.

«Matilde, giusto?»

Quella annuisce nascondendosi dietro la borsa della madre.

Ha perso di colpo la sua baldanza. Almeno non è come quei bambini scalmanati che si infilano dappertutto, corrono avanti e indietro e giocano a nascondino tra le apparecchiature, facendomi venire un mezzo infarto ogni volta che si muovono.

«Bene. Gli antichi si sbagliavano, sai? Quello che dice la mamma è assolutamente vero.»

«Visto, amore? Che cosa ti avevo detto?»

«Anzi, se vuoi posso fare di più. Posso insegnarti un trucco.»

È fatta. Ho catturato completamente l'attenzione della bambolina dai capelli d'oro.

«Stasera, quando vedrai una stella cadente lassù nel cielo, non dire niente a nessuno. Chiudi gli occhi, strizza bene le palpebre, poi esprimi il desiderio più puro che porti nel cuore.»

«Come quando soffio sulle candeline alla mia festa di compleanno?»

«Sì, più o meno. Se farai così, abracadabra, il tuo desiderio diventerà realtà più in fretta.»

«Che bello! Vuol dire che posso chiedere tutti i giocattoli che voglio?» esulta, abbozzando un sorrisetto furbo.

«Be', per i giocattoli c'è Babbo Natale. Prova a pensare a qualcos'altro, ok? Usa la fantasia. Ma non dimenticare: un solo desiderio per ogni stella cadente.»

Matilde si mostra convinta e io le do un buffetto sulla guancia.

«Perfetto, signore e signori» annuncio rialzandomi. «Se ora volete seguirmi, un gruppo alla volta, accederemo alla cupola.»

Faccio un cenno a Pierluigi, l'omone baffuto che insieme alla moglie Cecilia collabora alla gestione dell'Osservatorio, e mi incammino per la scaletta che conduce alla stanza rotonda con il telescopio, uno spaziale modello Newton da 380 mm di diametro e 1750 mm di focale – ma queste sono informazioni che fornisco solamente ai più curiosi.

L'Osservatorio astronomico Gian Domenico Cassini è il fiore all'occhiello di Perinaldo, un borgo di mille anime incastonato come una gemma tra il Mar Ligure che bacia la Riviera dei Fiori e le Alpi italiane che guardano verso la Francia e la Costa Azzurra. Posto su uno splendido crinale e affacciato su un anfiteatro naturale, tra vigne pregiate e uliveti secolari che si distendono fino alla costa, questo mio angolo di paradiso è conosciuto anche come "il poggio delle stelle", perché da qui il cielo si vede come in poche altre parti del mondo e le stelle sembrano incendiare, nitide, la buia tela dipinta dalla notte.

Tra le tante attrazioni del paese – il centro storico con l'affascinante dedalo di *caruggi* e piazzette, le vecchie case patrizie e le antiche mura di cinta in pietra arenaria, le chiese ricche di dipinti e di archi a sesto acuto – l'Osservatorio è ospitato nei locali del Comune. Alcune sere all'anno il municipio chiude, dando inizio alla magica trasformazione: da centro amministrativo e burocratico a polo privilegiato di osservazione dei corpi celesti.

Io, insieme a Pierluigi e Cecilia, due contadini sessantenni originari del paese, ne curo le sorti da quasi cinque anni.

"Divulgazione scientifica, cultura e intrattenimento. Pregando che il cielo non sia coperto": questo è il nostro motto.

Per quanto sia di dimensioni ridotte, non è semplice gestire un osservatorio astronomico. Eccezion fatta per gli eventi di punta come quello di stasera, i solstizi e pochi altri appuntamenti dedicati alla Luna e ai pianeti, gli incassi non sono lauti, gli strumenti richiedono costose manutenzioni e le sovvenzioni sono in costante calo. E poi c'è da allestire il calendario degli incontri, organizzare i cicli delle conferenze e accogliere i relatori, occuparsi della comunicazione – in questo però ho qualche arma in più – e di tutti i dettagli pratici dell'ultimo minuto, come per esempio le bottigliette d'acqua che se non ti ricordi di comprarle prima devi fare una corsa fino al bar del paese.

Quando l'Osservatorio si riempie di gente, però, provo un immenso senso di trionfo. Roba da andarsene in giro a petto in fuori. Di tanto in tanto poi, attraverso le ampie finestre soffia una brezza leggera che porta i profumi dei giardini sottostanti. Magia che si aggiunge alla magia.

La cupoletta bianca con il telescopio, cui si accede da un'angusta scala elicoidale, è uno degli elementi caratteristici dell'Osservatorio, una pennellata candida sul più speciale dei quadri impressionisti. I visitatori guardano le stelle tracciare emozionanti scie luminose nel cielo scuro e, nelle notti d'estate, tutta la magia del cosmo si ravviva nei loro cuori pieni di meraviglia.

Io spiego che le Perseidi non sono neppure stelle, in verità; sono dovute a minuscoli frammenti di materia che cadono dallo spazio nella nostra atmosfera e si incendiano a causa dell'attrito. Viaggiando a grandissima velocità, in pochi istanti si consumano e scompaiono. Quando aggiungo che, almeno in linea teorica, si può arrivare a osservarne più di una al minuto, tutti rimangono a bocca aperta e scrutano il cielo con ancora maggiore intensità.

Dopo qualche minuto trasferisco la folta comitiva nel mio posto preferito, il chiostro all'aperto, e con il puntatore laser indico costellazioni e pianeti. Immancabilmente qualcuno confonde la scia luminosa di un aereo con una stella cadente, qualcun altro scherza dicendo di avere avvistato un ufo. Succede anche stasera e mi ritrovo a dover riportare l'ordine dopo il solito scoppio di ilarità.

Poi, per festeggiare e salutarsi in piena allegria, Pierluigi e Cecilia omaggiano i presenti con piccoli cestini di fragole succulente e dolcissime, colte nel pomeriggio dal loro orto benedetto dagli dèi.

Quando tutti se ne sono andati, non prima di aver strizzato un occhio alla piccola Matilde, lascio che marito e moglie tornino a casa e mi offro di chiudere io.

«Sicuro sicuro?» chiede Pierluigi, sempre disponibile. «Guarda che per noi non c'è problema a fermarci un po' di più per rimettere a posto.»

Abitano in una villetta indipendente poco distante – il frutto di una vita di sacrifici – con Hänsel e Gretel, una coppia di esuberanti pastori tedeschi spesso liberi di scorrazzare in aperta campagna.

«Tranquilli, ci penso io. Andate pure a riposare. È stata una serata stancante.»

«È andata meglio di quanto avessimo pensato» commenta Cecilia, che è una donna di poche parole e tanta concretezza, come testimoniano le sue mani nodose e il passo deciso.

Vuole bene all'Osservatorio come se fosse una creatura, al pari di chiunque ci lavori, del resto.

«Vero, anche se non corriamo di certo il rischio che il successo ci dia alla testa» scherzo.

L'uomo con i baffoni e la stazza imponente smette di arrotolare le mappe del cielo e mi si fa accanto posandomi una mano sulla spalla.

«È tutto a posto, ragazzo? Che hai?»

«Niente.»

«Puoi fingere quanto vuoi con i bimbi e il pubblico, ma non con noi. Ormai fai parte della famiglia.»

Un lungo istante di silenzio scivola via impercettibile. Sorrido a denti stretti al suo volto buono e paterno.

«Questa potrà essere la notte dei desideri che si avverano per tutti quanti...»
«Sì?»
«Per tutti, tranne che per il sottoscritto.»
«Perché dici così?»
«Oggi aspettavo una risposta importante.»
«E non è arrivata?»
«Tutt'altro» rispondo, preso dallo sconforto. «Purtroppo è arrivata. Hanno respinto il mio progetto.»

4

Quando oggi pomeriggio sono sgattaiolato fuori dalla redazione, mi sono imbattuto nella donna delle pulizie. Ha l'abitudine di spazzare, lucidare i pavimenti e svuotare i cestini ben prima dell'orario di chiusura ufficiale, circostanza che ogni volta scatena una dose extra di imprecazioni dell'imbufalito direttore Berti.

«È mai possibile lavorare in questo modo?» ha tuonato pure stavolta.

«Cosa dovrei dire io, che devo sempre pulire i posacenere zeppi dei mozziconi delle sue schifose sigarette?» ha ribattuto lei a tono, puntando i pugni sui fianchi.

«Le mie abitudini non sono affari suoi!»

«Lo sono eccome, se oltre che alla sua salute fanno male anche alla mia!»

Prima dello scoppio di una guerra verbale e che Sergio si mettesse a invocare la pensione, con un movimento fluido sono montato in sella alla bici, ho inforcato i pedali e iniziato a spingere in salita verso casa. Incalzato dalla sensazione che qualcosa di bello sarebbe successo, sono arrivato in un lampo. Ho aperto la porta, spalancato le tende e piazzato il computer sul divano.

«Sì, lo so, Leo. È inutile che fai quella faccia. Prima o poi mi deciderò a usare la scrivania come tutti i cristiani. È il mio modo di non essere convenzionale, concedimelo.»

Lui ha fatto un'espressione offesa e si è girato dall'altra parte.

La scrivania, collocata sotto la finestra, è perennemente ingombra di fogli e cianfrusaglie, al punto che mi ritrovo sempre a navigare in Internet sul sofà, con il portatile sulla pancia e i piedi allungati sul tavolino, tra il telecomando e una pila di riviste: pubblicazioni di nicchia, con nomi da televendita, che mi faccio recapitare tramite abbonamento e per le quali anche il postino mi prende in giro.

Una volta si è spinto davvero oltre il limite: «"Advertising Time", "Strategie e Comunicazione", "Pubblicità Oggi"... Ma che roba è, signor Serra? Ho chiesto ai miei colleghi e anche loro non hanno mai visto niente del genere. Non è che fa parte di una setta?». Era trasalito, inarcando il sopracciglio diffidente sotto lo sguardo vigile della signora Verrando. «Non vorrà convincere anche me a entrarci, eh? Li riconosco a vista, quelli come lei, sempre a caccia di proseliti. Ne parlavano in un documentario l'altra sera, alla tv. Sono cose pericolose, non c'è da scherzare, sa?» Che andasse al diavolo! Non era affatto divertente, e tantomeno professionale.

Finalmente tutto era pronto per il rituale che avevo pregustato fin dalla mattina. Avevo ancora tempo prima della serata all'Osservatorio, perciò mi sono versato un bicchiere di Rossese e ne ho bevuto un bel sorso, guardando fuori. Il controluce morbido del tramonto era incoraggiante. Il progetto che avevo presentato era perfetto, non poteva che andare a gonfie vele.

Sentivo che se avessi controllato la posta avrei trovato l'email che aspettavo da giorni.

«Ci siamo, Leo. Allaccia le cinture di sicurezza. È il nostro momento, amico mio.»

Ho percepito il suo scetticismo ma ho preferito ignorarlo. Poi ho scrollato le braccia e il collo come un pugile pronto a salire sul ring, quando, prima dei guantoni dell'avversario, deve incrociare quelli della propria paura. La paura di prendere un pugno troppo forte, di andare al tappeto e di non riuscire a rialzarsi.

In questo il vino è un fedele alleato. Mi ha tolto un po' di tensione, aiutandomi a entrare lentamente in ciò che mi attendeva.

Ho fatto click per scaricare le email e... Eccola lì! Eccola quella che volevo!

L'ho aperta al volo.

Gentile signor Serra,
abbiamo esaminato con viva attenzione la sua proposta per la campagna pubblicitaria sul nuovo prodotto farmaceutico contro il mal di testa. L'idea è certamente buona e interessante, fresca e non banale. Tuttavia non rientra nei canoni che stiamo cercando e abbiamo deciso di orientarci su un altro progetto. La ringraziamo comunque per avercela sottoposta e le auguriamo buona fortuna per il suo futuro.
In fede, lo staff del Conchiglia Group

Il pugile è salito sul ring ed è stato suonato ben bene.

Non appena ho letto il cortese rifiuto – con la chicca finale dell'augurio che suona come una beffa – c'è mancato poco che, per la delusione mista a rabbia, non facessi una pazzia. Ho avvertito l'impulso di buttare tutto per terra, spaccare qualcosa, o magari lanciare giù dal quarto piano il computer, che mi guardava con l'indifferenza di chi non ti vuole più bene o forse non te ne ha mai voluto. Poi mi sono fatto più ragionevole, convenendo anche con Leo che fosse preferibile non indebitarsi ulteriormente.

Poche ore dopo la batosta, me ne sto qui all'Osservatorio, a fine serata, tutto solo e abbacchiato.

Quando li ho accompagnati alla macchina posteggiata sul piazzale, Pierluigi e Cecilia mi hanno fatto un cenno di incoraggiamento e lasciato un cesto di fragole che sto masticando compulsivamente, quasi senza gustarne il sapore.

Eppure questa volta ero convinto di aver fatto centro. Avevo scritto una pubblicità in cui il protagonista, per effetto di un'emicrania lancinante, era costretto a vedere tutte le cose alla rovescia, come se vivesse a testa in giù. Bastava prendere una delle nuove pastiglie perché tutto si riallineasse. Mi aspettavo un'email di congratulazioni, cui avrebbero fatto seguito una chiamata, una vigorosa stretta di mano e un corposo assegno.

E invece...

E invece un altro fiasco, con tutte le sue implicazioni: dover ricominciare da capo e farsi venire un'altra idea geniale che, possibilmente, si dimostri tale anche fuori dalla mia testa.

Uscito dall'università, facoltà di Scienze della comunicazione, come tutti i dottori freschi di laurea sognavo un ambiente professionale pieno di opportunità, stimolante e dinamico. Fantasticavo di incontrare persone interessanti e di lavorarci fianco a fianco. Riunioni in videoconferenza con Londra, progetti in team, brainstorming fino a tarda notte. Una scrivania in uno di quei palazzi hi-tech, con gli arredi di design, gli ascensori a vetri e le zone relax coi distributori di bevande gratuite. Le persone mi avrebbero incoronato come un tipo brillante, carismatico e soprattutto creativo.

Il copywriter di una grossa agenzia pubblicitaria, il lavoro dei miei sogni.

Il Conchiglia Group di Milano, quello che mi ha appena risposto picche, si occupa di pubblicità, marketing e comunicazione online, e fa parte di un network internazionale di agenzie specializzate negli stessi settori.

Un mio vecchio compagno di corso, Marco, è riuscito a farsi assumere presso di loro e di tanto in tanto mi fa sapere quando è il momento più opportuno per inoltrare idee o progetti. Tutti puntualmente rispediti al mittente insieme a gelide email ammazzasogni.

Eppure mi sembra di essere tagliato per questo mondo. Magari non sarò il mago dello storytelling, l'astro nascente della disciplina, però ho passione e tanta tenacia. E, credo, almeno un briciolo di talento. Forse sono l'unico al mondo ad accendere la televisione per guardare le réclame anziché i programmi, le partite di calcio o le fiction; l'unico a non provare l'impulso di *skippare* le pubblicità prima dei video di YouTube, quelle che tutti odiano. Io ne rimango ipnotizzato, me le gusto, specialmente quelle prodotte come capitoli di una serie. Vengo rapito dalla genialità di alcuni spot, dal loro saper parlare dritto al cuore delle persone. Non si tratta, banalmente, di vendere, ma di promuovere idee, creare ponti tra individui. Di fare qualcosa di grande, avere un impatto, spremere il massimo da se stessi. Confrontarsi sull'innovazione ogni anno, ogni mese, ogni ora. Questa è la mia missione, questo è ciò che voglio.

Mi stanno dicendo ancora che non sono abbastanza bravo. Evidentemente, anche il successo ha le sue regole e segue degli schemi. Ok, lo capisco, nondimeno la consapevolezza del fallimento mi crolla addosso come una valanga.

«Fanculo» ringhio scalciando l'aria e la polvere attorno a me.

Perché non me ne va mai bene una? Ho una miriade di nuove idee, di trovate entusiasmanti. Sono sempre pronto a mettermi in gioco, ansioso di buttarmi a capofitto nell'ennesima impresa di concetto e di pensiero. Però le mie candidature cadono nel vuoto, le domande rimangono inascoltate. Cos'è che mi manca?

Ho bisogno di sentirmi accettato e rispettato. Invece mi è toccato scendere – e non di pochi scalini – la fatata scala dei sogni. Mi sono ritrovato in una vita che non avevo previsto. I miei genitori me l'avevano detto: scegliere la *via creativa* non poteva che portare sventure. Loro volevano che mi trovassi un lavoro *normale* e che diventassi uno *inserito*, uno con sicurezze economiche e morali e una giusta visione di me stesso e degli altri. Per questo motivo abbiamo avuto dei contrasti che ci hanno condotto a un allontanamento graduale. Niente di straziante, per carità. Tra l'altro si sono trasferiti all'estero – a godersi quella pensione che per me resterà una chimera – e io mi sono dato come obiettivo di risentirli quando avrò raggiunto i miei sogni e dimostrato anche a loro che avevano torto. Anche se c'è il forte rischio che ciò non accada mai, dato che fino ad oggi...

Niente uffici giganteschi con la gente che corre da una stanza all'altra con il MacBook aperto in mano, api impazzite di un frenetico alveare. Niente innovazione e promozione, incontri elettrizzanti, vita piena di stimoli. Per di più, so che là fuori il mondo non mi aspetterà a lungo. Devo darmi una mossa, cosa che rende tutto più difficile e aumenta la pressione.

È da poco passata la mezzanotte, i raggi della luna si riflettono come nastri argentati.

Finisco di mangiare le fragole e mi affaccio nel chiostro. Al centro ci sono un albero di ciliegio dai rami robusti e nodosi, e una panchina sulla quale amo sdraiarmi, lo sguardo perso tra i corpi celesti che ammiccano da lassù, lo spazio e il tempo che mi entrano dentro.

Lo faccio spesso. Alla chiusura, quando non ho ancora voglia di tornare a casa, mi fermo a guardare le stelle. Mi stendo sulla panchina e mi rilasso mentre fumo una sigaretta. È la mia oasi di poesia e pace. Uno di quei rari luoghi in cui riesco a convincermi che tutto andrà bene, qualunque cosa accadrà.

E infatti, ora che sono qua, già la fiducia a poco a poco sta ritornando. Gli insuccessi non mi hanno mai demolito. Mi fanno sentire triste per un poco, sono faticosi, ma poi monta dentro più forte la voglia di riprovarci, di ripartire con nuove energie, di imbarcarmi in altre avventure.

Mi metto a scrutare speranzoso il cielo stellato – libro fatto di storie meravigliose, casa di galassie e mondi sconosciuti, immenso palcoscenico incantato che tutti vorrebbero calcare – come se potesse rivelarmi i misteri più profondi e insondabili dell'universo.

Accendo una seconda sigaretta e continuo a riflettere. Questa mattina ho affidato al sole i miei sogni, i miei desideri e le mie speranze. Non sono stato esaudito, ma non per questo smetterò di lanciare le mie preghiere come si lanciano le bottiglie con un messaggio in mare, senza sapere se qualcun altro un giorno le raccoglierà.

Finito di fumare, faccio un ultimo giro di ispezione generale per controllare che nessuno abbia dimenticato qualcosa in giro. Capita di trovare un po' di tutto: zaini, cellulari, ombrelli, vestiti, a volte persino orsetti di peluche. Chiudo la botola della scaletta elicoidale che porta alla cupoletta bianca.

Sto per raccogliere le mie cose e tornare a Sanremo e alla mia vita, quando alle mie spalle sento il cigolio del pesante portone verde del municipio di Perinaldo.

5

Scendo con circospezione dalla postazione della specola e mi guardo attorno. Nell'atrio principale non vola una mosca.

«Pierluigi, sei tu?» chiamo.

Magari è tornato perché ha dimenticato qualcosa.

Ma non sento risposta. Non c'è nessuno.

Dopo essermi spinto nella sala conferenze – che poi è la sala consiliare del Comune, adattabile a seconda delle esigenze – e aver trovato solo il silenzio, mi dico che non è il caso di scendere al piano interrato, dove, protetti da spesse vetrine, riposano i volumi, i reperti e gli originali documenti d'epoca del museo Cassini.

È ora di tornare a casa, Samuele.

Ma prima che possa muovere un altro passo, una misteriosa ragazza con un vestito di seta *cerise* spunta dal nulla, spaventandomi a morte e facendomi cacciare un urlo capace di trafiggere le sfere celesti.

Anche lei grida di rimando: «Oh santo cielo!». Poi si affretta ad aggiungere: «Mi spiace, sono davvero desolata».

Il mio cuore prende a martellare forte. E non so se è

per la sorpresa o perché quella che mi trovo davanti è una visione strabiliante.

Sono i suoi occhi, a fermarmi il respiro. Un paio di intensi, profondi occhi blu. D'accordo, sto sognando. Non c'è altra spiegazione logica. Devo essermi assopito sulla panchina nel chiostro – d'altra parte sono stanchissimo e questa giornata sembra non finire mai – e il subconscio mi ha affibbiato una scenetta da film romantico.

Faccio la prova. Chiudo le palpebre e dopo un istante le riapro. La ragazza è ancora davanti a me, mi fissa con la testa leggermente inclinata. E quegli occhi. Mio Dio, quegli occhi. Ci sto annegando dentro, e sono il primo naufrago della storia a non voler essere salvato.

Dunque è reale, sta succedendo. Lei è davvero qui.

Devo trovare qualcosa da dire per non sembrare un completo imbecille, possibilmente alla svelta.

«Scusa se ho gridato» la tranquillizzo. «Non è successo niente.»

«Sono entrata perché fuori non c'era più nessuno. Ma non volevo spaventarti» e fa un sorriso imbarazzato.

«È già tutto dimenticato, sul serio.»

Quello che non potrò più dimenticare, al contrario, sono la sua pelle bianca e finissima, i capelli castani con i riflessi color miele – portati con la riga laterale e leggermente ondulati – e le sue labbra di ribes.

«Forse è meglio che me ne vada» mormora.

«Ma no, che dici... Hai bisogno di aiuto? Cercavi qualcuno?» domando tutto d'un fiato e pregando, stupidamente, di essere il protagonista della risposta.

Sembra incerta sul da farsi e indietreggia di un passo.

«Io... Non lo so...» sussurra, chinando il capo. «Volevo assistere alla serata di osservazione, ma mi sono persa a vagare per il paese e temo di essere arrivata fuori tempo massimo.»

Ah ecco... Chissà cosa mi ero messo in testa. Nessuno è mai venuto fin qui per me, figuriamoci se poteva averlo fatto questo fiore raro, cresciuto miracolosamente nell'asfalto.

«In effetti se ne sono andati tutti e stavo per chiud...»

Ma non termino la frase e mi mordo la lingua. Ho un'intuizione.

«Sai cosa?» azzardo. «Noi potremo anche aver finito, ma le stelle no» esclamo, rassicurante. «Ti va una visita fuori programma? Non ci siamo che noi. Io sarò la tua guida personale... e lo spettacolo sarà tutto per te.»

Momento di imbarazzo. Magari lei pensa di aver fatto la figura della pazza. Io invece, nel momento stesso in cui le ho fatto la mia proposta, ho iniziato a temere che mi prenda per un marpione.

«Davvero faresti questo?» domanda spalancando gli occhi per lo stupore.

«E perché no? Non c'è nulla che lo vieti.»

«Ma è tardi... Sicuro?»

«Sicurissimo. Permettimi di presentarmi. Samuele.»

Le tendo la mano cercando di contenerne i fremiti.

«Piacere» replica lei accettando la stretta e il patto. «Io sono Emma.»

Avverto una sensazione potente e sconosciuta. L'universo intero mi sta mandando un messaggio: questa è la volta buona. Qualcosa come un raggio di luce in piena notte. E non in una notte qualunque...

Al diavolo tutte le delusioni, le porte sbattute in faccia, gli amori passeggeri, il direttore Berti.

«Bellissimo nome, complimenti.»

Me ne pento all'istante. Ma che cavolo di frase è? Certe cose pensale pure, ma non dirle! Anzi no, non pensare proprio, che è meglio.

Emma, sorprendentemente, si dimostra divertita.

«Be', ti ringrazio. Sei proprio...» esita nel cercare la parola giusta, e io rimango col fiato sospeso, «gentile.»

Come quando ti dicono che *sei un tipo*.

«Ah ok...» farfuglio.

C'è un attimo di sospensione che sembra infinito. Emma è arrossita e io – anche le mie guance vanno a fuoco – sono come ipnotizzato.

«Così tu sei un astronomo?» chiede mentre si liscia l'abito.

«Oh no, magari. Un semplice astrofilo.»

«Vale a dire che lo fai per passione, giusto?»

«Esatto, anche se direi che è più di una passione. La versione ufficiale della storia è che mi sono messo a studiare le stelle perché erano le uniche a stare più in alto di dove arrivasse il volo dei draghi.»

Vedo il suo sguardo riempirsi di curiosità e prendo coraggio per continuare.

«Sai, quando ero bambino i miei amici sgomitavano su un campo da calcio e volevano fare tutti il portiere o l'attaccante. Io invece andavo in bicicletta e sognavo di diventare un cacciatore di draghi.»

«Molto coraggioso.»

«Già» ammetto grattandomi la testa, «confesso di non averne catturati molti.»

«Se ti può consolare, io da piccola volevo diventare una sirena e nuotare beata in fondo all'oceano. A un certo punto avevo scoperto che esisteva un incantesimo, una specie di invocazione agli spiriti del mare. Andava recitato ogni sera per tre settimane di fila, immergendo la testa in una bacinella di acqua salata. L'ultimo giorno mi sarebbe spuntata la coda...» Interrompe il racconto per controllarsi le gambe. «Ma temo che non abbia funzionato.»

Ridiamo tutti e due per alcuni secondi, durante i quali penso che forse si sbaglia, la magia ha funzionato eccome. Ma non lo dico per non sembrare patetico.

«C'è anche una versione non ufficiale?» mi chiede poi per riprendere il filo del discorso.

«Certo. Quella non ufficiale è che mi sono perdutamente innamorato...» Per una frazione di secondo i nostri sguardi si agganciano. «... di questo posto» mi affretto a completare la frase. «Dalla prima volta in cui ci ho messo piede, quando sono venuto in gita con la scuola. È un posto unico. Vieni, ti faccio strada. Se non hai niente in contrario, proporrei di iniziare la nostra visita dalla cupola.»

Cammina al mio fianco con incedere leggero. A ogni passo, l'orlo della gonna le svolazza intorno alle gambe.

«È la prima volta che vieni qui?»

«Sì. Ne ho sentito parlare e mi ha incuriosito. Ho pensato che questa fosse la sera giusta.»

«Non sei stata la sola. C'era la coda fino a fuori dal portone.»

«Allora sono contenta di essere arrivata tardi. Non amo la confusione.»

Percorriamo il corridoio, Emma si guarda intorno con un'espressione che non riesco a decifrare. Sembra contenta e si lascia stupire dai miei racconti, ma di tanto in tanto è come se fosse attraversata da un'ombra, un velo di grazia struggente. Lo noto e rende più difficile il mio sforzo di apparirle spiritoso e affascinante.

«Dunque sai un sacco di cose» dice con un pizzico di ironia.

«Be', soltanto qualcuna. Per esempio conosco tutte le costellazioni.»

«E quante sono?»

«Prova a indovinarlo.»

«Non ne ho idea.» Ci pensa un attimo e poi azzarda: «Duecento?».

Sorrido.

«Ottantotto.»

«E ti ricordi tutti i loro nomi?»

«Certo» dichiaro orgoglioso.

«Ok. La tua preferita?»

Si mette bene. Su questo terreno vado forte.

«Orione, senza dubbio. Uno spettacolo. Centotrenta stelle, una più brillante dell'altra, ben distinguibili anche a occhio nudo. E poi, nella mitologia, Orione era un cacciatore. Certo, non di draghi come il sottoscritto, ma pare fosse un guerriero molto forte e altrettanto bello.»

La mia ospite misteriosa soffoca a stento una risata sistemandosi una ciocca di capelli che le è scivolata sul viso.

«È stato fortunato a non doversela vedere con te.»

«Eccome, avrei potuto sconfiggerlo con una mano legata dietro la schiena.»

«Ne sono sicura, l'avresti stracciato.» Ha l'aria compiaciuta. «E questo che cos'è?»

Sta passando in rassegna le fotografie appese alle pareti. Si è fermata davanti a un quadro bizzarro, dal quale fuoriescono delle sfere.

«È un lavoretto dei bambini delle scuole elementari di Perinaldo. Qualche ora a semestre tengo dei corsi di avvicinamento all'astronomia. Le menti giovani sono anche le più voraci di novità e i segreti del cielo esercitano sempre un certo fascino.»

«Astrofilo, cacciatore di draghi e pure insegnante.»

Si diverte a prendermi in giro, ma lo fa con tenerezza, è adorabile.

«Ci provo. Sono di più le volte in cui sono io a imparare da loro» dico con reale modestia. «Questa dovrebbe essere una ricostruzione del nostro sistema solare, i pianeti tridimensionali che vedi sono di cartapesta.»

«È molto originale» commenta Emma, radiosa. «Avevi ragione, questo posto è speciale.»

Nel frattempo abbiamo raggiunto la specola. Mi occupo di puntare il telescopio facendo ruotare la postazione meccanica su se stessa.

«Perinaldo e l'astronomia sono una sola cosa da secoli» attacco a spiegare, controllando nell'occhiale del gigantesco Newton che la visuale sia a fuoco. «Questo paese ha dato i natali a illustri astronomi e cartografi. Giacomo Filippo Maraldi, Giovanni Domenico Maraldi e il più importante di tutti, Giovanni Domenico Cassini, colui al quale è intitolato l'Osservatorio. È a lui che si deve la scoperta di quattro satelliti di Saturno. La NASA ha dato il suo nome a una sonda.»

Gli occhi di Emma scintillano, assorti. L'ombra che credevo di aver visto poco fa si è dissolta, perciò vado avanti.

«Cassini ebbe una vita incredibile e raggiunse una grande fama.»

Lei mi fissa in modo interrogativo.

«Compì studi umanistici, ma si appassionò ben presto alla matematica e allo studio del cielo. Un vero prodigio, pensa che a ventisei anni era già titolare della cattedra di astronomia all'università di Bologna.»

«Oggi sarebbe impossibile. A quell'età non ti prendono neppure sul serio...»

«Negli anni frequentò gli ambienti romani, strinse amicizie aristocratiche, intrattenne rapporti con pontefici e cardinali, re e regine. Il suo nome era sulla bocca dei potenti di tutta Europa, pronti a fare a gara pur di averlo al proprio servizio. Ovunque andasse, era lo scienziato più remunerato. E qui arriviamo al bello...»

«Sarebbe a dire?» domanda Emma, ormai presa dal racconto.

«Colbert lo convocò a Parigi per ordine di Luigi XIV, che gli conferì l'incarico di direttore dell'osservatorio appena costruito.»

«Non a caso era il Re *Sole*» sorride.

«Era il più avanzato dell'epoca, espressamente concepito per lo studio del cielo. E lui era l'uomo designato per coordinare i lavori e le osservazioni del gruppo di matematici, astronomi e geografi più importanti di Francia. Vuoi che continui o preferisci che ci fermiamo qua?»

«Non ti azzardare, altrimenti vado a chiamare Orione e vediamo se sei davvero capace di batterlo in un corpo a corpo.»

«Ok ok, il messaggio è chiaro. Dopo aver abitato nel palazzo del Louvre, Cassini si trasferì in pianta stabile nell'osservatorio, stabilendo un dettagliato programma di ricerche e rilevamenti. Ottenne la più moderna strumentazione, con i cannocchiali progettati dai più rinomati costruttori italiani di lenti, e dotò la propria postazione di ogni tipo di micrometri e quadranti. Fece persino innalzare una torre di legno di quaranta metri per permettere l'uso delle ottiche più potenti e con maggiore lunghezza focale.»

Emma mi guarda con un largo sorriso. «Se fossi in te seguirei il suo esempio.»

Non sono sicuro di aver capito e la guardo con una faccia da scemo.

«Non hai mai pensato di venire ad abitare qua?»

Ridiamo ancora e, anche se non lo dico, penso che sarebbe fantastico vivere in un osservatorio. Con lei, magari.

Intanto il turbine delle stelle cadenti si è rinnovato. Ma adesso la pioggia di meteore che sfrecciano nella volta celeste è per noi due soltanto.

Guido Emma attraverso le altre postazioni della struttura: il Planetario, che quando viene acceso proietta il cielo di tutto l'anno in una stanza e manda in visibilio i bambini, e il museo Cassini con i documenti e la genealogia del cittadino più illustre di Perinaldo.

«È stato un grande contemplatore del mondo che sta sopra il nostro. Non mi stanco mai di raccontane la storia.»

«Si nota» ridacchia Emma.

«Scusa, a volte mi faccio un po' prendere.»

Si guarda intorno, mentre io devo sforzarmi per non fissarla.

«I suoi studi sul Sole, su Saturno e sulla periodicità delle comete sono ancora oggi alla base della nostra disciplina. Cassini elaborò una dettagliata mappa della superficie lunare, a lui si deve anche la scoperta della famosa Macchia Rossa di Giove.»

«Aspetta, questa la so» esclama. «È tipo una enorme tempesta, vero?»

«Promossa a pieni voti!» dico, davvero sbalordito.

«L'ho vista in tv, mi aveva colpito» spiega.

«È talmente grande che potrebbe contenere tre volte la Terra. È probabile che oggi sia addirittura più piccola di come l'avesse vista Cassini. Poi, il destino è stato così crudele che negli ultimi anni divenne praticamente cieco, perciò decise di dettare le proprie memorie a un segretario. La sua eredità scientifica fu raccolta dai figli e una parte di essa è contenuta in queste teche.»

Un silenzio solenne fodera lo spazio fra di noi.

«C'è qualcosa, tra queste mura, sotto questo cielo» commenta lei. «Qui regna un'atmosfera particolare. È più che suggestivo. Come posso dire... È un santuario in cui si fondono la scienza, il romanticismo e la poesia, ecco.»

«Allora spero che tornerai molte altre volte.»

«Mai dire mai...» Mi sbaglierò ma ho di nuovo riconosciuto l'ombra, nel suo sguardo. O forse è soltanto la mia paura di non rivederla che mi gioca brutti scherzi.

«Comunque deve essere una bella soddisfazione, gestire un osservatorio» aggiunge.

«C'è parecchio da fare e non è facile» rispondo ficcandomi le mani in tasca. «Ma non mi lamento. È un'attrazione di straordinaria importanza per la nostra zona, lo considero un privilegio.»

«Davvero, mi è piaciuto tutto» ribadisce lei.

«Sono contento, perché mi sono tenuto il pezzo forte per ultimo» annuncio con fare sibillino. «Vuoi vederlo?»

«E me lo chiedi?»

«Ti avverto: è uno spettacolo che ti travolgerà.»

Entriamo nel chiostro da un ingresso laterale. Alla nostra sinistra si erge l'antico campanile della chiesa, sulla destra la cupola bianca svetta come la torretta merlata di un castello. In mezzo, l'albero di ciliegio e la panchina in ferro battuto.

«Dobbiamo sederci?»

«Il mio consiglio è di rimanere in piedi. Fidati, non ci vorrà molto, prima che funzioni.»

«Prima che funzioni *cosa*?»

Lascio che la domanda si perda nel silenzio. Faccio un passo indietro verso il quadro elettrico incassato nel muro, armeggio con un paio di interruttori e, *click*, l'intera struttura piomba nel buio più totale.

Emma non fa in tempo a manifestare stupore che subito, d'istinto, corre con lo sguardo verso l'alto. Ed eccole lassù, le stelle che bruciano di una luce indescrivibile, che dominano incontrastate quel cielo impressionante.

Per qualche attimo la lascio a godersi lo spettacolo in silenzio. Poi, a bassa voce per non rovinare l'incanto, dico: «Ehi, ma lo sai che noi in questo preciso momento stiamo guardando indietro nel tempo?».

«In che senso?»

«Nel senso che la luce delle stelle impiega molto tempo per viaggiare attraverso lo spazio e raggiungere i nostri occhi. Perciò noi le vediamo in realtà nella maniera in cui apparivano nel passato.»

Capisco di aver bisogno di un esempio pratico, e per mia fortuna ne conosco alcuni che fanno sempre colpo.

«Prendi Vega, la stella più luminosa della costellazione della Lira» gliela indico con il puntatore laser. «È una delle più vicine a noi, con i suoi venticinque anni luce di distanza dalla Terra.»

«È bellissima... Ma cosa significa?»

«Significa che stiamo vedendo la luce che ha emanato un quarto di secolo fa» le rivelo.

«Incredibile.»

«Già, fa un certo effetto...»

«Ma se questa è una delle più vicine...»

L'emozione e la sorpresa le si rompono in gola.

«Esatto. In alcuni casi stiamo osservando la luce di secoli e secoli fa.» Mi muovo di nuovo con il laser. «Ti presento Betelgeuse, la supergigante rossa di Orione, che dista circa seicentoquaranta anni luce e ci sta catapultando dritti dritti alla fine del Milletrecento!»

Restiamo in silenzio per qualche istante, uniti da questa semplice eppure incredibile conclusione scientifica. Emma mi osserva pensierosa.

«Questo è il mio posto preferito al mondo» le sussurro. Il mondo che pare aver rallentato – come se stesse trattenendo il respiro – fino ad addormentarsi in questa notte perfetta. Intorno a noi è tutto talmente tranquillo da farci sentire sospesi in una dimensione dove non esistono suoni, rumori, contaminazioni, altre persone.

«Spesso vengo qui a leggere, annotare pensieri, esprimere desideri.»

«È molto bello immaginare che il cielo custodisca i nostri sogni» dice Emma, lo sguardo perso in lontananza. «Sai, è quando smettiamo di sognare che...»

«Diventiamo adulti?» provo ad anticiparla.

Lei scuote il capo e fa un sorriso che sembra condito da una nota di amarezza.

«No, che la nostra anima inizia a inaridirsi.»

Adesso quel velo di tristezza è evidente sul suo viso.

«E se invece i sogni se ne stessero lì, appesi a fili sottili» continua a riflettere a voce alta, «non sarebbe una cosa pazzesca? Ti è mai capitato di immaginarti lassù, al posto di una stella, accanto a tutti gli altri corpi celesti, al di sopra di tutte le cose?»

Vorrei annuire con forza. Certo che mi è capitato. Mi è successo poco fa, mi sta succedendo anche adesso. Cullati nel silenzio della notte, siamo già al di sopra del tempo e delle vicende umane. Forse siamo due figure destinate ad abitare l'infinito. O forse siamo pronte a svanire così, da un istante all'altro, lasciando una traccia luminosa dietro di noi come stelle cadenti.

«Sì» mormoro infine, mentre un puntino luminescente prende a svolazzarmi intorno. «E tra poco, sarà tutto ancora più magico.»

Nell'oscurità più totale, alcune macchioline di verde brillante si librano in aria come polvere di stelle che avvolge ogni cosa.

«Le lucciole!» sussulta.

È stato Pierluigi a farmi scoprire questo prodigio che si compie al buio, nel chiostro. La prima volta in cui le lucciole si sono rivelate, mi sono sentito travolto da un senso di completezza, di perfezione. Emma sta provando le stesse emozioni.

Senza rendersene conto, per la sorpresa perde l'equilibrio e afferra la mia mano, stringendola forte. Ci guardiamo negli occhi lì, sotto quel cielo, per un attimo che profuma di eternità. Poi le fisso le labbra color ribes, pensando a come sarebbe baciarla.

Medito se non sia il caso di farlo, il cuore mi batte all'impazzata.

Che storia è questa? Una favola in cui una bellissima sconosciuta irrompe nella mia vita al termine di un giorno nero, una scena dove gli occhi stanno al posto delle parole e l'impulso prevale sulla logica. Una finestra su un altro mondo, differente, che taglia tutti i ponti con il passato.

Ma alla fine la timidezza reciproca prende il sopravvento, il momento passa e io desisto.

Rimaniamo a contemplare le luci intermittenti ancora un altro po'.

«Te lo giuro, non ho mai visto una bellezza più grande di questa» dice Emma ritraendo la mano e accompagnando il volo degli insetti con delicatezza. «Ma quante ce ne sono?»

Non so bene come comportarmi. L'unica cosa che desidero è continuare a starle vicino, a respirarla. Mi sento legato a lei da un volere superiore. È già tardi e sono stanco morto, ma non posso lasciare che finisca così, non voglio uscire da questo sogno.

«Accidenti, non mi ero accorta che fosse così tardi! Vogliamo andare?» mi fa.

A questo punto se Leo fosse qui si complimenterebbe: *Bravo, Samuele, sei un vero idiota.*

Col cavolo che me ne vorrei andare. Metterei le catene al portone verde dell'Osservatorio e rimarrei qui con lei tutta la vita.

«Ti accompagno fuori. Tanto devo chiudere.»

Quando entrambi siamo sul piazzale deserto, mi stupisco di una cosa.

«Ma scusa, dov'è la tua auto?»

«Sono arrivata con il servizio navetta. Perché, è un problema?»

«L'ultimo autobus è partito subito dopo la chiusura...»

D'improvviso trasale, neanche avesse sfiorato un filo dell'alta tensione.

«Merda! Ma allora sono bloccata qui!»

«Non ci saranno altre corse prima di domani» dico. E neanche quel genio di Cassini saprebbe spiegare perché non le ho ancora offerto un passaggio.

«Mio Dio, ma dove ho la testa? Devo cercarmi un albergo o un bed and breakfast. Sai indicarmene uno?»

«In questa stagione è tutto esaurito, prenotato con mesi di anticipo» la informo, stavolta con una strategia. L'occasione è unica, e la scusa anche valida perché sarei un pessimo cavaliere ad abbandonarla. Non mi farebbe onore, oltre al fatto che me ne pentirei per il resto dei miei giorni.

«Hai già cenato?» la prendo alla larga, sentendomi goffo.

«Ehm... Veramente, no» esita.

Mi sento avvampare e cerco coraggio mentre il cuore accelera ancora.

«Allora ti invito!»

Sembra indecisa.

«Ma a quest'ora sarà tutto chiuso, no?»

«Infatti ti invito a casa mia...»

«Non è il caso, davvero. Ti ho già dato troppo disturbo.»

Ti prego, ti prego, non dirmi di no.

«Da qui a Sanremo sono trenta minuti. Preparo qualcosa di semplice...»

Mentre la guardo ancora, pieno di speranza, penso che quel vestitino leggero le sta proprio bene. Comincia a fare un po' fresco e lei si stringe le braccia con le mani. Rimane qualche secondo a fissarmi immobile, in silenzio.

«Non so se è una buona idea.»

«È una serata troppo bella perché conosca già la sua fine. Dimmi di sì.»

La ragazza con le labbra color ribes arrossisce, temporeggia, si guarda intorno e mi lascia con il fiato sospeso. Poi i suoi occhi blu mi osservano e dicono di sì.

6

Se non fossi ancorato al sedile della macchina, e in dolce compagnia, mi metterei a saltare per la contentezza. Mi sembra tutto talmente surreale. Sto guidando per la tortuosa strada provinciale attraverso il bosco, dove la natura ha ancora la meglio sull'uomo, a metà tra Perinaldo e Sanremo. Anche se, in realtà, ho l'impressione di essere a metà tra il destino e casa mia.

«Di dove sei?» azzardo timidamente, nell'intimità di questo breve viaggio.

Emma non risponde. Adagiata al poggiatesta, guarda fuori dal finestrino.

Sforzandomi di non tenere gli occhi su di lei più del lecito, e fissando la carreggiata illuminata dagli abbaglianti, torno alla carica.

«Sei in vacanza da queste parti? Spesso all'osservatorio arrivano persone anche da Montecarlo e dalla Costa Azzurra, e chiedono di *Cassinì*. E anche perché, diciamocela tutta, in Francia avranno anche il lusso, ma qua si mangia molto meglio.»

Lei sospira e chiude gli occhi.

«Con un po' di fortuna, per la strada potremmo incontrare qualche animale del bosco. Scoiattoli, gufi, furetti, ricci...»

Perché non parla più? Si è pentita di aver accettato il passaggio? La sto annoiando? Ho detto qualcosa che l'ha offesa?

Mi sale l'ansia.

«Emma, tutto ok?»

«Sì, più o meno.» Accenna un sorriso. «Devo ringraziarti per quanto hai fatto e stai facendo. La visita all'Osservatorio è stata speciale, mi sono sentita viva più che mai. Ne avevo bisogno, è stata una giornata difficile.»

«Ci si può innamorare dei luoghi, com'è capitato a me tanti anni fa.»

Speriamo non soltanto di quelli.

Poi cala di nuovo il silenzio, che dura qualche minuto. È evidente che Emma ha la testa da un'altra parte. Sembra inquieta, persino perduta.

«Ehi» dico. «Davvero stai bene?»

«Bene» mormora, poco convinta. «Scusami se sono di poche parole. Non è una passeggiata avere a che fare con me. Ho qualcosa di sbagliato...»

Non termina la frase.

«... in questa situazione?» oso a fior di labbra.

Non risponde. Si limita a scuotere la testa.

Dopo qualche momento, piano piano si apre. Lo fa a modo suo, con frasi che lasciano intendere più di quanto dicano, e con una voce così flebile che quasi si perde sotto al brusio del motore, ma è pur sempre una confidenza.

«Ci sono cose di me stessa con cui devo fare i conti. Cose che feriscono nel profondo, che fanno soffrire...

Hai presente quella sensazione di essere escluso da tutto?»

Se ce l'ho presente? Potrei scriverci un trattato talmente approfondito da essere chiamato come sapiente alla corte del Re Sole, ma è meglio che lei non lo sappia.

«Quando ti senti fuori posto, finisci con il costruire dei muri. Sono così insicura della mia vita» sospira.

«Be', lo siamo più o meno tutti, no?» tento di sdrammatizzare.

«Da qualche tempo non sono più quella che credevo di essere, sento che ogni giorno perdo un pezzo di me stessa... E poi sono sotto pressione perché devo concludere un lavoro urgente.»

«Ah, guarda, ti capisco benissimo. Io ci vivo perennemente, sotto quel tipo di pressione.»

«Cercherò di cavarmela anche questa volta, in un modo o nell'altro.»

Vorrei che mi aiutasse a capire. Mi lascia pochi appigli per andare avanti.

«Sai che non mi hai ancora detto di cosa ti occupi?»

«Sono un'illustratrice di libri per bambini e sto per...»

Ancora una volta smette di parlare e si morde il labbro. La ragazza che fino a poco fa si è beata dei miei racconti sull'astronomia, all'improvviso si è trasformata in una sfinge e mi osserva con un'espressione indecifrabile.

«Ma allora sei un'artista!» sussulto, provando a farla tornare allegra. «Che sciocco, avrei dovuto intuirlo subito.»

«Ah sì? E da cosa?»

«Be', dal tuo portamento, dalla tua grazia, dalla capacità di stupirti davanti alla bellezza. Tutte cose lampanti. Ti basta o devo continuare?»

«Basta e avanza, anche perché mi stai sopravvalutando.» Missione fallita. Non sorride. «Ti assicuro che ci sono molte giornate nelle quali preferirei non essere una disegnatrice e potermi dedicare a qualcosa di più solido.»

Vederla così delusa fa star male anche me.

«Lo dici come se fosse una punizione. A me il tuo sembra un bellissimo lavoro.»

Emma fa un vago gesto nell'aria.

«Ogni mestiere ha i suoi alti e bassi. In questo momento sono confusa, per niente soddisfatta di me.»

«Sono sicuro che in cuor tuo sai come risolvere il problema» insisto. «Non sarai troppo severa?»

«Il fatto è che ogni tanto perdo la mia luce, e metto tutto in discussione.»

Si volta verso di me, assente, quasi frastornata.

«Siamo pezzi di legno in mezzo al mare, sballottati da un'onda all'altra... Io vorrei non starci male, solo che è inevitabile. Ma perché ti parlo di queste cose? Non ti conosco nemmeno.»

«Questo non è vero. Noi ci conosciamo eccome» preciso mentre lei mi guarda storto, anche se bonariamente. «Da ben due ore e un quarto» concludo dopo aver lanciato un'occhiata all'orologio.

Emma ride.

«Posso dirtelo? Hai una bella risata.»

«Non mi capita spesso, di ridere.»

«Adesso a cosa stai lavorando, se posso?»

«Sei un po' troppo curioso» mi bacchetta. «Una donna ha bisogno dei suoi segreti.»

«Scusami, non volevo essere invadente. Non ti piace proprio parlare di te, eh?»

«In effetti no. È anche per questo che non ho Facebook. Non mi piacciono i social. Non mi entusiasma l'idea di essere spiata, o che si sappia dove sono e con chi. La gente sembra non desiderare altro che mettersi in mostra, a volte io vorrei solo sparire...»

Stringo più forte il volante. Mi tocca fare buon viso a cattivo gioco e costringermi a rimandare l'idea di chiederle il numero di telefono.

La strada sale e scende, infilandosi come un serpente tra file di alberi e cespugli. I tronchi si illuminano e si spengono al transito della macchina. Emma contempla, incantata, fuori dal finestrino, quindi sono io a riprendere in mano la situazione, cambiando tono.

«Allora facciamo così» ripiego. «A prescindere da quello che preferisci dirmi o non dirmi, ti auguro di vero cuore che tutti i tuoi desideri si realizzino.»

«Un pensiero davvero gentile» risponde giungendo le mani. «Lo ricambio volentieri. Sai una cosa? Mi sei molto simpatico. Però mi avevi promesso una specie di zoosafari, ma ancora nessun animale ha messo fuori il muso dalla tana.» Si finge stizzita. «Come la mettiamo?»

Prima *gentile*, adesso *simpatico*. Manca soltanto *giovanotto* e siamo a posto.

Per il nervoso premo sull'acceleratore.

«Vuoi dire che sono un bugiardo?»

«Più che altro non vorrei che ti stessi approfittando della mia buona fede. Le circostanze non depongono a tuo favore» sentenzia, incrociando le braccia.

In effetti è parecchio strano. Percorro questo tratto di strada almeno un centinaio di volte all'anno – in tutte le stagioni, sia quando fa caldo sia quando la neve si addensa ai bordi della carreggiata – e di notte mi capita sempre di imbattermi nelle creature del bosco più disparate. Gufi, civette, porcospini e persino ghiri.

Qualche mese fa, per poco non me la sono fatta addosso. Allo sbocco di un tornante mi si è parato davanti un cinghiale enorme. Alcuni abitanti del paese mi avevano messo in guardia, ma pensavo che mi stessero prendendo in giro o che mi volessero spaventare. Ho tirato un'inchiodata terrificante che mi è costata uno strato di pneumatici, c'è mancato un pelo che lo centrassi in pieno. Siamo rimasti a guardarci per un istante lungo un millennio – una sfida degna di *Mezzogiorno di fuoco* – poi il cinghiale si è spostato verso una fascia laterale, seguito da tre cuccioli e un altro esemplare adulto.

«Ehi, e quello cos'era?» indica Emma tutt'a un tratto. «Lo hai visto? Dimmi che lo hai visto!»

Una macchia di pelo rossastra ci ha tagliato la strada, è stata una saetta, è subito scomparsa tra gli alberi.

«Mmm» faccio lo scettico, «sarà stato un gatto.»

«Ma no! Era più grosso e aveva occhi brillanti come gemme. Fermati un attimo!»

«Che cosa? Non vorrai scendere dalla macchina... Siamo in mezzo a un bosco, in piena notte...»

«Eddai, per favore!»

Rallento fino a fermarci. Gli alberi, fittissimi come una muraglia, picchiano e sfrusciano fra di loro al fischio del vento. Alcuni rami, scuri e appuntiti, sporgono quasi fino al parabrezza.

«Non scendere però, ok?»

«Mamma mia come sei fifone... Tranquillo, non scendo. Rimaniamo qui solo un minuto. Magari non mi sono sbagliata.»

Mi sto già pentendo di questa sosta – ripenso a mamma e papà cinghiale che mi fissano minacciosi – ma poi sentiamo qualcosa che scricchiola e accade l'ennesimo episodio incredibile di questa notte: dopo un fruscio di foglie, da un cespuglio sbuca, con un balzo agile, una volpe, il muso lungo e affusolato.

Si accovaccia sul ciglio della strada e ci guarda.

«Eccola!» esclama Emma a bassa voce. «Te l'avevo detto! Mio Dio, non ne avevo mai vista una dal vivo. Bellissima, vero?»

Mentre lei guarda fuori, io in verità non guardo la volpe ma lei.

«Già... bellissima.»

7

Per tutto il resto del viaggio, ho studiato furtivamente il profilo delicato di Emma. Non sono stato più capace di resistere. Il collo lasciato in vista dal vestito, il naso appena pronunciato, quelle labbra... Sono dei capolavori.

Se anche si è accorta delle mie occhiate, non l'ha fatto notare.

«Gli occhi sono fatti per guardare» ripete sempre quell'impicciona della signora Verrando. «E anche senza dire niente... dicono tutto.»

Quando arriviamo sulla cintura della città vecchia, davanti al palazzo bianco senza ascensore, vorrei che la vita rallentasse un po', in perfetta sintonia con questa creatura divina che mi è stata donata dal cielo.

«Abiti qui? È magnifico» commenta Emma mentre saliamo al quarto piano, e a me la scalata non è mai parsa più lieve.

«Non fare caso al disordine» dico mentre apro. Un attimo dopo raccolgo alcune magliette sparpagliate sul pavimento e le faccio sparire dietro al divano con un gesto rapido. «Ti va intanto di bere qualcosa? Ho dell'ottimo vino.»

La mia gola è completamente secca. Prendo due calici, li appoggio sul piano della cucina e mi do da fare con una bottiglia di Rossese. La stappo e riempio i bicchieri mentre Emma passeggia per il soggiorno. Si avvicina alla libreria che occupa l'intera parete e scorre i volumi con aria interessata.

«Questo è per te» dico.

«A cosa brindiamo?»

Ci rifletto, passando al vaglio mille e una ipotesi.

«Che ne dici di... A Gian Domenico Cassini?»

«È il brindisi più insolito che mi abbiano mai proposto. Quindi ci sto!» Facciamo tintinnare i vetri. Poi Emma si discosta di un passo e lascia vagare lo sguardo per la stanza. «È veramente carino, qui.»

«È una tipica casa ligure, di quelle di una volta» mutuo le parole dell'agente immobiliare che me l'ha procurata. «Si sviluppa su due livelli. Sopra ci sono la camera da letto, il bagno, un piccolo ripostiglio e la terrazza.»

I locali sono lunghi e stretti, serviti da ripide scalette e divisi da muri interni piuttosto spessi e porte rustiche color lavanda. I mobili, di legno chiaro, sono gli stessi del precedente proprietario e inquilino, il pescatore. In qualche cassetto conservo ancora le reti, le corde e i galleggianti che ha lasciato qui. Il pavimento è in pietra, mentre l'arredamento è completato da una vetrinetta con le stoviglie, pochi pezzi ornamentali recuperati nei mercatini dell'usato, un poster di *Notte stellata*, un vecchio televisore sempre spento e semplicissime sedie in paglia. Accanto al fornello a quattro fuochi, il frigorifero e un paio di scatoloni con le mie bottiglie di Rossese.

Terminato il giro di ricognizione – con ovvia menzione d'onore per la vista panoramica – Emma sentenzia che l'appartamento, vuoi per la posizione sopraelevata dalla quale si dominano i quattro angoli della città, vuoi per il bianco splendente del palazzo e delle pareti, le ricorda un faro.

«O una di quelle case in Grecia. Ma più che bello, è un posto che ha cuore, come l'Osservatorio. Da quanto tempo ci vivi?»

«Un paio d'anni.»

«L'importante è che lo senta tuo. Ehi! E lui chi è?» mi chiede all'improvviso, spostando la visuale sul pianale più basso della libreria.

Oh, cavolo! Ero talmente preso da Emma che me ne sono completamente dimenticato.

«Lui è Leo, il mio pesce rosso. Cioè, il nome intero sarebbe Galileo. La mia passione per l'astronomia sconfina spesso anche nel privato» spiego, non senza imbarazzo.

Leo sguazza, abbastanza indifferente, nella sua classica boccia di vetro. Ce l'ha regalata Ilenia, la mia più cara amica; oltre ad avere un'infatuazione incrollabile per gli oggetti e i mobili antichi, è la mia scialuppa di salvataggio ogni volta che mi trovo in mezzo alla tempesta. E poi è una formidabile pasticciera, capace di preparare specialità deliziose che mi farebbero guadagnare mille punti in un'occasione come questa.

«Leo, ti presento Emma. È nostra ospite, cerchiamo di non farla sentire a disagio, intesi?»

Lei inarca le sopracciglia e mi guarda in maniera strana.

Lui dà un colpo di coda. Sospetto che sia geloso.

«Ok, mi hai beccato. Parlo da solo con il mio pesce rosso.»

Emma beve un sorso di vino, quindi avvolge le mani intorno al bicchiere.

«Siete adorabili. Avete un buon rapporto?»

«Eccellente, oserei dire. Leo è un ottimo coinquilino, se ne sta lì buono buono e ascolta con pazienza. Gli bastano pochi gesti per farsi capire. Ho il sospetto che sia incredibilmente saggio. Del resto, con il nome che porta...»

«In pratica è il tuo migliore amico» ride lei passando il dito sulla boccia di vetro.

Mi avvicino e le sussurro all'orecchio, con un'aria complice di cui mi compiaccio: «Ne ho anche di umani, ma non diciamolo ad alta voce, sennò si offende».

Emma si offre di dargli da mangiare e si diverte un mondo a guardarlo mentre si avventa sulla tempesta di granuli piovuti dal suo piccolo cielo, dopodiché arriva il momento di pensare alla nostra cena.

«Ti confesso che, oltre a essere stato un pessimo cacciatore di draghi e a scambiarmi confidenze con un pesce rosso, come chef sono una frana» riconosco. «Il frigo è mezzo vuoto, ma solo perché mangio spesso fuori per lavoro» mi affretto ad aggiungere.

«Intendi quello all'Osservatorio?»

«Uhm, non solo» tergiverso. «Di notte sono un astrofilo, di giorno invece faccio il reporter per una testata locale, curo le pagine di cultura, eventi e spettacoli.» Lo ammetto, non suona esattamente come se fossi un supereroe che ha svelato la propria identità segreta. «Sono un freelance. Per scelta degli altri, ovviamente.»

«Ah, anche tu sei un fan della partita Iva?» scherza.

«No, questo no. Ho un contratto part time.»

«E allora se hai un contratto non sei un freelance!»

«Se permetti lo sono eccome: nel senso che sono libero di essere lanciato a destra e a manca...»

«Comunque non l'avrei detto...» Prima di continuare, Emma soppesa bene le parole. «Non sei uno che ha la faccia da giornalista.»

«E da che cosa ce l'ho?»

«Boh. Da qualcos'altro.»

«Non me lo sono mai chiesto.»

«Come astrofilo invece vai più che bene.»

Mi ci vuole un po' a rimettere in moto i pensieri.

«Ok. Che ne dici di una pasta al pesto?» propongo per tornare al discorso cena. «Il pesto è fatto in casa, con basilico freschissimo, lo prepara una signora di Perinaldo.»

«Mi sembra perfetto» applaude Emma con entusiasmo. «E se non sei un bravo chef, vorrà dire che apprezzerò la buona volontà.»

Metto la pentola sul fuoco e, quando l'acqua bolle, ci butto dentro ampie manciate di tagliolini.

«Possiamo mangiare in terrazza. Se intanto vuoi salire, il re dei fornelli ti raggiungerà fra poco.»

Abbozzo quello che vorrebbe essere un sorriso intrigante. Non posso fare a meno di pensare che, se fossi uno sciupafemmine come il mio amico Iacopo – il classico tipo da "tutto e subito" che fa succedere le cose già al primo appuntamento – saprei fare a meno di questi preamboli. Senza equivoci, senza fretta e senza errori, riuscirei con grande charme a farle percepire quanto la desidero e a conquistarla in un caldo abbraccio avvolgente.

Ma se ogni grande seduttore ha i suoi cavalli di battaglia, io a malapena ho un pony.

«Va bene, ti aspetto allora. Intanto mi bevo un po' di vino, è proprio buono» dice portandosi il bicchiere alle labbra, e a me sembra di perdere la ragione.

Stappo una seconda bottiglia sospirando – ma non sono neppure sicuro di aver finito la prima – e riempio nuovamente i bicchieri, con il Rossese che gorgoglia piano mentre lo verso.

Tiro via la pasta qualche minuto prima delle indicazioni di cottura – "i tagliolini si consumano rigorosamente al dente": un vecchio consiglio della nonna – la condisco con il pesto, afferro posate e tovagliette e metto tutto su un vassoio.

«Eccomi qui. Spero non facciano schifo, nel malaugurato caso sii pure sincera.»

Emma sembra quasi non ascoltare. Seduta con le gambe distese e i piedi posati un po' di taglio, ancora una volta è persa altrove.

«A che pensi?»

I suoi occhi scivolano sulla città.

«A niente, scusa. Mangiamo, ho una fame da lupi.»

La notte luccica di possibilità, in attesa dell'alba sul mare di Sanremo.

8

Al termine della cena, Emma, che ha fatto il bis di tagliolini e bevuto più di un bicchiere di Rossese, mi chiede una sigaretta.

«Non fumavo da un secolo» dichiara dopo il primo tiro.

Anch'io ho alzato un po' il gomito, inizia a girarmi la testa. Il vino ha acuito i sensi e l'euforia, ma anche la stanchezza, che sta declinando in un dolce torpore. Piano piano, la presenza di questa ragazza sta compiendo il miracolo di farmi rilassare. Ne sono magneticamente attratto. Sento il profondo bisogno di ascoltarla, di capirla.

«Dove stai andando, Emma?» le domando, come se fossi in trance.

«Oh, ma insomma... Sei proprio incorreggibile! Non avevamo detto basta con le domande?»

«Anche la tua è una domanda» le faccio notare.

Emma si alza, va ad appoggiarsi al muretto di cinta della terrazza e soffia il fumo in aria. Al chiaro di luna la sua pelle è di madreperla.

«Non lo so dove sono diretta» ammette con una lieve contrazione agli angoli della bocca. «Come non so di preciso dove stessi andando, questa sera. Forse il più lontano possibile.»

China la testa e guarda di lato con aria malinconica. Le sue ombre tornano a visitarla, e anch'io non sono più sicuro di nulla mentre le barche dei pescatori, in lontananza, lentamente iniziano a staccarsi dal molo, e il nuovo giorno, fra le striature rosa e violacee del cielo, già reclama il diritto di nascere.

Guardo il mio bicchiere, il vino che ondeggia, poi il viso candido della misteriosa ragazza che non sa quale sia la sua strada.

«Diciamo che sono in cerca di ispirazione. Di idee, di novità, per fare le cose con slancio e intensità» mormora, tirando indietro i capelli con un movimento della testa. «Di qualcosa che riesca a stupirmi. Se solo fosse più semplice...»

Entrambi finiamo di bere il vino e di fumare, posiamo i bicchieri sul tavolo e restiamo in silenzio per alcuni istanti nei quali scrutiamo l'orizzonte.

«Com'è bella Sanremo d'estate. Non manca proprio nulla.»

«Sì...» e davvero non riesco ad aggiungere altro.

«Sono felice di averti incontrato, Samuele. Sembra quasi... il destino.»

Quelle parole, calme e liquide, mi accarezzano le orecchie, poi ci entrano dentro, e io avvampo per il calore e poi brucio quando, da lì, colano fino a raggiungere il cuore.

Emma mi guarda negli occhi e poi sorride di un sorriso diverso dagli altri. O sono io ad aver visto qualcosa che voglio a tutti i costi vedere, e che non necessariamente esiste? Sto dubitando di me stesso più di quanto non sia abituato a fare. So solo di essere innamorato, ogni fibra del mio corpo lo è.

E poi succede in una frazione di secondo, senza preavviso.

Lei mi abbraccia, con dolcezza. Il suo mento si incastra sulla mia spalla. E subito mi sento nel posto più esatto e perfetto che sia mai esistito. Adesso non mi va di stare male, non mi va di ricominciare con le domande e le paure, di pensare a tutti i gesti che vorrei fare e alle parole che vorrei dire o cancellare. Vivi, Samuele.

Quando ci sciogliamo, la guardo di rimando, questa volta apertamente e senza nascondermi, e non aggiungo altro. Mi manca il fiato, l'aria intorno a noi si fa un sussurro. Poi, con un gesto tenero, le sposto una ciocca dal viso. Lei non si oppone. I suoi capelli sono seta, mi pare impossibile potermi specchiare nell'immensa profondità del blu dei suoi occhi.

Una scossa, una felicità incontenibile mi inonda. Di colpo spariscono i giorni e le notti, le albe e i tramonti, il cielo, le stelle, le galassie, i pianeti e le colline sopra di noi. Spariscono il mare e le barche. Ci siamo solo noi due, io e lei. Le bocche si sono fatte più vicine, sono a una manciata di centimetri, i respiri immobili.

«Vado un secondo in bagno e poi che ne dici se ci prepariamo per la notte, anche se è quasi giorno?» domanda Emma.

«Va bene» rispondo con un filo di voce.

Prima di chiudersi la porta alle spalle, mi sorride ancora e mi saluta con un incoraggiante cenno della testa.

Il bagno è davanti alla camera da letto, in cima a una scaletta. Non sono che sette gradini in pietra.

Provo a riprendere fiato. Approfitto di questa pausa per scendere al piano di sotto e prendere lenzuola e asciugamani puliti.

«Hai visto, Leo, di che cosa è capace il tuo Samuele?» mi vanto con il mio pesce rosso. «Non è certo il genere di ragazza che passa inosservata, eh?»

E poi ci prepariamo per la notte, anche se è quasi giorno...

Queste parole mi rimbombano nelle orecchie come una profezia. Di più, una promessa.

«Te ne stai sott'acqua, ma le hai sentite anche tu, no?»

I miei piedi si staccano da terra un altro po'.

Leo mi guarda divertito.

«Anche tu le sei simpatico, non temere. Potrai restare a vivere con noi, quando si trasferirà qui» lo prendo in giro.

L'occhiata che mi rivolge è chiarissima.

«No, non sto correndo troppo. Stai tranquillo, lo so che cosa devo fare. Quando torna, le prendo il viso tra le mani e la bacio.»

E ci credo davvero.

Così inizio a salire al piano superiore.

Che strano però... Sto masticando le parole.

Mi siedo sul bordo del letto e mi prendo la testa tra le mani. Questa giornata è stata un'altalena di delusioni ed emozioni... Penso alle lucciole che danzavano nell'aria come minuscole particelle d'oro, la volpe accovacciata per la strada, il calore vitale emanato da questa ragazza bellissima, le cose che ci siamo detti e che abbiamo condiviso. Il vino che abbiamo bevuto, le sigarette che abbiamo fumato...

Emma che come tutte le donne si attarda in bagno...

Devo calmare il mio cuore in subbuglio.

Spengo la luce principale e accendo la lampada a stelo accanto al comodino, mi sdraio – solo un minuto di relax, solo uno – lo sguardo fisso sul soffitto. Al bagliore artificiale si aggiunge quello caldo dei primi riflessi dell'alba, mentre fantastico su quelle labbra color ribes che sto per baciare.

Apro di buon grado a questa folata di sensualità, mentre i contorni della stanza svaniscono.

Forse sto sognando?

Non ho più cognizione di dove siano il letto, le pareti, il pavimento e il buon Galileo che sguazza impassibile nella sua boccia di vetro portandosi appresso quel nome altisonante.

È così che, sopraffatto da questo saliscendi e dalla stanchezza, commetto l'unico errore che non dovrei fare in una situazione come questa. Il più terribile, il più imperdonabile.

9

Strizzo gli occhi e mi volto su un fianco.

L'appartamento è immerso nel silenzio. È una sensazione piacevole, starsene a sbadigliare e a stiracchiarsi in questo stato di semicoscienza. Mi sembra di essere in vacanza, quando sei già sveglio ma sai che puoi restare a letto quanto vuoi e alzarti con calma perché nessuno ti rincorre.

Pace e tranquillità, le parole d'ordine di una buona giornata. Forse c'è solo un po' di vento, le sottili tende bianche si scostano all'ingresso della brezza marina e lasciano filtrare i raggi di un bel sole.

Oddio, Emma!

Il pensiero arriva così, come una fucilata.

Il pensiero dell'incantevole ragazza con l'abito *cerise* mi colpisce in piena faccia.

Mi riscuoto dall'annebbiamento scattando sull'attenti.

Cosa diavolo è successo?

Mi guardo. Sono tutto stropicciato. Ho indosso i vestiti di ieri sera.

Mi sforzo di essere presente a me stesso per ricostruire gli ultimi attimi. Ok, adesso ricordo. Lei è andata in bagno, si è chiusa la porta dietro le spalle dopo avermi lanciato l'allettante promessa di prepararsi per la notte, dopodiché... Buio.

No, noi non abbiamo... Cioè, avrei tanto voluto, eccome se l'avrei voluto, ma non mi pare che sia successo.

Di nuovo buio. Adesso che ci penso, fin *troppo* buio.

Nella mia testa inizia a prendere forma un'ipotesi spaventosa.

Oh Signore, no – buio pesto – non dirmi che... Mi sono addormentato!

Che figura!

Mi sfrego le mani sulla faccia e sugli occhi. Emma non è nel letto, ho occupato entrambe le piazze, sdraiato di traverso.

Bravo, Samuele. Bravissimo. L'hai anche costretta a dormire sul divano, un vero colpo da maestro!

Mi alzo e apro le tende. La calura estiva preme contro i vetri. La porta del bagno è aperta, quindi punto dritto verso le scale. Con l'andatura di un ninja, presto bene attenzione a posare i piedi l'uno davanti all'altro. Magari Emma sta ancora dormendo, non voglio correre il rischio di svegliarla. Le preparerò una colazione coi fiocchi, o meglio farò una corsa al bar a prendere un paio di cornetti appena sfornati, ci aggiungerò un mazzo di fiori e mi scuserò sfoggiando il più affabile dei sorrisi.

L'unica cautela che dovrò adottare è di non farmi beccare dalla Verrando. Quella mi fiuta fin dalla chiusura della porta all'ultimo piano.

Scopro di essere agitato mentre mi sporgo nel soggiorno.

Soltanto che... non vedo nessuno. Se si eccettua Leo, la stanza è disabitata. Allora mi scapicollo nuovamente al piano superiore. Forse Emma è tornata sul terrazzo a guardare il mare.

Mi metto a recitare come un attore le mie pietose giustificazioni.

Ecco, Emma... Sono mortificato, ero davvero molto stanco ieri sera e...

Dio, che disastro!

Devi perdonarmi, Emma. Di solito non sono così. È che lavoro parecchio ultimamente, non mi prendo mai una vera vacanza e se non stacchi è abbastanza normale crollare dopo un po'...

Mi sono addormentato! Come cavolo ho potuto?

È finita. Vado incontro al mio destino con una certa rassegnazione. O forse no. Dopotutto è una ragazza dolce e comprensiva, matura. Non se la sarà presa per questo inconveniente. Non è nemmeno detto che si aspettasse qualcosa da me...

Spalanco le finestre e mi presento sul terrazzo. Un limpido cielo azzurro si stende come un affresco sulla Riviera dei Fiori, ma non c'è il tempo di fermarmi ad ammirare l'orizzonte. Perché Emma non è neppure qui.

A questo punto la chiamo ad alta voce, più volte, senza ottenere risposta. C'è una sola possibilità: non è in casa.

Che persona educata. Probabilmente è andata lei a prendere la colazione.

Sì, certo, come no.

La mia posizione di gentiluomo, già precaria, vacilla sempre di più. Prendo a camminare avanti e indietro per il soggiorno, un po' nervosamente, nell'attesa che riappaia magicamente. Niente. Un intenso senso di disagio inizia a stringermi il petto.

Mi metto a cercare in lungo e in largo. Da qualche parte deve pur aver lasciato almeno un biglietto, un segno qualunque del suo passaggio.

Niente di niente.

Cazzo.

Emma, esattamente come è apparsa dal nulla quando sono rimasto da solo nell'Osservatorio, nel nulla è sparita. Siamo stati insieme fino a quando la mattina ha fatto capolino, sognanti, sconvolti dai tanti avvenimenti. Ci siamo tenuti per mano nel chiostro, abbiamo cenato, ci siamo guardati in silenzio, abbiamo riso e chiacchierato. Ci siamo abbracciati e un brivido mi ha attraversato la schiena e lo stomaco. Poi mi sono assopito e lei è tornata in quel vuoto dal quale era saltata fuori come una fatina dei boschi.

Cerco, controllo, rovisto, butto tutto all'aria – camicie, pantaloni, scarpe e le mie preziose riviste pubblicitarie – alla ricerca di un dettaglio, di un particolare.

Che cosa speravi, Samuele? Che ti lasciasse il diario della sua vita da leggere comodo in poltrona?

L'emicrania e una tremenda sete bussano alla mia porta. A mano a mano che passano i minuti, mi sento sempre più inquieto. Il vuoto nella testa si riempie di ipotesi assurde mentre intorno c'è un gran silenzio, ammortizzato solo dai pigri movimenti del mio pesce rosso.

«Leo, amico mio! Questo sarebbe il momento ideale per cominciare a parlare!» grido.

Poi mi abbandono sul divano. Guardo per terra, poi ancora verso l'ingresso. Prego sottovoce che lei suoni il citofono. Nello stesso momento, tento di elaborare altre scuse plausibili per essermi addormentato.

Lo squillo del cellulare mi fa sobbalzare.

«Alice, scusa adesso non posso. Sto facendo una ricerca urgentissima. Ti richiamo io.»

«Ti richiamo io un cazzo! Ti sto salvando la vita. Dove ti sei ficcato?»

«Sono qui.»

«Eh? Qui dove?»

«Sono a casa. Perché?»

«Come sarebbe che sei a casa? Ti sei scordato della riunione di redazione?»

Mi do una manata sulla fronte. Con tutto quello che è successo, me ne sono completamente dimenticato.

«No! Certo che no» mento in modo spudorato, continuando a girare per tutto l'appartamento come un ossesso. «C'è ancora tanto di quel tempo...»

L'occhio mi cade sull'ora e, nella mia testa, si materializza la figura di un uomo che di orologi ne indossa due, vestito come un boia, intento ad affilare l'ascia per aprirmi il collo.

Le dieci e ventotto: ho due minuti per arrivare in ufficio. Vedo scorrermi davanti il trailer di *Mission Impossible*.

«Ehm...» tossicchia Alice. «Veramente stiamo per iniziare, il capo ha già chiesto di te. Tra l'altro è di umore nero.»

«Gli altri giorni invece è uno zuccherino...»

«Oggi è pure peggio, fidati.»

«Sapessi io... Mi sbrigo e arrivo, grazie.»

«Trova il modo di catapultarti qui. È previsto mare mosso.»

Sbuffo. Sono obbligato a sospendere le operazioni. È del tutto inutile sperare in un ritorno di Emma a breve termine, ma decido di lasciare un biglietto sulla libreria accanto a Leo e la porta di casa socchiusa. Un rischio che vale la pena di correre, anche se mi sento molto scoraggiato.

Sono ancora tutto arruffato, per cui volo in bagno per lavarmi sommariamente e indossare vestiti puliti. Ed è così che mi accorgo.

È una macchia di rossetto. Una semplicissima impronta rossa – il bel rosso acceso del ribes – a forma di labbra. Le labbra di Emma. Marchiate a fuoco sulla superficie riflettente sopra il lavabo. Dopo tanto vagare per le stanze, eccolo il segno del suo passaggio in questa casa e nella mia vita.

Non è successo nulla di fisico, tra noi, ma è stata comunque una follia travolgente. Conosco il suo nome, ma non so né da dove provenga né quanti anni abbia – anche se questo posso ipotizzarlo, e direi tra i venticinque e i ventotto – né ho il suo numero di telefono o un qualsiasi straccio di recapito.

Il mio sguardo si imbambola davanti alla sola traccia di sé che lei mi abbia lasciato. È la prova tangibile e inconfutabile che non mi sono sognato tutto. Che il nostro incontro è stato verità.

Ma la verità inizia a farmi paura.

Il mio ottimismo evapora definitivamente.

Con questo bacio stampato sullo specchio, Emma ha voluto dirmi addio.

10

«Alla buon'ora, Serra! Cos'è? Se la mamma non la chiama, non si sveglia?»

Sono già tutti seduti intorno alla scrivania del capo. Con le braccia conserte e la mascella contratta, Sergio Berti è sul piede di guerra. Alice non ha mentito.

Tornare alla realtà dopo aver galleggiato in un sogno lungo tutta una notte è peggio di una doccia gelata. Troppi i lampi che mi ronzano per la testa, troppi i pensieri impossibili da sopprimere.

«Eppure lo sa che vi voglio pronti e scattanti! Il motivo di un simile ritardo?»

La domanda suona retorica, perciò incasso in silenzio.

Anche se ostenta sempre un cinico distacco, il direttore è legato al giornale per davvero e ci tiene alla qualità del lavoro. L'editoria digitale gli fa venire il vomito, ma lui è un fior fior di professionista, orgogliosamente iscritto all'ordine da più di quarant'anni.

La sfuriata prosegue. I suoi occhi brillano di rabbia.

«La colpa è mia che continuo a darvi fiducia. Lo diceva mia madre, pace all'anima sua, che ero un inguaribile sognatore...»

In questa mattina di agosto, la redazione è un tribunale, c'è un processo in corso e io mi trovo nella scomoda posizione dell'imputato. Qui dentro, in questo stanzino più largo che alto, non mi sento affatto al sicuro.

Sergio schiocca la lingua, spazientito.

«Allora? Mi dà una spiegazione o vuole prima il bacino del buongiorno?»

Col cavolo, che la domanda era retorica.

«Chiedo scusa, direttore. Un problema di natura ciclistica» abbozzo. «Non si ripeterà.»

«Lo spero proprio.»

Non è una bugia. Quello che ho appena definito "un problema di natura ciclistica" mi è costato una lavata di capo e una contravvenzione. Già disperatamente in ritardo, mi sono lanciato fuori dal mio palazzo bianco senza ascensore, non prima di aver bussato alla scrupolosa signora Verrando per chiederle se avesse visto o sentito una ragazza scendere per le scale: stare con l'orecchio alla porta è lo sport preferito della vedova, doveva per forza aver assistito al passaggio di Emma. Ma la Verrando mi ha risposto placidamente che lei, questa mattina presto, non era in casa ma su una panchina dei giardinetti nelle vicinanze. «A guardare l'alba» ha puntualizzato. Per una volta in cui le sue doti di ficcanaso avrebbero avuto un'utilità, si è assentata? Così ho imprecato per tutto il tragitto, zigzagando per evitare i turisti che si avventuravano per i ciottoli della Pigna. In centro, sotto i portici di piazza Colombo, le persone facevano colazione nello storico Café che serve frolle e sfoglie, caffè e cappuccini. Le ho osservate con invidia e sono schizzato a tutta velocità: anziché prendere la strada normale, per fare prima ho tagliato per la centralissima via Matteotti, sfrecciando nell'area pedonale davanti al teatro Ariston. In giro c'erano signore benestanti con i cagnolini e la borsetta al gomito, il solito plotone di passeggini e carrozzine, commesse sulla porta dei negozi e liberi professionisti in giacca e cravatta a caccia di una pausa e un po' d'ombra. Facendo i salti mortali ho evitato un gruppo di persone disposte a semicerchio in estatico ascolto di un violinista che suonava per la strada, dribblando anche la custodia dello strumento che stava messa in mezzo per raccogliere le offerte. Ho tirato un sospiro di sollievo per lo scampato pericolo ed ero già nei pressi della statua di Mike Bongiorno, quando ecco il fischio del vigile che mi risuonava nelle orecchie.

Ho provato a spiegargli le mie ragioni – il lavoro, ero in ritardo, non si poteva chiudere un occhio per aiutare una giovane vittima del precariato? – ma quello è stato impassibile e mi ha appioppato la multa, non senza un articolato discorsetto sulla sicurezza, tanto per farmi perdere altro tempo.

Giunto alla meta, ho sbattuto la porta della redazione, lanciato la bici in un angolo e mi sono lasciato cadere sulla sedia. Alice, posizionata accanto a me, mi ha gelato con lo sguardo e mi ha sussurrato che il direttore, mentre mi aspettavano, aveva fatto riferimento alla pensione già in un paio di occasioni. Insomma, il plotone di esecuzione era pronto, mancava solo il condannato.

E infatti eccomi qua, impallinato e pronto per la riunione.

Valerio Ottonello, il responsabile della cronaca, è armato di carta e penna e sta prendendo appunti, con l'aria seria che ha quasi sempre. Di lui non posso dire che siamo amici, per esempio non ho idea se nel tempo libero collezioni francobolli o vada in palestra. Professionalmente parlando, invece, lo osservo molto perché è un tipo meticoloso e preparato, uno che va fino in fondo. A testimonianza di quanto sia sempre sul campo di battaglia con le antenne dritte, ha l'abitudine di indossare t-shirt mimetiche, mentre l'impegno culturale è testimoniato da una curatissima barba hipster della quale va fiero. Le scarpe da ginnastica a suola rigida, infine, sono un requisito fondamentale per chi insegue le sirene in motorino, in alcune circostanze ritrovandosi anche a fotografare incendi da distanza più o meno di sicurezza.

«Ok, adesso che siamo al completo, Valerio, procediamo con gli aggiornamenti» ordina Sergio.

«C'è stata una rissa davanti alla cattedrale di San Siro. Due rivali in amore.»

«D'estate le persone diventano sempre molto vivaci, dalle nostre parti.»

«Fossi stata in loro me ne sarei andata in spiaggia» interviene Alice.

«Caviglia!»

«Una mia amica mi ha appena mandato le foto dal lettino, dice che si sta divinamente.»

«Caviglia!» Secondo richiamo. «Possiamo andare avanti?»

Berti tronca sul nascere la divagazione e torna a Valerio.

«Quanto pesante, la rissa?»

«Dalle prime testimonianze, pugni, urla e un gran parapiglia per separare i duellanti. La polizia sta ricostruendo l'accaduto, le due teste calde sono state condotte in commissariato per accertamenti.»

«*Cherchez la femme*. Un grande classico.» Il direttore si liscia le commessure delle labbra. «Faccia un paio di telefonate, scavi nel passato dei boxeur e cerchi di arrivare al nome della ragazza contesa. Chi è, cosa fa e se preferisce i gatti o i cani. Qualunque cosa sia utile a infarcire l'articolo.»

«Certo, non si preoccupi. So già a chi chiedere. Ho la mia lista di contatti e informatori, qualcosa ne verrà fuori senz'altro.»

Per Valerio il direttore è un punto di riferimento imprescindibile. Non è un mistero che sogni di emularne la carriera, al netto delle trasformazioni con le quali il giornalismo è costretto a scendere a patti.

«Gli stia dietro, bisogna essere molto precisi su queste cose. Solo notizie verificate, niente illazioni da quattro soldi, di fake news ne girano già troppe. E mi raccomando: insisto perché ci impieghi il minor tempo possibile.» Sergio indica entrambi gli orologi, prima uno e poi l'altro.

Le riunioni plenarie constano di pochi convenevoli e di somme tirate. Si discute dell'andamento generale del giornale, di prospettive e correttivi da apportare, si monitora il lavoro della concorrenza.

Berti sposta la mira sulla più giovane del gruppo.

«E lei, Alice? Cos'ha combinato stamane, a parte limarsi le unghie e desiderare di essere al mare?»

La punta di diamante della nostra redazione ci relaziona diffusamente su uno studio della Camera di commercio sulla qualità della vita nel Ponente ligure.

Il direttore ascolta massaggiandosi nervoso le tempie.

«Sarebbe una lettura decisamente affascinante.»

«Oh, grazie» squittisce lei. «È un sollievo, avevo tanta paura che trovasse da ridire... Davvero lo trova un argomento interessante?»

«No!» urla Sergio. «No, Caviglia! Insomma... Per una volta, può smentirsi? Quante volte al giorno devo pentirmi di averla assunta? Crede davvero che questa inchiesta possa appassionare i nostri lettori? Ogni tanto lasciamoli respirare questi cervelli, ragazzi!»

Mi sto già prefigurando il peggio. La tempesta raggiungerà anche me nell'arco di pochi secondi. E invece...

«Basta così!» ringhia Berti, prima che Alice abbia un attacco di pianto. «Veniamo a noi, che di tempo ne abbiamo già buttato abbastanza. Vi ho convocati per una ragione molto semplice.» Fa una plateale pausa a effetto, come se stesse per scagliare in aria un titolo da prima pagina. «A volte ho dei lampi di chiarezza. Mi si manifestano proprio qui, davanti agli occhi. Dopo i fuochi di Ferragosto, ci prendiamo una settimana di pausa» annuncia.

Alice si lascia andare a un accenno di ola da stadio, pregustando una settimana di serate e tavoli prenotati al Victory Morgana Bay, il locale di tendenza della città che ricorda uno yacht extralusso spiaggiato tra gli scogli. Ballare fino all'alba, scolandosi bottiglie di Berlucchi e litri di Vodka Red Bull, magari in compagnia di ragazzi con il risvoltino ai pantaloni e la camicia azzurra che fa tanto buona famiglia.

«Oh, scusate. Mi sono espresso male. *Io* vado in vacanza. Il Trentino e le passeggiate in montagna mi attendono» dice Sergio, allegando un largo sorriso che gli accende il volto di un bagliore mefistofelico. «Aria pura e fresca, lontano da questo ambiente malsano e claustrofobico, e soprattutto a debita distanza da questi maledetti aggeggi elettronici.»

Si mette a scrutare l'uditorio, cercando di capire se il concetto abbia fatto breccia.

«E noi?» protesta Alice.

Il direttore assume un tono autoritario: «Voi le ferie non le farete. A meno che non sorteggiate un volontario che rimanga fisso in redazione, e che dovrà essere operativo sempre, giorno e notte».

«E di pomeriggio?»

Sergio Berti glissa. Allunga le braccia e si tira su le maniche, i suoi eccentrici orologi in bella mostra.

«Ma perché perdo tempo a parlare con dei tali idioti...» si lamenta, fingendo di non sapere che siamo ancora davanti a lui. «È tutto, potete andare.»

Indugiamo un secondo di troppo.

«Che avete da guardare? Mettetevi al lavoro! Qui dentro voglio vedere ritmi sostenuti, anzi indiavolati!»

Non so come ma l'ho scampata.

Ci alziamo all'unisono per tornare alle reciproche postazioni il più in fretta possibile.

«No, Serra. Lei rimanga. Chiuda pure la porta.»

Ah ecco, il via libera non era per tutti. Al più fortunato tocca il giudizio universale.

Alice e Valerio mi lanciano un'occhiata solidale mentre escono camminando all'indietro, e adesso comprendo che questa giornata sarà pure peggio di ieri. Sono spacciato.

Dovevo aspettarmelo che non mi avrebbe graziato. Il direttore è uno di quei tipi che non si rilassano nemmeno quando sono seduti. È pieno di energia, è indistruttibile. Un ghepardo pronto allo scatto, sempre all'erta, svelto a colpire appena l'avversario abbassa la guardia.

Mi siedo, e per un attimo ho la sensazione di avere appoggiato il fondoschiena su un tappeto di chiodi.

«Se è per il ritardo, ci tenevo ancora a scusarmi. So che la riunione era importante e...» provo ad anticiparlo.

«Non siamo qui per parlare di cattive abitudini.»

«Ah no?»

«No, le ho detto. Cosa c'è di tanto difficile da capire in un no?»

Questa specie di ghigno con cui Sergio mi guarda mi mette a disagio. Se ne sta lì, i gomiti puntellati sui braccioli della poltrona.

«Serra» parte in quarta, «da quanto lavora qui?»

«Quasi due anni e mezzo, direttore.»

«E cosa c'era scritto sul contratto, per quanto concerne la durata?»

Mi schiarisco la gola.

«L'accordo era triennale.»

«Ah, allora ricorda che il suo contratto è in *scadenza*?»

L'ultima parola l'ha pronunciata con un tono incredibilmente alto.

«Senza dubbio è nel suo interesse continuare con noi. Ma, lei capirà, bisogna valutare anche la convenienza per il giornale.» Allinea con gesti studiati la documentazione sparpagliata davanti a sé. «Ha sempre dimostrato di avere altre ambizioni, o sbaglio?»

«Certo, se la mette giù così non sbaglia. Ma questo non vuol dire che…»

«Serra, faccia parlare me. Credo che dobbiamo considerare un quadro più ampio. In più, là fuori c'è una coda di stagisti lunga fino a Bordighera.»

Evito di far commenti per non alimentare ulteriori tensioni. Il mal di testa mi sta distruggendo. Non ci sono finestre, non posso nemmeno guardare fuori per mascherare l'imbarazzo. Né a qualcosa servirebbe fissare il pavimento nella speranza che si apra una voragine e che io vi precipiti fino al centro della Terra.

La notizia non è inaspettata – sono capace di contare da solo i mesi che mi separano dalla scadenza del contratto – ma, in mancanza delle gloriose alternative professionali e dei lauti compensi del Conchiglia Group che mi ha appena sbattuto la porta in faccia, può tranquillamente trasformarsi in una mazzata.

«Non glielo dico solo per tenerla sulla corda, ma perché bisogna capire che cosa vogliamo fare.» Sergio fa schioccare le nocche e mi lancia uno sguardo eloquente. «Quando si è trattato di assumerla abbiamo dovuto decidere in fretta, adesso è diverso. I patti erano chiari, no?»

Schiena dritta e mento in avanti.

Anche se sto ostentando indifferenza, mi sono allontanato un po' offeso dalla discussione con il capo. Berti non c'è andato leggero. Ok, non sono il giornalista dell'anno e non impazzisco per questo lavoro, però sono una discreta penna e svolgo il mio compito in modo dignitoso. Inoltre, e questa è l'obiezione principale che avrei voluto rivolgergli, non è che sia circondato da fulmini di guerra.

In questo preciso istante Valerio sta incollato al centralino del Pronto Soccorso per scoprire se abbiano ricoverato qualcuno di "interessante", Alice invece miagola mentre si spalma della crema autoabbronzante sulle braccia.

«Che uomo insopportabile! Come faccio a mantenere l'abbronzatura se sto sempre chiusa qui dentro? È un'ingiustizia, un abuso di potere.»

Butta lì qualche timida minaccia di rivolgersi ai sindacati e altre imprecisate accuse di mobbing.

Il mio stomaco si è chiuso a tal punto che preferisco saltare il pranzo.

Il quadro della situazione è tetro. L'ultimatum di Berti è la ciliegina sulla torta. Di punto in bianco, potrei ritrovarmi senza lavoro e senza un quattrino.

Al diavolo, mi dico prendendo l'alimentatore del computer dal cassetto della scrivania, qualcosa mi inventerò. Non dovessi riuscirci, sarà l'ennesimo fallimento, un altro filo da aggiungere alla trama fragile e tragicomica della mia esistenza. Altri pensieri con cui ingombrare una mente ingarbugliata, che non può fare a meno di tornare continuamente a Emma.

Quella che mi è capitata ieri notte è una cosa straordinaria. Una storia alla quale, se me la raccontassero, non crederei. L'ho abbracciata, e in quella stretta mi è passata davanti tutta una vita, sono passati sogni, ricordi, ambizioni deluse ed emozioni. Ora quel tutto si è drammaticamente trasformato in confusione e disperazione.

Mi sento come in una bolla di sapone, le tempie mi pulsano. Sto davanti al computer cercando di sembrare normale, ma la mia testa fa il girotondo.

Distratto come sono, non riesco a essere produttivo. Il pensiero di Emma mi assilla, scandito dall'andamento lento delle pale del ventilatore. Quella ragazza mi è entrata nella mente come una canzone impossibile da scacciare.

D'accordo, molto probabilmente non ho sognato. Però posso benissimo essermi illuso, non sarebbe la prima volta. Il mio palmarès annovera una nutrita serie di infausti precedenti.

«C'è differenza tra sogno e illusione?»

«Come, scusa?» mi fa Alice. Pensavo di averlo solo pensato e invece l'ho detto proprio. Il bello è che mentre me lo chiede si specchia usando la fotocamera del telefonino e controlla il rossetto facendo le smorfie.

Le sorrido con aria innocente.

«No, scusa. Riflettevo a voce alta. Mi aiuta a concentrarmi.»

«Te lo porto un caffè?»

La proposta arriva da Valerio. Mi si avvicina in punta di piedi e mi appoggia una mano sulla spalla. Lo guardo come se non avesse parlato con me.

«No, grazie.»

Lo sconforto e lo smarrimento mi si devono proprio leggere in faccia.

«Fossi in te accetterei. Il caffè non è un piacere, serve per l'attivazione cerebrale.»

Decido di dargli ragione. In fin dei conti, un po' di doping per i miei neuroni può essere una manna dal cielo.

«Ok, portamelo nero, ristretto, senza zucchero e preferibilmente intenso.»

«Meno male che non lo volevi» commenta il reporter allontanandosi.

Cinque minuti più tardi, mentre senza abilità alcuna fingo di lavorare, tento di nuovo di ricostruire le ultime ore in cerca di un indizio, un dettaglio, un dannato appiglio. Sprofondato sulla sedia, continuo a girare il caffè anche se non ci ho messo lo zucchero.

Perché Emma se ne è andata così? Perché non mi ha salutato? Perché non mi ha nemmeno lasciato un biglietto?

Mi vengono mille dubbi. Per esempio, si chiamerà davvero Emma? Di sé non mi ha detto quasi niente: che fa l'illustratrice per bambini, che non sa dov'è diretta, che cerca niente o forse tutto... Intorno a lei vedo solo ombre e quei suoi turbamenti.

Finisco il caffè con un gesto risoluto, maledicendomi una volta di più per non averla baciata e per essermi addormentato.

Dopo una buona mezz'ora spesa a vagliare tutte le possibilità e a tormentarmi il labbro inferiore con le dita, stabilisco di avere bisogno di aiuto. Ho già combinato troppi casini senza consultarmi con qualcuno. E quel qualcuno non può essere che Ilenia. Solo lei ha il potere di rassicurarmi.

Mi risponde al secondo squillo e la sua voce è un abbraccio. È bello avere qualcuno su cui poter contare.

«Ahia, quando mi chiami tu è un brutto segno. Troppi pensieri?»

«No, direttamente una richiesta di aiuto.»

«Ok, niente panico. Passi da me in pasticceria quando stacchi?»

«Volerò.»

«Di qualsiasi cosa si tratti, stai tranquillo che la aggiustiamo.»

Chiudo la comunicazione e mi lascio andare contro lo schienale, rendendomi conto di avere davanti una montagna da scalare.

Perché, fra tutte queste domande inevase, il quesito più importante è un altro.

Come si rintraccia una donna della quale non si sa nulla?

11

«Tieni, assaggia questo.»

Ho lo stomaco chiuso a riccio, ma Ilenia ha tutta l'intenzione di coccolarmi e a lei non posso dire di no. I suoi dolci sono la fine del mondo.

«Allora? Com'è?»

«Squisito» mi complimento, finendo di masticare i due biscotti a forma di conchiglia uniti da un cuore di crema di cioccolato. Morbidissimi all'interno, hanno una parte esterna leggermente più croccante a base di nocciole tritate. «I tuoi Baci di Sanremo sono eccezionali.»

«Questi sono più fondenti. Te ne metto da parte una mezza dozzina, ok? Per i momenti bui» mi fa l'occhiolino.

Con i suoi capelli chiari tendenti al rosso, la simpatia e la solarità con cui indossa quei chili di troppo che sa trasfigurare nel suo punto forte, e quelle lentiggini che le danno un'aria sbarazzina, Ilenia è in tutto e per tutto il lato dolce della vita.

Estrae un'elegante confezione color champagne da sotto il piano di lavoro, vi deposita con la cura di una neomamma le paste marroncine, a una a una con le pinze, e mi regala uno sguardo così rassicurante che vorrei sciogliermi qui, ora.

Con Ilenia è così. Una battuta, una risata e torna il sereno.

Il resto del pomeriggio in redazione si è trascinato lento, e quando finalmente sono entrato nella pasticceria gelateria Vecchia Matuzia mi sentivo come il disperato che ha appena vinto alla lotteria ma ha perso il biglietto della fortuna.

La pasticceria, locale cult della città, è un ambiente accogliente. Situata a pochi metri dalla romantica passeggiata lungomare dell'Imperatrice – scrutata dai grandi alberghi signorili frequentati dalla nobiltà europea del primo Novecento, e dalla statua della Primavera davanti alla quale si è fatta fotografare anche Evita Perón – non è né troppo grande né troppo piccola. Un bancone di prelibatezze sontuose, frigoriferi pieni di torte, pasticcini, gelati, semifreddi e sorbetti, e il laboratorio sul retro che è il regno di Ilenia.

Sono tantissimi i clienti che si mettono in coda sotto l'insegna, una tenda bianca a righe gialle, per degustare il gelato più buono di tutta Sanremo, la celebre e insuperabile panna semifredda: una crema dalla consistenza vellutata che si scioglie in bocca, creando dipendenza immediata.

Ilenia Barberis, oltre a un viso sincero e gentile che è il libro aperto delle sue emozioni, ha due grandi amori. Il primo è l'alta pasticceria. Fa questo mestiere praticamente fin da bambina, quando il giorno del suo decimo compleanno i genitori le regalarono un piccolo forno giocattolo. È un'autodidatta, non ha mai conseguito un diploma ma ha lavorato sodo. È la prova che se hai talento e ci credi per davvero, be', non necessariamente ti servono le istruzioni.

Ha sempre voglia di imparare – non perde una puntata di *Bake Off* nemmeno se è in corso un bombardamento – e del suo lavoro le piace tutto: lo studio delle materie prime, la fusione di intelletto, cuore e manualità, la curiosità necessaria per sperimentare, a volte per osare. Un metodo di cottura diverso, un ingrediente in più o in meno, una combinazione nuova e insospettabile.

Il secondo amore di Ilenia è l'amore stesso. Per lei il più nobile dei sentimenti è dentro ogni uomo e dentro ogni donna, dentro ogni cosa e animale. Ne parla così tanto e con un trasporto tale che quasi sembra averlo inventato lei. Nonostante questo, ad oggi non ha nessuno al proprio fianco. Ma non si arrende, è in attesa della persona giusta, quella che la pensa come lei. Semplicemente, sa che arriverà. Io invece so che chi occuperà quel posto sarà un uomo fortunato.

Ecco perché sono corso qua a raccontarle tutto, ogni istante della serata e dell'alba con Emma. I gesti, i sorrisi, i contatti.

«Che storia fantastica, ci dovresti scrivere un libro» scherza per tirarmi su il morale. «Dalla tua voce avevo intuito che si trattasse di un problema serio. Se non un allarme rosso, almeno un codice giallo. E dimmi, lei com'è?» chiede mentre sbatte con lo zucchero un uovo rotto in un bicchiere.

Vedere all'opera questa artista dalle mani d'oro che si destreggia tra farine, pan di Spagna, sac à poche, brioche delicatissime e decorazioni di ogni tipo, è ogni volta un'esperienza incantevole. Anche se devo viverla da dietro uno schermo di vetro – nel quale ci sono solo due fessure, una che favorisce la comunicazione e l'altra per il passaggio dei cibi – dato che per ragioni igieniche non sono ammessi ingressi non autorizzati dentro il laboratorio. Su questo la mia amica è tassativa. È davvero ironico che io sia sempre costretto a parlare del mio mondo emotivo con una barriera trasparente in mezzo: succede con lei così come con il mio fidato, saggio, Leo.

«Oh, Ilenia» sospiro con la bocca ancora piena di cioccolato, «è semplicemente straordinaria. È entrata nell'Osservatorio... Anzi, è *apparsa*... Mi prenderai per stupido, ma credo di aver visto qualcosa che ci rende simili. A un certo punto ho avuto l'impressione che ci stessimo aggrappando l'uno all'altra, che volesse lasciarsi tutto alle spalle e scappare via con me.»

«Be', è un buon segno. Ci sono amori che nascono con il tempo, giorno dopo giorno. Altri, invece, sbocciano non appena due persone si incontrano.»

«Secondo te, anche lei prova le stesse cose?»

Con chiunque altro mi vergognerei a fare una domanda come questa. Con lei no.

«La vostra è stata più di una chiacchierata.»

«Lo dici tanto per dire?»

«No! Perché dovrei?»

Io e Ilenia non siamo mai stati insieme, tra noi non è neppure mai scattato un bacio da ubriachi di cui pentirsi l'indomani, eppure siamo legati da una stupenda affinità. Lei sa tutto di me, e viceversa, stiamo bene in compagnia l'uno dell'altra e trascorriamo delle meravigliose serate. A volte mi accorgo di come mi guardi con una certa emozione. Crede ciecamente in me e trova sempre la cosa giusta da dire.

Non saprei spiegare perché, ma sono convinto che se mai avrò una chance di mettere ordine in tutto questo casino che è la mia vita e conoscere il mio vero io, sarà grazie a lei.

«Ile, posso farti una domanda?»

«Spara. Di che si tratta?»

Aggrotto le sopracciglia.

«Una donna può innamorarsi di me?»

Ecco, non arriverei primo a un concorso di bellezza, e probabilmente neanche nella top ten. Sono goffo e non ho uno sguardo folgorante, però ho un sorriso tenero, il che è pur sempre un inizio. Una matassa di capelli castano chiaro perennemente ribelli e spettinati, gli occhi scuri, il naso piccolo e un po' schiacciato, una cicatrice sotto il mento – una brutta caduta con la bici quando avevo quattordici anni – facilmente mimetizzata con un filo di barba che cresce e si accorcia in base al mio discontinuo rapporto con il rasoio elettrico.

Ma i miei dubbi non nascono dall'aspetto fisico. Il punto è che non ne capisco nulla, dell'amore. Per me è sempre stato un grande rompicapo, un cubo di Rubik in cui le facce non vogliono mai saperne di andare al loro dannato posto. Non sono capace di interpretare quelle impercettibili sfumature negli sguardi femminili. Sarà forse per questo che le donne finiscono immancabilmente per lasciarmi, deluse, perché "non sono un uomo pratico": un uomo con la testa fra le stelle, troppo sognatore, incapace di prendersi cura come si deve della propria compagna.

Che colpa ne ho se sono disordinato e notturno, se

sono dotato di un animo poetico e osservo il cielo per lavoro e passione, anziché tenere i piedi piantati a terra?

L'ultima in ordine di tempo è stata Coralie, una violinista venuta a esibirsi nel chiostro dell'Osservatorio durante una serata di accompagnamento concertistico alla divulgazione astronomica. La musica del suo violino era deliziosa quanto lei. Di origini francesi – il padre e la madre vivono a Mentone – parlava con una erre moscia che dava alla sua voce una nota irresistibile. Non c'era invece nessuna traccia di melodia in lei quando un mese dopo, al culmine dell'ennesima lite, mi ha vomitato addosso tutta la sua frustrazione: «*Fais pas l'enfant avec moi!*» e si è dileguata intimandomi di non farmi rivedere più.

E prima di Coralie ci sono state Michela, che "non riconosceva più la nostra relazione"; Patrizia, "i nostri valori sono diversi"; Veronica, "non voglio lottare per una storia a intermittenza"; ed Eva, che mi cazziava se non mettevo le pattine prima di entrare in casa sua.

Una ragguardevole collezione di abbandoni.

Michela mi ha lasciato la sera stessa in cui mi ha presentato ai suoi genitori. E l'ha fatto durante la cena fissata da settimane, davanti a tutti, compreso il vecchio zio appena operato di cataratta. Eravamo seduti a tavola, tra il primo e il secondo. Non mi aveva mai guardato in faccia, mentre parlava. Non si era nemmeno pulita la bocca con il tovagliolo, e io non avevo potuto fare altro che congedarmi educatamente cercando di trasformare il disagio in una risata inverosimile. La stessa espressione che avevo con Patrizia la domenica pomeriggio in cui incontrammo una sua collega che ci pose la fatidica domanda – «Ma voi due state insieme?» – e lei senza pensarci un secondo sputò fuori un secco «No». Con Veronica invece era successo al ristorante: a un certo punto era entrato il suo ex, lei era andata a salutare e si era accomodata al tavolo. Lui era con degli amici, dopo un po' erano rimasti solo loro due e io me ne stavo tutto solo a sgranocchiare grissini più per il nervoso che per la fame. Poi dentro di me avevo trovato la forza per un grande atto di dignità: me ne sono andato. Il giorno dopo avevo già rinnegato il mio amor proprio. Le telefonai. Aveva cambiato numero.

Che cosa avevano in comune tra loro queste ragazze, oltre a non volermi più tra i piedi? La sensazione che, come coppia, non stessimo andando da nessuna parte.

«Perché mai una donna non dovrebbe innamorarsi di te, scusami?» mi risponde Ilenia. «Sai essere interessante, rassicurante, protettivo. In più sei molto dolce, alle donne piace.»

«Boh, sarà... A me pare che tu abbia descritto qualcuno che non sono io.»

«Come ti vedi tu e come ti vedono gli altri sono due cose diverse» mi sgrida mentre dispone con ordine i frutti di bosco sopra un'invitante cheesecake. «Lo sai anche tu che hai qualcosa di speciale. "Un tenero astrofilo naif", ecco cosa sei.»

«Peccato che le donne impazziscano per i cattivi e i duri» mi lagno.

Ilenia scoppia a ridere. Probabilmente mi vuole bene proprio perché sono fatto così. All'inizio mi mette in guardia, come prescritto dal manuale della buona amicizia, poi dà briglia sciolta alla sua fantasia. Soprattutto, è sempre presente per raccogliere i cocci quando le cose puntualmente vanno in malora. Ma non sarà mai lei a tarparmi le ali, nemmeno per scherzo.

«Ti sei dichiarato?»

«Ehm... Ecco, non proprio.»

«Ah.»

«Diciamo che non ne ho avuto il tempo. Avevo paura di perderla ancor prima di conquistarla. Cioè, di provare a conquistarla.»

Ilenia glissa: «Non è un dramma. Noi donne vediamo anche quello che rimane nascosto. Avrà sicuramente capito che sei un uomo buono e generoso che non si ferma alla superficie».

«Ma allora perché andarsene così?»

«Avrà avuto i suoi motivi. È quello che dobbiamo scoprire.»

Stringo le labbra nervosamente.

«Non è che si è offesa perché mi sono addormentato? Se l'è legata al dito e non ha voluto perdere altro tempo con un coglione come me.»

La mia migliore amica scuote la testa. Fuori è ancora una bella giornata e questo la rende più gioiosa, rilassata e sorridente del solito.

«Oppure è perché avevo il frigo vuoto...» adesso sono io che scherzo, per darmi una scossa. «Devo ricordarmi di fare la spesa. Il tuo sesto senso cosa dice?»

«Il mio sesto che?»

«Il tuo celeberrimo superpotere femminile.»

Ilenia afferra una teglia di tiramisù, taglia una fetta e l'assaggia, meditabonda, gli occhi rivolti verso l'alto. Dopo qualche secondo fa una smorfia insoddisfatta e butta tutto nel secchio della spazzatura.

«Dice di non essere il solito disfattista. Io sono positiva.»

«Vorrei esserlo anch'io. Specialmente ora che potrei perdere il lavoro» aggiungo con tono spettrale. «Oggi Berti mi ha fatto un discorsetto rassicurante come quello di Hitler nel bunker.»

«Significa che hai ancora un po' di tempo per cambiare le cose.»

«Non lo so... Sono deconcentrato. Non riesco a smettere di pensare a lei. Quel suo sguardo, Ilenia, c'era qualcosa in quegli occhi...»

Non lo so spiegare. Era come se lasciassero intravedere squarci di una verità dolorosa. E così il suo sorriso: era pieno di dolcezza, ma aveva come delle piccole crepe.

«È emozionante quando qualcuno arriva all'improvviso e ci sconvolge la vita. Il fatto che non vi siate baciati, poi, rende tutto ancora più poetico!»

Per lei, le parole pronunciate di notte sono giuramenti.

«Tutti dovrebbero avere un appuntamento come il vostro» prosegue. «Be', a parte la fuga finale, ovviamente.»

Mi porto le mani al viso.

«Sento che devo fare qualcosa. Ma il punto è: che cosa?»

Ilenia si china in avanti e appoggia il mento sul palmo. Andiamo tanto d'accordo perché, in definitiva, cerchiamo le stesse cose nelle persone. Comprensione, condivisione, vicinanza nelle gioie e nelle difficoltà.

«Per prima cosa, terrei d'occhio la situazione all'Osservatorio» suggerisce.

«Non ti seguo.»

«Rifletti, scemone. Se questa notte siete aperti, Emma potrebbe decidere di tornare.»

Vorrei saltare e abbracciarla.

«Giusto! Siamo aperti eccome, la pioggia di stelle cadenti continua.»

Mi sto già rinvigorendo. Emma si presenterà a Perinaldo e non dovrò neppure giustificarmi per essermi addormentato. Basterà rivedersi, questo sarà il segnale del nostro amore, l'ossigeno tornerà a riempirmi i polmoni e tutte le incertezze saranno spazzate via.

Subito dopo, però, cado in depressione al balenare di un dubbio.

«E se invece non dovesse venire?»

La pasticciera che sogna a occhi aperti ha già pronta la risposta: «Cercala in rete. Su Facebook. Ne hai mai sentito parlare? È quella cosa che ha reso ricchissimo quel secchione americano. La gente si collega, chiede l'amicizia, resta in contatto...».

«Siamo spiritosi, oggi.»

Conferma facendomi una linguaccia. «Ma dove vivi, scusa? Con i social puoi sapere tutto di chiunque, non hai neppure bisogno di incontrare qualcuno o parlarci.»

«Non servirebbe, purtroppo. Emma mi ha espressamente detto di essere contraria a tutti i social. Ne parlava anzi con un certo fastidio.»

«Bah, io un tentativo lo farei lo stesso.»

Sospiro, cercando di capire se possa avere ragione.

«Comunque, bello mio, anche se la cosa ti fa mediamente schifo e hai il contratto in scadenza, sei ancora un reporter, no? Cerca su Google e nei database del giornale. Potresti ricevere qualche riscontro. Emma, come chiunque, potrebbe essere sul web a sua insaputa, magari taggata in qualche foto. E poi non hai detto che fa l'illustratrice? Di nuovo cerca su Internet e se non trovi nulla vai in libreria e chiedi. Certo, hai solo il nome, ma forse può bastare.»

Impressionato, ammetto a me stesso che fidarsi di qualcuno – a patto che sia un tesoro di persona – è un rischio che vale la pena di correre.

Possibile che non ci sono arrivato da solo? Tra la mancanza di sonno e una capacità di giudizio messa a repentaglio, prima dei suoi consigli non sono stato in grado di trovare una soluzione decente. Devo avere seri problemi connettivi.

«Ilenia, sei un genio, dovrebbero darti il Nobel!»

«Sto già preparando il discorso di ringraziamento in svedese» scherza lei, agitando la mano a ventaglio per darsi delle arie.

Poi esce dal laboratorio per raggiungermi, si toglie i guanti da lavoro e, facendosi seria, mi accarezza la guancia.

«Ehi, ci saranno grandi cose per te, fidati. Vedrai che si risolve tutto.»

«Spero tanto che le stelle ti diano retta. Ho scoperto che cosa significa amore a prima vista, e non intendo rinunciarci.»

«Questo sì che è parlare. Innamorarsi è la cosa più bella che possa capitare a una persona.»

Ilenia si solleva sulle punte e si mette a volteggiare, come se stesse ballando il valzer con un principe azzurro nel salone delle feste di un castello.

«Chi può dire che cosa succederà? Goditi queste sensazioni, questi momenti. Sentiti libero, fai delle pazzie, lasciati andare. In una parola, trovala!»

12

Dopo aver lasciato Ilenia in pasticceria, sono balzato in macchina verso Perinaldo.

Preso da una frenesia che sicuramente Pierluigi e Cecilia hanno colto al volo, ho cercato il volto di Emma tra i visitatori – niente –, l'ho aspettata oltre l'orario di chiusura sperando di sentire il cigolio del portone verde – niente –, ho lanciato occhiate impazienti al piazzale antistante il municipio e l'antica chiesa – ancora niente.

Ho guardato quel cielo stellato che meno di ventiquattro ore fa mi è stato amico, con un sentimento misto di malinconia, ansia e tristezza. Alla fine ho dovuto gettare la spugna.

Perché non è venuta ad abbracciarmi? A tenermi ancora per mano, a dirmi che voleva un'altra notte in cui essere le sole persone al mondo?

L'ho aspettata con il cuore gonfio talmente a lungo, che per la seconda notte di fila sono rincasato che quasi albeggiava. Sono passato sul porto vecchio di Sanremo, le barche dei pescatori avevano appena mollato gli ormeggi di fronte ai baretti con le sedie ancora sui tavoli, gli ombrelloni chiusi su se stessi. La via nella quale abito sembrava più deserta del solito e il vento era cresciuto d'intensità.

Non ho alcuna intenzione di dormire, sono ufficialmente arrabbiato con il sonno e i suoi dispetti. Mi sdraio sul divano con il computer sulla pancia e un cuscino dietro la schiena – la mia classica postura da creativo – per lanciarmi in una ricerca sul web. Non credo che funzionerà. Ho poche informazioni e nessuna è un minimo circostanziata.

«Cercare *Emma* su Google mi sembra un esercizio di una stupidità clamorosa» sussurro a Leo, e lo sento che a modo suo annuisce.

È però altrettanto vero che da qualche parte dovrò pur cominciare, perciò deglutisco, digito sulla tastiera le quattro lettere e clicco. Mi chino in avanti per vedere meglio il monitor e rendermi conto del numero dei risultati prodotti. Seicentoventidue milioni.

«Proviamo con *Emma illustratrice di libri per bambini*» anticipo Leo, che stava già per suggerirmelo.

Centoquarantaquattromila. Già meglio, ma è ancora come cercare un ago in un pagliaio. Clicco su una decina di pagine a caso, spulciando anche tra le immagini, e visualizzo illustrazioni di ogni tipo.

Quel volto delizioso e quelle fantastiche labbra color ribes, purtroppo per me, non appaiono. In compenso, ne conservo la traccia beffarda impressa sullo specchio del bagno. E mi dico che forse, tra i tanti, quello è il mistero più intricato da risolvere.

Vado avanti e sfoglio furiosamente decine di siti, blog, articoli, gallery, qualunque cosa. Ma è tutto inutile.

«No, non ci siamo. Così non va» impreco allontanando il computer. «È come se… Come se Emma non esistesse.»

Mi sembra assurdo non aver trovato neppure una traccia, un collegamento con un libro, un'agenzia o una casa editrice. Avrei dovuto insistere e chiederle più cose.

Se solo non mi fossi addormentato…

«Va bene, Leo. Cerchiamo di non perdere la calma. Prendiamo un bel respiro e ricominciamo.»

È il turno di un altro oracolo dei tempi moderni che tanto fanno venire il voltastomaco al mio direttore: Facebook. Poi provo anche con Instagram, Twitter, Snapchat e LinkedIn.

«Una serie di buchi nell'acqua» chioso dandomi un pugno sulla gamba e avventandomi sui Baci di Sanremo che la mia pasticcera del cuore mi ha regalato.

Senza conoscere il cognome di Emma, la scommessa è persa in partenza.

Però Ilenia potrebbe avere ragione.

Se senti un'emozione, è un peccato non viverla.

O, nel mio caso, conviene almeno tentare in ogni modo possibile.

Faccio un po' di pulizie – anche le rare volte in cui metto in ordine, la casa non sembra fare grandi progressi – una doccia rinfrescante e, dopo aver cambiato l'acqua alla boccia di Leo, mi vesto e scendo in centro.

Questa mattina, incredibilmente, mi trovo da solo in redazione.

Valerio è fuori per un lieve scontro tra un'auto e uno scooter sull'Aurelia, Alice è al lavoro nella libreria dei genitori e il direttore si è assentato per comprare un regalo alla moglie. Glielo darà durante le ferie, tra una passeggiata e l'altra sui sentieri delle Dolomiti.

La congiuntura è propizia e mi sento preda di una strana euforia. Mi aggiro per l'ufficio come se ne fossi il padrone, come se anche il negozio di caramelle e l'agenzia viaggi di fianco fossero di mia proprietà.

Tiro il mento in fuori. Sono eccitato perché non sono mai stato un uomo d'azione, e spiare archivi e database armati di chiavetta Usb mi sembra roba da James Bond.

Mi collego al sistema centrale e scartabello una miriade di articoli di giornale, senza escludere le testate locali di altre città del nord Italia collegate al nostro gruppo editoriale. Ogni volta clicco e, restando in attesa, mi tamburello l'indice con le labbra. Ma, per quante combinazioni provi, non ottengo nessuna notizia riguardante una giovane illustratrice di libri per bambini di nome Emma.

Chiamo Ilenia, le ho promesso di tenerla aggiornata sugli sviluppi.

«Mi ritrovo al punto di partenza.»

«Hai fatto come ti ho detto?»

«Certo. Ho cercato ovunque, in rete, nei nostri database e persino negli online della concorrenza.» Abbasso la voce di un'ottava anche se l'ufficio è disabitato, che se lo viene a sapere il direttore posso fare le valigie all'istante.

«Samu, devi stare tranquillo. Ci sarà una spiegazione a tutto questo, fidati.»

«Io di te mi fido. Però non riesco a stare tranquillo. Ogni volta che il mio destino sembra sul punto di svoltare, qualcosa va storto» annaspo avvicinandomi alla scrivania di Alice, sulla quale giace abbandonato un mazzo di ciclamini.

Sotto le rose, la giornalista, non accetta nulla. A seconda dello spasimante, è anche capace di rispedire tutto al mittente.

«Ho capito, signor depresso» mi soccorre Ilenia. «Ti preparo un'altra razione di Baci di Sanremo, ancora più fondenti.»

«Ci aggiungi anche una vaschetta di gelato alla panna semifredda?»

«Certo, tesoro. Adesso devo scappare, ti telefono presto.»

Clic.

Rimango imbambolato a guardare il cellulare. Eccola, la fine che farò. Disoccupato cronico, senza una donna e, a furia di ingerire cibi consolatori, ciccione.

Come dice Ilenia, una spiegazione deve esserci per forza. E io inizio ad averne paura.

Oggi pomeriggio esco prima, come se avessi un altro appuntamento, senza portare la bici con me. Mi concedo una passeggiata sul lungomare Calvino, all'ombra delle palme che ogni anno a marzo sono testimoni del Carnevale e della sfilata dei Carri Fioriti, accompagnati da festose bande e majorette di tutte le nazioni.

Mentre intorno la stagione più bella dell'anno esplode, in un trionfo di odori e colori, rimango pieno di dubbi e insicurezze. Non ho niente in mano.

Il cielo è azzurro chiaro, l'aria tiepida e asciutta. Guardo il mare e, ogni tanto, sollevo lo sguardo verso il sole e poi smetto subito, come se temessi di confrontarmi con lui dopo le preghiere non esaudite.

Non posso rivedere Emma, non so come rintracciarla. Mi domando se non sia assurdo stare male per una ragazza che conosco così poco, che si può dire che conosca a malapena se non addirittura che non la conosca affatto.

Forse sono semplicemente confuso. Ma, in cuor mio, conosco già la risposta.

Desidero scoprire la forza e l'innocenza di questo amore possibile, desidero immergermi con Emma in questo dolce sentimento sussurrato dalle stelle che è arrivato senza chiedere il permesso, senza avvisare nessuno.

Scuoto la testa. Faccio un giro sulla spiaggia, i piedi appena affondati nella sabbia fine e chiara baciata dalle onde. Poco distante da me c'è un gruppo di bambini. Armati di paletta e secchiello, urlano e ridono. Prendo dei sassolini e li lancio in acqua per un tempo che mi pare indefinito. Il sole brilla ancora, sopra la linea delle colline che formano la baia, ma il suo calore è meno intenso e le prime ombre iniziano ad allungarsi. Con lo sguardo mi spingo più in là che posso, al largo, cercando di indovinare l'orizzonte e che cosa vi si celi oltre.

Il mare fruscia e sembra sul punto di inghiottirmi.

Mi sento solo come non mai.

Secondo dialogo con Leo

La vedi anche tu? Ti ho portato qui, davanti allo specchio del bagno, perché la vedessi con i tuoi occhi. L'impronta delle labbra di Emma. La cosa non ti cambia la vita, eh? Già, non può che essere così.

Mentre ti osservo sguazzare imperterrito avanti e indietro, non faccio che pensare a una cosa. A quanto tu sia fortunato.

Lo so, non è passato molto tempo dall'ultima volta in cui ci siamo parlati, ma sento la necessità di ripetertelo. Tu sì che sei fortunato, amico mio. Tu, per dirne una, non devi vederti riflesso in uno specchio. Tu non ti devi mettere a nudo, non devi fare progetti di vita concreti, non devi essere giudicato. Non c'è nessuno che, per qualche ragione, può dirti se vai bene o non vai bene così come sei.

Prendi me. A me lo dicono di continuo. Nei progetti da creativo puntualmente respinti, sul posto di lavoro per via di un contratto schifoso che potrebbe non essere rinnovato, nelle relazioni sentimentali. Per non parlare dei miei genitori, che mi volevano medico o avvocato o impiegato di banca. Guarda anche con Emma cos'è successo. Se l'è data a gambe senza uno straccio di spiegazione. Fa presto Ilenia a dirmi di cercarla. Lo hai visto anche tu, eravamo insieme, ci ho provato per ore e ore.

È possibile, oggi, sparire nel nulla? Solo due giorni fa ti avrei detto di no. Eppure sembra che sia proprio così. Se qualcuno non vuole essere trovato, ce la fa.

Sapere che potrei non rivederla più mi scava un vuoto dentro. E mi fa capire quanto siamo soli, Leo. Crediamo di essere connessi con tutti, di stare in mezzo a tanta gente, di essere inseriti nella società. Ma è un'illusione e il problema è proprio che non riusciamo a farci carico della nostra solitudine.

Sì, io ti invidio, Leo. Il tuo silenzio è più elegante delle nostre chiacchiere da bar che oggi sono diventati strepiti da social, un abbaio incessante che si perde nell'etere, provocando un distacco netto tra ciò che è reale e ciò che è virtuale, prigionieri di una gigantesca menzogna collettiva. Salute, sport, politica, cucina, economia, affari, arte. Per non parlare dell'orribile, odioso gossip. Tutti hanno un'opinione su tutto. Ci facciamo mangiare il cervello dai social per poi fotografare quello che abbiamo nel piatto e scattarci i selfie. Spariamo raffiche di "mi piace" a casaccio, ma la verità è che non ci piace più niente per davvero. Critichiamo, anziché essere critici.

Tu invece riesci a osservare il mondo sempre con la stessa serenità, a vedere la vita con lo stesso sguardo distaccato.

Io non sono così, io non sono come te.

Perché, Leo?

Perché la sensazione di essere sbagliato non mi abbandona mai?

13

«Iacopo, devo parlarti di una cosa che mi sta succedendo. È molto importante. Ho conosciuto una ragazza.»

Esordisco così, come se fossi sdraiato sul lettino dello psicanalista o inginocchiato in un confessionale.

Siamo seduti al Café du Centre "Da Pietro" e, malgrado il gran caldo, sudo freddo perché, c'è da scommetterci, di qui a poco discuterò furiosamente con il mio amico sciupafemmine, quello capace di sedurre una donna nello stesso lasso di tempo che io, tra tentennamenti e dubbi esistenziali, impiego per presentarmi. Con due caratteri come i nostri, così diametralmente opposti su certe questioni, la lite è sempre dietro l'angolo, anche se per fortuna, come sempre succede tra maschi della nostra età, gli screzi si superano bevendoci sopra e ricominciando a sparare apprezzamenti sulla prima tizia che passa, commenti sullo sport e altre amenità come i video e i meme più virali della settimana. Nella scala evolutiva non siamo messi troppo bene.

«Chi è, cosa fa, quanti anni ha?» risponde in un'unica domanda.

Cerco di non incrociare i suoi occhi e butto giù un

secondo bicchiere di vino. Abbiamo ordinato una bottiglia di Pigato.

«Be', fai il timido? È bona?»

«Sì, è la fine del mondo.»

«Più tette o più culo?»

«...»

«Eddai, vuota il sacco. Mora o bionda?»

«...»

«Oh, non sarà una rossa! Le rosse sono le mie preferite, così calde e focose...»

Mi imbarazza e lo sa perfettamente.

Ma ormai siamo qui. Prendo la rincorsa e inizio a raccontargli della serata con Emma e delle mie pene. All'inizio mi ascolta in silenzio.

«... poi la serata si è prolungata a casa mia.»

«Ah, era ora. Questo sì che è interessante» approva Iacopo con una nota di malizia nella voce. «Anche se conoscendoti... Tu da solo con una donna? Roba da panico totale. E ora dov'è la bambolina con cui hai guardato le stelle?»

«È proprio questo il punto. È sparita.»

«Oh, no» si porta una mano alla bocca. «La polizia ha dei sospetti? Hai già cancellato le prove?»

Rido e trovo il coraggio per finire il racconto. Gli dico della serata perfetta – be', quasi perfetta – e ammetto che in un attimo mi sono trasformato nel protagonista di un film con Ben Stiller.

«Mi prendi per il culo?»

«No.»

«Dài, non ci credo. Ti sei addormentato... Grande mossa. Epica!»

Si sbraccia e mi rifila delle gran pacche sulle spalle. Il vino nel bicchiere che sta agitando per aria ondeggia pericolosamente.

«Non urlare! Preferirei non farlo sapere a tutti» protesto, a bassa voce, passandomi una mano tra i capelli disordinati.

«Figurati, tra la musica e il casino di sottofondo, non ci sente nessuno.»

È anche per questo che, quando si tratta di fare l'aperitivo, scegliamo sempre il Café du Centre "Da Pietro". Il locale, situato in una traversa che si tuffa in discesa tra le due arterie principali nei paraggi della fontana simbolo della città – lo "Zampillo", con la scritta SANREMO ben visibile dietro i fiotti d'acqua sparati verso l'alto come a formare un bouquet – è affollatissimo, questa sera. Siamo riusciti ad accaparrarci un tavolo sul lato del bancone, sotto un grande specchio. La gente ride, chiacchiera e beve mentre la musica lounge si diffonde nel salone.

«Che ti devo dire?» riprendo appallottolando un tovagliolo di carta. «Mi sono spento di colpo. Pensavo di essere sveglio, e un momento dopo non lo ero.»

Iacopo avvicina il naso al mio, così vicino che potrebbero scambiarci per una coppietta.

«E non le hai chiesto il numero, campione?»

Faccio cenno di no.

«Male, molto male. Sai, c'è stata un'invenzione rivoluzionaria. Si chiama telefono, è fenomenale.»

Pesca il cellulare nella tasca dei pantaloni e me lo fa oscillare davanti agli occhi.

«Smettila...»

«Non ce li avete, i telefoni, all'Osservatorio, tra tutti quei telescopi e quelle mappe del cielo? Che scienziati siete?»

«Non ho avuto abbastanza tempo per riflettere su come procedere» obietto fra i sospiri.

«Non vi siete nemmeno baciati?» mi domanda sollevando le sopracciglia.

«Be'... Più o meno.»

«Samu, non si bacia una donna *più o meno*. O la baci o no.»

Chino la testa come se stessi per costituirmi da colpevole di un orrendo delitto. Sto annaspando, in fondo so di essere indifendibile.

«Ci siamo tenuti per mano. E ci siamo abbracciati.»

«No vabbe', meglio che non dica nulla. Non mi comportavo così nemmeno con le amichette dell'asilo.»

«Te l'avrò ripetuto cento volte: non sono quel tipo di persona.»

«È un classico, caro mio. Se perdi la magia del momento, dopo non la recuperi più. Però, a essere sincero, devo comunque farti i miei complimenti.»

«I complimenti? Per cosa?»

I suoi occhi hanno un'espressione divertita.

«In genere tutte le tue storie durano poco... Ma questo è un vero record!»

«Non mi fai ridere.»

Iacopo Renda non si lascia mai sfuggire l'opportunità di una frecciata facile. Siamo ex compagni di liceo, le nostre strade si sono divise dal punto di vista accademico quando lui ha scelto Ingegneria perché "mi fido solo dei numeri, i numeri non mentono mai".

Con il fisico e l'altezza che si ritrova, lo sguardo magnetico bilanciato dai ricci neri e quel suo irresistibile sorriso, gli bastano la camicia bianca e un pantalone scuro per veder crollare una donna ai suoi piedi. Lungi da lui, tuttavia, impegnarsi in un rapporto serio e duraturo. Per Iacopo, la parola fidanzamento fa rima con ingabbiamento. Ecco perché, per evitare spiacevoli legami, è solito scaricare le sue conquiste con il famoso "metodo del trolley vuoto", uno stratagemma di sua invenzione.

Quando, dopo la passione, la ragazza di turno lo mette alle strette oppure manda segnali di volersi fermare a dormire da lui, Iacopo inscena un'improvvisa partenza per motivi di lavoro, estraendo dallo sgabuzzino il trolley già pronto. A quel punto scende in strada, accompagnato dalla malcapitata, le chiama un taxi e la osserva sparire dietro la curva per poi tornare beatamente tra le lenzuola del suo letto disabitato. Un colpo da maestro che ha sempre funzionato. Tranne quella volta in cui Arianna, un'assicuratrice che si era invaghita di lui al punto da volerlo salutare all'aeroporto, lo aveva costretto a farsi un'inutile e costosissima corsa, con tanto di supplemento notturno, fino al terminal di Nizza.

I suoi sensi di colpa sono più rari dell'acqua nel deserto ed è capace di passare un'intera serata a fare di sì con la testa, senza dire una parola e pensando a tutt'altro. Iacopo è anche un fautore del mantra "mai le donne al sabato sera": «Perché la domenica non si lavora e c'è il rischio di dover passare l'intera giornata con loro. Uno strazio!».

Per tutti questi motivi, dunque, non può essere sulla mia stessa lunghezza d'onda. Io, che sono tutto romanticismo e sogni a occhi aperti, anche in questa occasione gli sto parlando di concetti che per lui sono fantascienza.

«Hai presente l'incontro fatidico della tua vita? Quello decisivo, che sembra programmato dal destino?»

Iacopo mi guarda con aria di disapprovazione, come se fossi sotto effetto di sostanze stupefacenti.

«No» risponde secco, lasciando che le note di pesca e miele del vino gli stuzzichino la gola. «E ti comunico che le tue speranze non sono realistiche.»

«Vedo che sai essere comprensivo.»

«Il mio è sano scetticismo. Faresti meglio a prendere le cose così come vengono, senza ricamarci sopra più di tanto. Capisci cosa intendo?»

No, non lo capisco. Perché non so essere sbrigativo come lui. Perché mi sento costantemente a disagio, tanto nei miei quanto negli altrui confronti. Un momento... È questo, essere un genio incompreso? In tal caso sarò ricompensato con la gloria imperitura, anche se con ogni probabilità *post mortem*. Forse è meglio volare basso, abbassare il tiro, considerandomi un incompreso e basta.

Un compromesso accettabile.

«Ho percepito un'intesa interiore molto forte, una connessione intima e profonda. C'è per forza un mistero sotto» rifletto a voce alta.

«Oh, mi stai davvero riscaldando il cuore» mi schernisce il mio amico. «Le uniche connessioni di cui voglio preoccuparmi sono quelle a Internet.»

Iacopo è fatto così. Non ha grandi pretese, vive libero e gaudente. Anche se parla delle relazioni come se fossero trattative commerciali – rapporto fra qualità e prezzo, durata dell'accordo, liquidazioni, buonuscite e via discorrendo – e siamo fondamentalmente diversi, questo non ci impedisce di volerci un gran bene.

Per esempio, quando ho fatto il trasloco, ci siamo spaccati la schiena insieme per portare gli scatoloni su per le scale. Lui era tutto un lamento: «Spiegami ancora una volta perché ho accettato di aiutarti». Era paonazzo e ansimava.

«Non ho mai detto che sarebbe stato divertente.»

«A che cazzo ti servono, tutti questi libri?»

«Li leggo, ignorante.»

«Mah...» aveva lasciato andare un grugnito. «Un libro che non sia un manuale è una cosa inutile. Non ha senso, è solo una perdita di tempo.»

«Dài che siamo a metà dell'opera.»

«La odio già, questa casa. Troppo complicata per i miei gusti.»

Quando avevamo finito di trasportare il peso della cultura, e svariati altri oggetti, avanti e indietro per ben quattro piani sotto gli occhi sospettosi della signora Verrando, quella sera ci eravamo bevuti una birra sul terrazzo. Il sole stava tramontando, i raggi dorati si riflettevano sull'acqua della baia e l'orizzonte dei tetti aveva fatto da cornice alla riconciliazione.

Al netto delle nostre proverbiali scaramucce, in fondo, ammiro, se non invidio, la sfrontatezza del mio migliore amico e quella sua capacità di essere sempre rilassato. Gli altri sono tutti un po' smarriti e in crisi per qualcosa, lui no. Non si lamenta mai e tira dritto come un treno davanti alle contingenze della vita.

«Iacopo, devi credermi. Non avevo mai incontrato una così.»

«Lo credo bene! Di tutte le disavventure che ti sono capitate, questa è di gran lunga la più comica.»

Versa a entrambi dell'altro vino, stando attento a non macchiare il legno del tavolo.

«No, sono serio. C'è qualcosa in lei. È difficile da spiegare, so solamente che io l'ho visto.»

«Quello che vedi o credi tu non ha alcuna rilevanza» mi smorza. «Tu e le tue esigenze intellettuali e amorose» sogghigna, disegnando cerchi in aria con lo stuzzicadenti con cui arpiona olive e salatini.

«Io cerco una ragazza che abbia qualcosa da dire, non solo un corpo sodo.»

Iacopo, incurante dell'animato brusio, si riempie la bocca di pizzette con i würstel e mastica.

«E fai male, il sodo è la parte migliore. Ho avuto esperienze molto positive con i corpi sodi. Una volta una che frequentavo – non mi chiedere come si chiamava perché non me lo ricordo – mi ha detto che ero l'uomo più menefreghista ed egoista che avesse mai incontrato.»

«Eh, valle a dare torto… E tu che le hai risposto?»

«Che la cosa mi onorava! Sai, quando si sta con una donna, si sopravvive anche se non ci sono di mezzo i massimi sistemi e la poesia.»

«Ti ringrazio per il consiglio, me ne ricorderò.»

«Fidati, da' retta a qualcuno che ha più esperienza di te. È una questione di serenità. Di sentirsi a posto.»

«Credi che la mia sia una sciocchezza, ma ti sbagli: è il sentimento più forte che abbia mai provato.»

«Mio Dio, ma ti senti?» Iacopo si dimena sulla sedia come se il pavimento pullulasse di serpenti. «Sai cosa ti dico? Sei invidioso!»

«Io? E di che?»

«Della mia imperturbabilità, del fatto che io non mi sia mai preso un tir in faccia.» Sta scherzando, ma in modo maledettamente serio. «Rassegnati, bello mio. Prima o poi ti toccherà ammettere che ho ragione. Stai dando la caccia a un fantasma.»

«E l'impronta sullo specchio, allora?»

Scrolla le spalle mentre una cameriera passa indaffarata accanto a noi con un vassoio pieno di spritz, americani e negroni sbagliati. Ha un seno prosperoso e lui le pianta gli occhi addosso.

«È solo un saluto. Un arrivederci e grazie...»

«Non posso crederci. Davvero la pensi così?»

«Assolutamente sì.»

«Sei un mostro.»

«Senti chi parla.»

Mi pento di avergli raccontato tutto. Non mi sta aiutando e mi dice solo cose che non voglio sentire.

«Mi stai rovinando la serata.»

Tra noi cala qualche istante di silenzio, durante il quale io continuo ad appallottolare tovaglioli di carta e lui a puntare la cameriera che sembra non disdegnare le attenzioni.

«Be', adesso non parli più?» mi chiede appena la ragazza scompare dal suo radar.

«Stavo solo pensando al tizio che ha detto che gli amici

sono la vera e unica ricchezza che una persona possieda. Se ti avesse conosciuto, avrebbe rivisto le sue posizioni.»

«Eh, come sei polemico! Lo sai, sono un uomo cartesiano. Chiacchieriamo pure, mi fa piacere. Ma niente discorsi a vanvera. Dài» si fa più incoraggiante, «analizziamo la situazione da un punto di vista oggettivo. Prendiamo le cose alla radice. Che cosa sai di questa Emma, sempre che sia il suo vero nome?»

Ignoro l'ultima parte e cerco di fare pulizia nella mia testa.

«Solo quello che ti ho detto poco fa. È stato talmente bello che con le mie domande temevo di rovinare tutto.»

Iacopo è sconcertato, ma si mette comunque a contare sulla punta delle dita.

«D'accordo, ammettiamo che non si sia offesa per il fatto che ti sei addormentato come un sasso, anche se una donna sana di mente lo avrebbe preso per un affronto. A questo punto, la nostra donna del mistero potrebbe essere una maniaca, ci hai pensato? Una svitata fuggita da un reparto psichiatrico.»

«Tipo te?» provoco, risentito.

«O magari è una ricercata, o si è cacciata in qualche brutto guaio e si è dileguata nel nulla, senza fornire spiegazioni, perché sulle sue tracce ci sono persone poco raccomandabili. E dire che sei anche un giornalista» si impunta. «Non le leggi le notizie?»

«Ma va', impossibile, non aveva l'aria di una che frequenta brutta gente.»

«Allora, lo vedi? Non c'è che una soluzione» conclude. «Arrendiamoci e passiamo all'ipotesi che ti piacerà di meno.»

Mi sembra che l'aria, nel locale, abbia cominciato a vibrare.

«Amico, svegliati. Se questa Emma è così figa come dici...»

«Bella...»

Iacopo alza gli occhi al cielo.

«È che non mi piace il tono con cui lo dici» spiego.

«Vabbe', se è così *bella* come dici, sicuramente è già fidanzata.»

La frase mi raggiunge come una fucilata in pieno petto. Di più, è una bomba atomica dritta nello stomaco. Emma con un altro? D'un tratto la immagino con i capelli che le ricadono sulle spalle e gli occhi che sorridono innamorati a un altro uomo...

Una vena mi pulsa vistosamente sul collo.

«Un fidanzato» prosegue Iacopo, «che magari è un rugbysta e potrebbe farti un mazzo così. Oppure, Samu, un marito.»

«Non portava la fede al dito» balbetto.

«Un dettaglio che non dimostra niente.»

Altro silenzio. Un silenzio non imbarazzato, ma grave. Ci guardiamo, entrambi sorpresi dalle cose che ci stiamo dicendo.

«Ehi» fa lui infine. «Volevi il mio parere, ricordi?»

«No, non te l'ho chiesto...»

«Be', fa lo stesso. Samu...»

«Sì?»

Spazza via le briciole dal tavolo e si schiarisce la voce. Questa volta nei suoi occhi non c'è quell'irritante traccia di scherno.

«Devi essere pronto. Finirà male. Lo sai, vero? Con

te va sempre a finire così. Non hai il senso della proporzione. In tutti questi anni, delusioni su delusioni, e ancora non hai imparato niente.»

«Tu però sei troppo pessimista.»

«No, sono realista e non vivo appresso alle stelle. Se permetti, è ben diverso.»

«E quindi, che cosa dovrei fare, secondo te?»

«Dimenticala, Samu. Dimentica tutta questa storia.»

14

«Non ci penso neanche! Le persone importanti non si dimenticano. Mai!»

Ecco che cosa avevo urlato in faccia a Iacopo, dopodiché avevo afferrato la cinghia della borsa a tracolla ed ero uscito dal locale, sbattendo la porta nello sconcerto generale.

Gli amici ti stanno vicino, ti parlano e ti ascoltano. Certe decisioni, però, si prendono da soli. E io, la sera di Ferragosto in cui tutta Sanremo si è vestita a festa e attende i fuochi d'artificio, realizzo che, quando si è innamorati, non c'è cosa più difficile che dare retta agli amici.

È una serata calda e umida, la gente che ha invaso il Molo Vecchio si diverte. I tavoli dei ristoranti e delle gelaterie traboccano di persone di ogni età con il naso all'insù, anche se questa volta non per ammirare le stelle.

Da una delle barche ormeggiate al largo, allo scoccare della mezzanotte partirà un razzo segnalatore che darà il via a un tripudio di botti e colori. Una pioggia di luci squarcerà il cielo tra lampi che si accendono e si spengono.

A me tutto questo importa relativamente. Anzi, non me ne frega proprio niente. Sono distante, guardo ogni cosa ma non riesco a pensare che a Emma. Non smetto di fantasticare su di lei. La vedo ridere e portarsi la mano alla bocca color ribes, la vedo piangere al culmine di uno dei suoi momenti di cupezza, la vedo concentrata che disegna e lavora al progetto che tanto le mette pressione. Poi, senza difese né filtri mentali, improvvisamente la vedo abbracciata a un altro. E se davvero fosse così? Che potrei fare io? Nulla. Sarei fuori gioco.

«La verità, anche se triste, è meglio di qualsiasi dubbio irrisolto» ha decretato Iacopo indirizzandomi uno sguardo di rimprovero.

Avrei voluto ribattere che il dubbio è prerogativa degli individui intelligenti e che solo gli stolti hanno certezze. Ma la cosa non mi avrebbe comunque aiutato a recuperare fiducia.

Sono trascorsi ormai quattro giorni dalla notte con Emma e ho la sensazione che continui a sfuggirmi qualcosa. Ho pensato talmente tanto che nella mia testa non avanza più spazio, mentre cerco di non farmi prendere dalla tristezza.

Questa sera sono sceso in centro con la bici, inventando traiettorie da videogame. L'intera città è pervasa dalla frenesia di chi vuole festeggiare le vacanze, la spensieratezza e la vita. Lego la mia due ruote a un lampione e, nella calca, giro la testa a destra e a sinistra finché vedo Ilenia avanzare verso di me con un vestito color sabbia e la pochette di tela tra le mani.

«Come ti senti?» mi domanda questo tesoro di ragazza che bada al sapore delle cose e mette sempre gli altri davanti a se stessa.

«Sono in lutto.»

«L'autoironia è sempre stata la tua virtù più spiccata. Dài... Come la stai prendendo?»

«Oh, nel migliore dei modi possibili. Per caso hai una fialetta di cianuro?»

«No, l'ho dimenticata in pasticceria...»

Ilenia, che pure è abituata ai miei sfoghi drammatici, non deve avermi mai visto così. Mi prende sottobraccio e cominciamo a passeggiare davanti ai tavoli in ferro battuto delle gelaterie del porto, talmente attaccati e mescolati che quasi non si capisce dove finisca un locale e dove inizi l'altro. La maggior parte delle persone ha finito la propria consumazione da un pezzo – affogati, banana split e coppe con panna montata e cialde – ma si è mossa con largo anticipo per accaparrarsi il posto a sedere e non si schioderà fino all'ultimo sparo, salutato tradizionalmente dalle trombe delle navi.

«Scusa, sono troppo nervoso, vero?» mugugno. «È che provo un senso di vuoto.»

I veri amici, a volte, sanno anche quando stare in silenzio.

Ilenia si è svegliata con la stessa limpida allegria che prova tutti gli anni all'idea dei fuochi d'artificio. Cammina con eccitazione infantile tra i tavoli e le persone appoggiate alle ringhiere che separano la strada dal mare.

Raggiungiamo il resto della comitiva davanti al forte di Santa Tecla, settecentesca costruzione militare un tempo sede delle carceri giudiziarie, poi riconvertita in polo culturale polivalente che ospita diverse manifestazioni. Nei giardini antistanti, tra i pini marittimi e i secolari cannoni che avevano tentato di controbattere le invasioni saracene, sono state installate delle panchine e delle sedie gigantesche che hanno l'effetto di far sembrare dei lillipuziani le persone che vi si arrampicano sopra.

«Bene, ci siamo tutti» esordisce Valerio Ottonello, che ha già vissuto il proprio momento di protagonismo confabulando fitto fitto con il comandante dei carabinieri.

In assenza del direttore, già partito per il Trentino con la moglie, si è nominato capo delle operazioni. Alice scrive messaggini su WhatsApp, sbuffando per le risposte che la contrariano. In realtà non vede l'ora di sganciarsi per andare a una festa in spiaggia.

Valerio schiocca il collo piegando la testa prima a destra e poi a sinistra.

«Il centro e la zona sono completamente in tilt. Muoviamoci con ordine secondo i compiti di cui abbiamo parlato stamattina in redazione. Io faccio le foto, Alice la diretta sulla pagina Facebook del giornale, Samuele prenderà gli appunti per scrivere il pezzo. Tutto chiaro?»

I punti salienti vengono illustrati in modo molto lineare e Valerio, che continua a tirarsi i bordi della maglietta mimetica, sembra entusiasta del piano di battaglia. Blatera di lavoro di squadra e di esperienza utile per comprendere le dinamiche di gruppo.

«A proposito, Samu» si avvicina al mio orecchio contraendo la bocca in una smorfia ambigua, «ho parlato con chi di dovere. Per quella multa che hai preso in bicicletta è tutto a posto, non esiste più. Adesso, però, tocca a te fare la tua parte...»

Alla fine, in cambio di una sua intercessione presso le forze dell'ordine, mi sono offerto volontario per rimanere solo in ufficio nella settimana post Ferragosto. Quella in cui, per volontà del direttore, saremmo dovuti rimanere tutti blindati nel bunker a meno che uno dei tre non si fosse immolato.

Quell'uno sono io.

«Operativo sempre, giorno e notte» mi ripete il diktat di Sergio.

Non mi resta che fare buon viso a cattivo gioco pensando ai soldi risparmiati. Dato che sono a corto di popolarità sul lavoro, magari il direttore apprezzerà lo spirito di sacrificio. E poi, di solito, quelli successivi al Ferragosto non sono giorni troppo impegnativi. I temi sono sempre gli stessi: le spiagge, i ristoranti e gli alberghi pieni, il traffico infernale sull'Aurelia, il problematico smaltimento dei rifiuti, qualche comico e qualche concerto sul palco dell'Ariston, i comunicati stampa da prendere e copincollare al posto di quella nullafacente di Alice.

Niente che non si possa gestire agevolmente. Mi dovrò organizzare con le aperture dell'Osservatorio, ma sopravvivrò. Più che altro, a pesare drammaticamente, sarà il fastidio di essere al lavoro mentre tutti quanti se ne stanno a prendere il sole e a rinfrescarsi con bagni, granite e birre in bottiglia con la fettina di limone.

D'improvviso si sente un sibilo seguito da un boato, e il primo lampo variopinto guizza nell'oscurità. Lo spettacolo pirotecnico di mezza estate è cominciato.

Mentre i fuochi scoppiano, io e Ilenia scherziamo meno del solito. Sono taciturno. Penso a Emma, vorrei che fosse qui. Mi immagino mano nella mano con lei, certo che, di fronte a un panorama del genere, si emozionerebbe. Gioco a indovinarne le reazioni, paragonandole a quelle che aveva avuto nel chiostro dell'Osservatorio, prima alla vista delle stelle cadenti e poi a quella delle lucciole che l'avevano attorniata come una ghirlanda di fiori adorna il collo di una ninfa.

Con Emma, il tempo era andato per conto suo. Si era fermato, aveva accelerato, era volato anche da fermo, aveva rallentato di nuovo, si era dilatato come in una dimensione extraterrestre.

Ilenia intanto legge il mio sguardo come un libro aperto. Arriccia le labbra, pensierosa, poi sospira di fronte alla mia disperazione.

«Vorrei tanto poterti aiutare» mi sussurra.

«Sono senza speranza, è colpa mia» replico. «Almeno potessi capire che cosa diavolo è successo.»

La mia amica pasticciera mi guarda con gli occhi pieni di tenerezza.

«Capire è un'attività sopravvalutata. Questo» mi batte l'indice sul petto, «è quello che conta. Seguendolo, si possono anche commettere degli errori, non lo nego, ma sono errori di cui vale la pena, sempre. Siamo veri, Samu, proprio perché siamo fragili.»

Nelle sue pupille splende la luce che la caratterizza quando si parla dell'amore, la rottura di ogni schema precostituito. La bomba che manda all'aria tutto quanto, sparigli le carte con prepotenza e, dopo di lui, niente è più come prima. Innamorarsi è l'avverarsi di una magia e l'amore è come il potere: fa male a chi non ce l'ha.

A monte, nel frattempo, le sagome nere delle case si rischiarano a ogni esplosione pirotecnica, e anche il mare riluce di nuovi bagliori. I botti crescono d'intensità fino a quando il cielo si illumina a giorno. A questo punto le trombe delle navi decretano la fine dello show e in aria non rimangono sospese che ampie nuvole di fumo.

Mi sono segnato sul taccuino poche righe di appunti. Tutte frasi di circostanza. Quando torniamo al punto di raccordo, nuovamente al forte di Santa Tecla, la gente sta iniziando a sfollare dalla zona pedonale mentre Valerio si congratula con alcuni poliziotti per il servizio di sorveglianza.

Finito di parlare, stringe loro la mano e si unisce a noi. Alice, che sta nervosamente controllando lo stato del make-up nello specchietto retrovisore di un motorino posteggiato, è già sul punto di tagliare la corda.

«Ok, ragazzi. Ottimo lavoro. Possiamo rompere le righe» ordina il responsabile della cronaca.

Il testimone passa ufficialmente nelle mie mani. Valerio, infatti, annuncia che partirà per la Corsica con il traghetto da Savona. Prenoterà i biglietti online e sparirà fino al rientro del direttore.

15

Sanremo, la città dei fiori e della canzone italiana, non ha mai visto un'anima in pena più efficiente del sottoscritto nella settimana di lavoro solitario in redazione. Ho pensato a tutto. Ho gonfiato le gomme della bici, oliato la catena e pedalato avanti e indietro con il cuore a mille per realizzare articoli cliccatissimi, con buona pace del mio nostalgico direttore amante della carta stampata.

Il difficile è stato capire che cosa provavo. Di giorno ho fatto il reporter iperproduttivo che non avevo più saputo essere da un pezzo, mentre le notti – che fossi impegnato all'Osservatorio o meno – le ho passate a fare piani. Piani che prevedevano di rintracciare Emma. Anche se era impossibile cavarne un ragno dal buco, mi sono sbattuto ugualmente, tra sigarette, teorie improbabili e bicchieri di Rossese. Non saprei dire perché, forse era solo la voglia di farmi male sfogliando a vuoto pagine su Google e profili Facebook di perfette sconosciute.

«Che cosa pensi di fare?» mi ha chiesto Ilenia una sera in cui è passata a trovarmi con due coppe di gelato alla panna semifredda.

«Non ne ho la più pallida idea» ho confessato con l'ombra di un sorriso. «Secondo Iacopo mi ha pure rifilato un nome falso, e se è sparita così è perché non vuole essere trovata.»

«Io non mi baserei su quello che dice Iacopo. È un cretino.»

«Però potrebbe avere ragione lui. Magari Emma è una che non vuole storie o complicazioni. Le donne sono creature volubili per definizione, no?»

Anziché reagire alla amichevole provocazione, Ilenia mi ha dato un bacio sulla guancia. «Ti voglio bene, Samu.»

Poi, da inguaribile romantica, mi ha incitato a non darmi per vinto.

Ma la verità è che con le mie ricerche sono a un punto morto, ed è anche per questo che mi sono aggrappato al lavoro. Per fortuna un paio di intuizioni mi hanno fatto trascorrere giorni di insperata soddisfazione dentro e fuori dal bunker di *Sanremo PuntoNews*. I reporter della concorrenza stavano intervistando a tutto spiano i bagnanti, i ristoratori e gli albergatori. Ne venivano fuori, come ogni agosto, articoli talmente identici gli uni agli altri che praticamente di diverso c'era solo la testata. Non mi andava di giocare al loro stesso gioco, allora ho provato a cambiare punto di vista.

Tutte le mattine sono sceso in centro con la bici, per le stradine acciottolate, tra le case della città vecchia con le massaie che dalle finestre si raccontano vita, morte e miracoli. Altro che WhatsApp.

Poi sono andato al porto, per passare in rassegna le barche dei pescatori, che conoscono il mare e gli scogli meglio di quanto non conoscano loro stessi, e ho intervistato quelli disponibili a raccontarsi, ricavandone ritratti interessanti. Mi sono fiondato in redazione a scrivere e a pubblicare, per ripartire infine verso la pista ciclabile della Riviera dei Fiori: ventiquattro chilometri di pura bellezza ricavati dove un tempo correvano i binari della ferrovia. Una striscia di confine magicamente sospesa tra la terra e il mare in cui lo sguardo è libero di spaziare oltre l'orizzonte, dove si nasconde la Corsica, che qualche mattino fa capolino e si concede all'occhio nudo, pigramente e senza fretta, un po' come la vita da queste parti.

Quello è un posto ideale per chi, come il sottoscritto, ama guardare lontano. Sotto di me le onde impazzavano, piene di schiuma, cercando il modo di superare la sabbia e le scogliere irregolari.

Guardavo il mare e mi sentivo rincuorato. Un presente così poetico non poteva riservare un futuro orribile, non finché ci sarebbe stata la natura a ricordarmi il privilegio di essere nato e di vivere qua.

In questi giorni ho sentito il respiro dell'estate, così forte e impetuoso, e per un attimo mi è parso quello del mondo intero. Ho inspirato profondamente i profumi dei pini marittimi e dei gelsomini mentre passavo in rassegna i cespugli di mimosa che si arrampicavano sui muri di mattoni. La ciclabile era un'esplosione di colori e quello spettacolo mi faceva sentire forte. Il cielo scintillava di azzurro. L'aria profumava di sale, il vento forte spazzava le nuvole che si muovevano veloci e trasportava qualche spruzzo di onda.

Percorrendo la ciclabile giungevo agevolmente nella zona della spiaggia dei Tre Ponti, ma a interessarmi non erano i pattini, i pedalò e il leggendario campo da beach volley sul quale avevo dato scarsa prova delle mie capacità ai tempi del liceo. In questa caletta benedetta dagli dei, per un miracolo improbabile, ci sono onde per tutto l'anno. Qualche geologo blatera di una favorevole conformazione del fondale, anche se in realtà nessuno sa spiegarne il motivo. È il regno dei surfisti, che si infilano la muta e corrono verso il mare – verso la potenza della vita, della giovinezza e dell'amore – con la tavola sottobraccio. Il mare li solleva, li innalza e poi li riporta giù al termine di un volo in parte folle e in parte splendido, come lo è ogni volo, al confine tra ciò che all'uomo è concesso e proibito.

Quando quei ragazzi e quelle ragazze, dopo aver cavalcato le onde fino in cima al mondo, si abbattevano in picchiata sulla riva, correvano sulla sabbia, lanciavano un urlo di vittoria e si abbracciavano come se avessero vinto una competizione.

Io mi toglievo le scarpe e ascoltavo il rumore dei cavalloni che si infrangevano sugli scogli e sulla battigia, i raggi caldi del sole che si allungavano verso di noi. Uno di loro mi ha detto una frase bellissima: «Davanti al mare la vita mi appare più dolce, e la felicità più semplice».

Anche per me la felicità è diventata una cosa semplice quando Emma mi ha camminato accanto, prima di sparire nel nulla. Adesso è come se appartenesse a un altro mondo, a un altro tempo. Lei e i suoi luminosi occhi blu, lei e le sue ombre, i suoi misteri, i suoi segreti custoditi gelosamente.

Sì, Iacopo ha ragione, la mia è ormai un'ossessione, rischio di pagarla cara.

Al cospetto di questo mare che avanza e indietreggia come sospinto da una forza divina, mi domando se il viaggio sentimentale nel quale mi sono immerso non sia a senso unico.

E se quel "noi", cui mi sono aggrappato con tutto me stesso, davvero fosse esistito solo nella mia testa? Se questo correre a perdifiato a destra e a sinistra, tutto questo sperare, bere e fumare mentre mi tormento il cervello, questo cercare a tutti i costi un appiglio, fosse vano perché a lei non sono mai veramente interessato?

16

La libreria dei genitori di Alice non è grandissima – sulla porta c'è un'insegna di legno con un calamaio e una pergamena – e anche se ci sono stato altre volte mi fa un effetto magico avventurarmi tra queste pareti straripanti di piccoli tesori. È un luogo accogliente, con una saletta sul retro provvista di poltrone, tavolini, barattoli di caramelle e un ficus dentro un vecchio portavasi in pietra. Ti scegli un volume e ti siedi lì beato, sprofondando in un'atmosfera di relax totale.

«E da quand'è che ti interessa la letteratura per l'infanzia?» mi domanda perplessa la mia collega giornalista.

«È una lunga storia.»

«Come vuoi. È che ti facevo più tipo da poeti bulgari, tutto qui. O al massimo, volendo esagerare, da graphic novel.»

«Invece sono ancora più trasgressivo, pensa un po'.»

Lei solleva un sopracciglio. «Devi fare un regalo? No, perché io non sono brava con i pacchetti.»

«Tranquilla, non mi serve nessuna confezione. Ora mi puoi aiutare, per favore?»

Alice arriccia le labbra, dopodiché mi guarda e scuote la testa.

«Dài, prima cominciamo e prima la facciamo finita.»

Mi scorta nell'altra stanza, dove in circostanze normali non avrei mai messo piede. Sulle pareti bianche e azzurre sono appesi poster di personaggi dei cartoni e disegni a matita che raffigurano mongolfiere color arcobaleno, balene volanti e una grande luna con gli occhi, il naso e la bocca sorridenti. Su un lato ci sono alcuni banchi e sedie in miniatura come quelli della scuola materna, in una zona appositamente deputata all'organizzazione di laboratori per i più piccoli.

Tra gli scaffali e le mamme e i papà che sfogliano i libri suddivisi per fasce d'età in compagnia dei loro figli, cerco di concentrarmi e di procedere con metodo. Ma non è così semplice orientarsi tra tutte queste favole con fate, principesse e folletti.

«Samuele, che cosa cerchiamo esattamente?»

«Il nome di un'illustratrice. Non è detto che compaia in copertina. Dobbiamo controllare anche il frontespizio, le alette all'interno e la quarta di copertina.»

«Di tutti i libri? Tu sei scemo!»

«Eddai, è la prima volta che ti chiedo un favore. E poi ti ricordo che grazie a me ti sei guadagnata una settimana di ferie.»

Sbuffa e alla fine accetta di aiutarmi. Passiamo in rassegna un volumetto dopo l'altro, li rimettiamo al loro posto, qualche volta li riprendo quando mi sembra di essermi ricordato all'improvviso un dettaglio che a prima vista non mi aveva colpito.

Dopo mezz'ora, la libraia più svogliata di Sanremo

mi intima di fare una pausa. Ne approfitto per girovagare tra i vari settori di libri per adulti. Inevitabilmente finisco davanti alle opere di Italo Calvino. Prendo *Il visconte dimezzato*, ne sfoglio qualche pagina e non posso fare a meno di ricordare che i suoi primi giochi di parole, i primi ragionamenti intorno alla scrittura, persino i primi spunti per i futuri romanzi, Calvino li ha sperimentati non solo nella mia stessa città, ma addirittura nello stesso liceo classico da me frequentato molti anni dopo, guarda caso intitolato a Gian Domenico Cassini.

Calvino, figlio di un agronomo matuziano, ha vissuto la Sanremo della *belle époque* della Riviera – una gemma assolutamente cosmopolita, popolata di nobili inglesi e granduchi russi – e non quella più marcatamente ligure del dopoguerra. Abitava con la famiglia a Villa Meridiana, immersa in un ampio giardino di piante curiose e alberi altissimi, del tutto simili a quelli su cui aveva fatto arrampicare il suo barone rampante, Cosimo, con la promessa di non rimettere mai più piede sulla terraferma.

Quando era adolescente, quasi ogni giorno e uscendo di nascosto da casa, amava rifugiarsi nel cinema Centrale in via Matteotti, attratto dai film sul grande schermo – soprattutto da quelli inglesi, francesi e d'avventura ambientati in paesi esotici – e dalla cupola metallica sul soffitto a volta che si apriva durante l'intervallo e gli mostrava il cielo e l'ignoto viaggio delle nuvole. E poi c'erano le gite sulle montagne e nei boschi liguri, soprattutto c'erano le scorribande per la Pigna, quella Sanremo Vecchia che attraversava con suo fratello Floriano per andare a scuola e che l'aveva affascinato al punto da ambientarvi larga parte del suo primo libro, *Il sentiero dei nidi di ragno*. I suoi occhi si alzavano tra le antiche case con i panni stesi ad asciugare, proprio come fanno i miei ogni volta che con la bici scendo dagli stessi caruggi per raggiungere il centro e la redazione.

Gli studi universitari e la carriera hanno poi condotto Calvino a vivere altrove – Torino, Roma, Parigi – ma il legame più forte lo mantenne con Sanremo, che si può intravedere in molte delle sue *città invisibili*.

«Samuele! Vieni un po'.»

La voce di Alice mi riscuote. Mi congedo rispettosamente da Calvino e ritorno nella stanza dedicata ai libri per l'infanzia.

«Trovata! Sei in debito con me.»

La fisso con la bocca spalancata. Non mi ero neppure accorto che lei avesse ripreso a setacciare gli scaffali per conto suo.

«Ma niente fiori, comprami piuttosto dello champagne o una Michael Kors» dice mentre mi sbatte fra le mani un libricino.

Lo giro e lo guardo come attratto da un sortilegio. Ho la pelle d'oca mentre lo apro cautamente e con un sottile brivido di piacere leggo: Emma. E finalmente ecco pure il cognome: Argenti.

Poi lo sfoglio. Le illustrazioni sono bellissime. La mano da cui sono scaturiti questi disegni è davvero baciata dal talento. Lo stile particolare, il tratto fine e delicato. I colori che prendono vita pagina dopo pagina, in un crescendo emozionale che si mescola alle immagini evocative, potenti e gioiose.

Passo la mano sulla copertina. Abbraccio il volume e lo stringo al petto come se fosse un bambino.

«Non puoi immaginare che regalo mi hai fatto. Grazie Alice, grazie!»

Lei mi guarda stralunata.

In fibrillazione, pago ed esco dal negozio. Devo fare subito una chiamata.

Nemmeno il tempo di comporre il numero che vengo assalito dalla paura. Siamo ancora a metà agosto, chi vuoi che ci sia in una casa editrice? Mentre il telefono dall'altra parte suona a vuoto, già mi vedo a lasciare decine di messaggi di supplica in segreteria. Al mattino, al pomeriggio e anche alla sera. Poi, per la prima volta da quando questa storia è cominciata, pare che io abbia finalmente un colpo di fortuna.

Mi risponde una voce maschile abbastanza roca.

«Pronto?»

Devo dare l'impressione di essere un individuo sano di mente e con una seria richiesta. Non posso certo spiegare che sto cercando una loro collaboratrice dalle labbra color ribes, del cui amore non posso fare a meno.

«Buongiorno, mi chiamo Samuele Serra, di *Sanremo PuntoNews*. Sto cercando di mettermi in contatto con Emma Argenti. Sarebbe possibile avere un suo contatto, per cortesia?»

«Non ce n'è bisogno.»

Che diavolo significa? Ecco il solito fissato con la legge sulla privacy... O magari Emma ha messo in guardia i colleghi, raccomandando a tutti di non passarle un certo Samuele, lo squilibrato che la perseguita. Immagino ogni scenario possibile, cercando di non ascoltare la voce del pessimismo che mi bisbiglia eventualità nefaste all'orecchio.

«È proprio qui davanti a me» chiarisce l'uomo, e io ho una vampata allo stomaco. «Siamo rinchiusi in ufficio a fare gli straordinari per riuscire a mandare in stampa un libro entro pochi giorni.»

È lei! Adesso non ho più dubbi, l'ho trovata. Ed ecco perché non si è più fatta viva. Lo aveva detto lei stessa di essere sotto pressione per la consegna di un lavoro urgente. Mi do del cretino per non averlo capito prima, allo stesso tempo mi sento invadere da un senso di gioia.

«Attenda in linea. Gliela passo.»

Il mio cuore si ferma, perde qualche battito.

«Pronto?»

«Emma, finalmente... Sono Samuele!»

Resta in silenzio. Forse è sorpresa che io sia riuscito a rintracciarla. Spero non sia anche infastidita.

Sento solo un fruscio. Forse c'è qualche problema di linea. Mi sposto di qualche passo mentre le parlo ancora.

«Non hai idea di come sia felice di averti trovata.»

Dall'altra parte permane il silenzio, e giurerei che è quel tipo di silenzio che si potrebbe definire "interdetto". Mi metto una mano sulla fronte e la ritiro tutta sudata. Ho immaginato questo momento decine di volte. E ok, lo so che quando ti fai un film pensi che sapresti come comportarti e poi puntualmente, se ti trovi davvero a vivere quella situazione, va tutto all'opposto, ma non era certo questa la reazione che mi aspettavo.

«Emma, per favore, di' qualcosa. Cos'è successo? Da

quella notte ho creduto di impazzire. L'Osservatorio, la cena a casa mia, quel bellissimo abbraccio...»

Invece lei continua a non dire niente e mi sembra di annaspare.

Decido allora di giocarmi il tutto per tutto.

«Emma, cosa significa il tuo bacio sullo specchio?»

Chiudo gli occhi, ormai è andata. Non può non rispondere a questa domanda. Eppure ho paura che lo faccia, ho paura della verità. Sento le gocce di sudore che rotolano lungo la schiena. Ho la sensazione di cadere, stringo stupidamente il cellulare con tutte le mie forze.

Finché prende coraggio e parla.

«Mi scusi ma... deve esserci stato un errore.»

17

Mi sembrava troppo bello.

Emma Argenti esiste ed è un'illustratrice di libri per bambini, ma non è la ragazza che ho conosciuto e che cerco io. La signora in questione vive e lavora a Bologna, è felicemente sposata con un certo Guido – insieme hanno una splendida figlia che ha appena fatto la maturità – e il mese scorso ha compiuto cinquant'anni.

Me lo ha raccontato al telefono lei stessa, pazientemente e con una voce che subito ho riconosciuto ben più matura e diversa rispetto a quella della mia Emma, chiarendo il terribile scambio di persona e che quindi non ci eravamo mai incontrati né abbracciati e che non sapeva nulla di una certa impronta sullo specchio del mio bagno. Superato lo sgomento iniziale, peraltro, ha preso con il giusto spirito la mia storia e anzi mi ha anche fatto un dolcissimo in bocca al lupo per la mia ricerca della Emma *giusta*.

«Peccato, Leo, mi è andata male» ho detto al mio pesce rosso. «Per un attimo ci avevo creduto davvero.»

La delusione è forte ma non mi perdo d'animo perché

ho altri assi nella manica. A fornirmeli, strano a dirsi, è stato il mio tecnologico amico ingegnere.

«A parte che dovresti farti un profilo su Tinder, epocale app che regala grandi soddisfazioni» mi ha ammiccato Iacopo accompagnando il tutto con un gesto esplicito della mano, «non ci sono mica solo Google e Facebook. Ma che giornalista sei?»

E così, facendo conversazione e in modo abbastanza casuale, ho scoperto l'esistenza di alcuni servizi online che permettono di rintracciare le persone.

«Non ne avevo mai sentito parlare» ammetto.

«Perché passi il tempo a immagazzinare le informazioni inutili» mi ha puntato il dito contro lui, «e ti perdi le cose importanti.»

Esempi di informazioni inutili che lo mandano in bestia: quando gli racconto che su Giove un giorno dura poco meno di dieci ore o che la stella polare non è la più luminosa del cielo notturno, bensì Sirio della costellazione del Cane Maggiore. Di solito smette di ascoltarmi dopo pochi secondi.

«Per tua fortuna ci sono io» si è vantato.

Non ho obiettato alcunché. Ho annotato scrupolosamente tutte le indicazioni che mi ha fornito, ho raccolto le idee e mi sono precipitato a casa per metterle in pratica.

«Speriamo che non sia niente di illegale, Leo.»

Mi lavo la faccia e metto su il caffè mentre lui si fa gli affari suoi.

Il primo tentativo lo faccio con Pipl, un motore di ricerca che, inserendo il nome o altri parametri come il numero di telefono, un indirizzo email o addirittura un nickname, fornisce una serie di link a persone che potrebbero essere quella desiderata.

Peccato che io, di Emma, non sappia praticamente nulla di ciò che servirebbe almeno per partire. Non conosco la città in cui abita, o dove è nata, non so l'età esatta, dove lavori né quali scuole abbia frequentato. Sudo freddo ancora una volta pensando all'eventualità che faccia coppia fissa con qualcuno.

L'unico elemento a mia disposizione è sempre lo stesso. È solo il nome, e non sono nemmeno più sicuro al cento per cento che sia vero. Lo digito nella barra di ricerca e, in bilico tra la speranza e il timore, clicco sulla lente d'ingrandimento da detective.

Saltano fuori centinaia e centinaia di Emma che mi fissano: alcune piuttosto riconoscibili dalle foto a corredo del loro contatto o del loro curriculum, altre invece sono contrassegnate da un avatar o da una semplice E maiuscola su sfondo rosa.

Avvilito, poso la tazzina sul tavolo delle riviste pubblicitarie. Il mio sguardo devia verso Leo.

«Amico mio, sarà una lunga notte.»

Non posso rinunciare. Provo e riprovo. Quello che mi stupisce è che questo sito dall'interfaccia elementare consenta comunque di risalire a persone che non sono mostrate dai comuni motori di ricerca. Perciò è come ricominciare tutto da capo, sfogliando le vite di centinaia di sconosciute. Mentre clicco in modo compulsivo, mi batte forte il cuore. Ho dei sussulti quando mi sembra di riconoscere quegli splendidi occhi malinconici o i capelli castani dai riflessi color miele. Ma non c'è niente da fare. Mi ritrovo a spiare le vite di infinite Emma

– ce ne sono di tutti i tipi: dottoresse, analiste finanziarie, segretarie, negozianti, studentesse e istruttrici di nuoto – ma la mia, presunta illustratrice di libri per bambini, non si trova. Allora restringo l'elenco dei risultati prima all'Italia, quindi alla Liguria, infine a Sanremo. Poi mi viene in mente una possibilità che mi abbatte ulteriormente. E se vivesse all'estero?

Non ho chance. E allora passo all'asso nella manica numero due: Intelius.

«Si tratta di una società online» mi ha spiegato Iacopo con la solita aria da professore, «specializzata nella fornitura di registri pubblici. Entri nel sito, crei il tuo account, paghi con la carta di credito e il gioco è fatto.»

«Scusami un attimo... Io sarò ignorante in materia, per carità, ma tu com'è che sai queste cose?» non ho potuto fare a meno di chiedergli.

«Non sei mica l'unico che va a caccia delle tipe che incontra.»

Per un istante mi sono ricordato che il suo sogno è una app ispirata a Shazam che, anziché riconoscere le canzoni ascoltandone poche note, sveli l'identità delle persone – ovvero delle donne – semplicemente fotografandole per strada.

«Anche perché io i nomi tendo sempre a dimenticarli. Fidati, il primo che inventerà un sistema del genere farà tanta di quella grana che...»

«Sì, va bene... Ma questo Intelius, piuttosto, funziona?»

«Io lo uso per sapere se una è fidanzata o sposata, almeno posso darmela a gambe più facilmente, dopo. Comunque è talmente preciso che ti trova indirizzo di residenza, numeri di telefono, luogo di lavoro e parenti di primo grado.»

Mi accontenterei di una qualsiasi di queste informazioni, penso mentre mi collego a Intelius. Anche in questo caso, il sito è estremamente navigabile. Seguo le istruzioni del mio amico e mi preparo a un'altra apnea.

Alcune ore e svariati caffè più tardi sono qui con le mani in faccia e due occhiaie spaventose.

Ma tra tutte le Emma che ci sono, proprio io dovevo incontrare l'unica rimasta ai margini del mondo connesso? Mi alzo. Percorro chilometri su e giù tra il divano e la finestra. Avanti e indietro. Andata, giro su me stesso e ritorno. Proprio come Galileo nella sua boccia di vetro. I miei passi risuonano sul pavimento mentre un po' rifletto a voce alta e un po' continuo il mio sfogo con lui.

«Trovare qualcuno su Internet, avendo a disposizione informazioni monche, non è facile come prenotare una stanza d'albergo, ordinare un capo d'abbigliamento o fare una ricarica, sai?»

Stringo le mani in pugni che non hanno forza. Indugio qualche minuto alla finestra. Fuori solo la luce soffusa della luna rischiara la strada. Mi sento solo e smarrito come quell'astro magico appeso sopra la città, circondato da un alone rossastro. Forse alle stelle non importa un bel niente di quello che faccio.

Cammino ancora per casa senza una meta, quindi vado in terrazzo a fumare. Dentro il posacenere si accumulano le tracce della mia frustrazione.

Quando l'alba fa capolino sulla città, sono ancora qui. Non so più come sto.

Terzo dialogo con Leo

Sono stanco, Leo. Che giornate. O meglio, che giornate e che nottate.

L'incertezza mi naviga dentro. Sembra che io sia portato a fare immancabilmente la cosa sbagliata, a sprecare energie, a correre ovunque tranne dove serve. Quando penso a me stesso, non faccio altro che liste. Sì, liste, elenchi delle cose che mi mancano, di quelle che ho perduto, dei contesti in cui non mi sono dimostrato all'altezza.

Perché mi infilo sempre in questo tipo di situazioni?

Tu sei più forte di me, e pure parecchio. Io ho passato tutta la vita a fare del mio meglio, senza dare fastidio a nessuno. Con il mio bagaglio di errori e cose lasciate a metà. Appeso a gesti non compiuti e a parole non dette. Con la voglia matta di sognare un altro po'.

Quando è arrivata lei, Emma, quando l'ho vista, splendente come una cometa, ho subito percepito che stava succedendo qualcosa di diverso. Ok, lo so che sei perplesso. Dovrei imparare a impazzire più lentamente. Mi aggiro avanti e indietro per questa casa, vado a lavorare, a volte mi sfugge qualche pasto. Però dei tuoi bisogni non mi dimentico mai, devi darmene atto.

Mi sento come se avessi un masso sul petto.

Che vorrà dire, secondo te?

Forse è la solitudine che ci viene a frugare dentro la sera, con le sue mani gelide, quando il silenzio ci mette a nudo e scopriamo di non avere niente con cui coprirci o un posto dove nasconderci. Anche da noi stessi e dalle mille bugie che ci raccontiamo. E serve a poco accovacciarsi con le spalle al muro, stringere le braccia attorno alle ginocchia, chiudere gli occhi e aspettare che passi. Perché tornerà, subdola e tenace.

O forse sono le nostre esitazioni, le nostre piccole e grandi agitazioni mentre andiamo alla disperata ricerca di una qualsiasi ragion d'essere o di una giustificazione a quello che siamo.

O magari è la paura, che ci bracca talmente di continuo che con il tempo diventa un atteggiamento mentale. La paura di mettere un piede in fallo e inciampare, come se si potesse davvero fare un percorso netto. La paura di non trovare lo spazio di cui sentiamo di aver bisogno. La paura di vedere andare via chi amiamo, i pezzi di vita che si scollano e si staccano tra attese interminabili e rinunce dolorose.

Parliamo dei problemi già con la convinzione che non riusciremo mai a superarli – io in questo sono un maestro Jedi – mentre il caos del mondo là fuori va avanti, incurante e sordo alle nostre esigenze.

Chiediamo attenzione nell'indifferenza generale.

Ci sono più stelle in cielo che granelli di sabbia sulla Terra. Soltanto nella nostra galassia, la Via Lattea, si contano tra i duecento e i quattrocento miliardi di stelle. Quale può mai essere, in tutto questo, il posto che spetta a uno come me?

18

«È tutto inutile!» annuncio a Iacopo che è passato a prendermi per condividere la pausa pranzo.

«Ciao anche a te, eh? Ti trovo sempre meglio» mi dice ironicamente.

«I tuoi poderosi metodi di ricerca questa volta hanno fatto cilecca.»

«Scemo io a parlartene, era meglio se me ne stavo zitto.»

Fuori dalla redazione un bagliore ci investe, è una magnifica giornata illuminata da un sole terso.

«Lo sai qual è il tuo problema?» mi domanda scuotendo la testa.

«Magari ne avessi solo uno...»

«Appunto, il tuo problema sei tu, da cui derivano miliardi e miliardi di casini irrisolti.»

Passeggiamo da via Feraldi verso il porto, in direzione dei baretti. Tento di interromperlo prima che ricominci con la solita solfa.

«Cosa mangiamo? A me andrebbe una cosa veloce, una bruschetta pomodoro, olio e basilico.»

Lui però mi ignora.

«Ti piace così tanto giocare a fare l'ultimo dei romantici, imprigionato in questa fredda società alienata in cui ci sono più fotocamere che abbracci?»

Rimpiango la pacifica compagnia di Leo. Lui non commenta e non è mai intrattabile.

«Sei un rompipalle» bofonchio, infastidito.

«Ah be', detto da te...»

Iacopo smette di cianciare al transito di una moretta con gli shorts e una canottierina minimal. Le lancia un sorriso marpione e quella lo ricambia di buon grado. Come faccia a farlo sembrare così facile lo sa soltanto lui.

«Piuttosto» il mio amico recupera la concentrazione, «non possiamo prendere in considerazione l'ipotesi che sia stato meglio così?»

«Così come, scusa?»

«Magari è un bene che questa fantomatica Emma si sia tolta di torno subito, prima di scaraventarti ancora più a fondo nell'abisso.»

Vorrei dirgli di lavorare di più sulla comprensione, ma preferisco tagliare corto.

«Finito lo show?»

«Solo se mi offri il pranzo.»

«Va bene» gli rispondo, e purché non ricominci sono disposto a pagargli ostriche e champagne. Ma meglio se non glielo dico.

Siamo arrivati, nell'aria c'è già un inconfondibile profumo di frittura mista. Da lontano lancio un rapido sguardo ai tavoli all'aperto dove i turisti stanno pranzando. Perlopiù sono famiglie di tedeschi e francesi con la voglia dei frutti di quel mare che li scruta benevolo dall'altro lato della carreggiata. C'è parecchio fermento, gente che chiacchiera, sorride e si scatta dei selfie.

Poi, improvvisamente, qualcuno deve aver staccato la spina dell'audio al mondo e io mi ritrovo a galleggiare.

Il sole mi sta di nuovo abbagliando, ma anche in controluce ho colto un riflesso con la coda dell'occhio. È un vestito rosso. Il vestito rosso di una ragazza che mi dà la schiena e non riesco a vedere in viso. Ma non è necessario. Il sole dietro di lei ne contorna i lineamenti. Le braccia scoperte, la forma delle spalle e dei fianchi, le gambe e le caviglie.

Si è alzata dal tavolo e sta camminando nella direzione opposta alla nostra.

«Be', perché adesso stai zitto come un imbecille? Cerchi di farmi sentire in colpa?»

Le parole di Iacopo arrivano ovattate. Mi faccio schermo con la mano. Il cuore mi finisce in gola e poi rimbalza fino al cielo.

È lei.

È Emma.

Potrei scommetterci qualsiasi cosa.

«Samuele? Ci sei?»

No. Un secondo dopo smetto pure di pensare. Corro, rischiando di travolgere alcune persone che ho davanti. Il cane al guinzaglio di un signore abbaia, innervosito dal mio scatto. Iacopo forse mi chiama, ma io non sento più nulla.

Non c'è il rumore delle auto che sfrecciano – una mi suona il clacson, perché sto attraversando dove non dovrei – non ci sono più le voci dei passanti, non ci sono più la strada, i negozi e i locali.

Per un attimo sono costretto a un'interruzione, il tempo impiegato da un camion che trasporta prodotti ittici per svoltare verso la banchina. Soffoco un'imprecazione mentre l'autista compie la manovra, lui caccia anche un braccio fuori dal finestrino come per dirmi di attendere.

Quando il veicolo è passato, non la vedo più.

Scruto ansioso in tutte le direzioni. A destra, a sinistra, davanti e dietro di me.

È sparita. Non può essere.

Una signora anziana mi domanda se mi sento bene, se mi sono perso.

Finalmente, dietro a una fila di macchine parcheggiate, inquadro di nuovo nel mio campo visivo quella sagoma rossa che si muove. Sento il sangue prendere fuoco nelle vene.

«Emma!» grido. Mi sbraccio come un forsennato, ma lei non si volta. «Emma!»

Continuo a vederne la testa e i capelli che svolazzano nel vento. Allora le vado dietro più veloce che posso, inciampo in un punto sconnesso dell'asfalto, barcollo ma non perdo completamente l'equilibrio. Supero altri ostacoli, lo spartitraffico di una rotonda con la scultura di un'ancora, il chioschetto con le ruote di un gelataio, rovino anche la foto di una coppia di innamorati. Mi sembra che l'intero pianeta si stia spostando per ostacolarmi.

Dopo i trecento metri più tortuosi della storia arrivo al capolinea.

Mi ritrovo fermo a Pian di Nave, la grande piazza pedonale con i resti di un edificio portuale del Seicento. Sono interrati, coperti da lastre di vetro e delimitati da una ringhiera.

Mi guardo attorno. Poco più in là arriva la musichetta di una giostra, i bambini vanno su e giù in sella ai loro cavalli o sulle carrozze.

Oltre il carosello, una meridiana solare e una scogliera con il muro in cemento armato che è un'enorme panchina sul mare.

Sono senza fiato, mi occorre qualche secondo per inghiottire l'aria. Ho la faccia viola, la camicia sudata e i capelli ancora più arruffati.

Non la vedo più. L'ho persa. Nella mia testa scorrono valanghe di interrogativi. Il cuore è una trottola.

Dopo qualche istante di panico, mi raggiunge Iacopo.

«Oh ma che cazzo ti è preso?»

«Era lei» ansimo.

Sulle sue labbra spunta quel dannato sorrisetto canzonatorio.

«Adesso ci diamo ai pedinamenti e alla caccia ai fantasmi?»

«Era Emma, ti dico che era lei!» gli urlo contro.

«Ah sì? Per caso ora è di nuovo qui con noi?» Si guarda attorno con finta circospezione, comportandosi come se fossimo coinvolti in una seduta spiritica. «Ciao Emma» scandisce lentamente, «per favore non venire a tirarmi le lenzuola questa notte.»

«Dài, smetti di fare il cretino. Era lei» ripeto ancora, ma stavolta meno convinto.

«Samu, inizi a preoccuparmi.» Mi fissa come se dovessi capire qualcosa di ovvio. «Te la sei sognata, ok? O forse era solo una che le assomigliava.»

Dio mio.

Sto andando fuori di testa?

Non so se ridere o piangere. Ridere perché, in fondo, è tutto così rocambolesco e assurdo. Una beffa continua. Piangere perché mi sembra che il destino si stia accanendo su di me, che continui a farmi scherzi crudeli.

Iacopo invece sa perfettamente quale delle due opzioni scegliere. E infatti ride a crepapelle.

«Questa è troppo divertente, te la rinfaccerò a vita!»

Non ho dubbi che lo farà.

Eppure a me sembrava lei...

Nel tardo pomeriggio dell'ultimo giorno di semilibertà – domani torneranno il dittatore Berti, l'irreprensibile Valerio e Alice la festaiola – stringo il manubrio e continuo a pedalare sulla pista ciclabile con il vento che mi passa tra i capelli. Sento la bicicletta vibrare sotto di me.

A ridosso del lungomare di Bussana, la frazione più a est della città, sotto l'imponente presenza di un santuario in cui molte giovani coppie sanremesi convolano a nozze, entro all'Impekabile, dove sembra di pranzare su una nave da crociera. Mi accomodo sulla terrazza all'aperto e ordino un Vermentino.

«Le porto due bicchieri, signore? Aspetta qualcuno?» mi domanda la cameriera.

«Un solo bicchiere, grazie.»

La bottiglia la voglio tutta per me. Me la servono in un sacchetto refrigeratore pieno di cubetti di ghiaccio.

Come accompagnamento mi portano un piattino di sardenaira, la focaccia condita con pomodoro, olive e capperi che i forestieri scambiano per pizza.

La brezza mi plana sul viso, insieme al dolce profumo delle fioriture dell'estate.

Seduto a questo tavolino all'aperto, mi sento pervadere da una strana apatia e penso a quello che sto vivendo. L'odore del mare richiama silenzi immensi. Con gli occhi e l'anima ancora travolti dalla luce e dalle onde, non posso fare a meno di domandarmi se sia scritto che ci meritiamo quello che ci capita, o se tutto sia il frutto imprevedibile del caos.

Samuele, sono felice di averti incontrato. Sembra quasi... il destino.

Mi ritorna in mente la frase pronunciata da Emma sul terrazzo di casa mia, la sera – che poi era diventata notte e poi addirittura alba – in cui i rumori del mondo erano distanti, sospesi, ovattati, e le cose andavano a gonfie vele. Ripenso al modo in cui l'ha detta, a fior di labbra, ai suoi occhi intensi che mi guardavano portandosi dentro l'universo intero.

C'è stato quell'attimo, fra me e lei, e il mio cuore l'ha distinto chiaramente.

No, non posso essermi sbagliato di nuovo. Era amore. Quel tipo di amore che senti bruciare sulla pelle e non ti libera nel ricordo. E io, semplicemente, non posso accettare che sia un ricordo e basta. Ho sentito la felicità passarmi accanto, talmente vicina che potevo prenderla per mano e specchiarmi in lei.

Non posso e non voglio rinunciare a Emma. Non lo farò mai.

Ma il posto accanto al mio è vuoto.

Passo un dito sul bordo del bicchiere e mi sfugge una risata amara.

Alla maggior parte della gente può sembrare una follia, eppure, nella vita, a volte succede. Due persone si siedono sulla stessa panchina, le mani che si sfiorano, una battuta su un film, una canzone o un interesse in comune, una risata, e sei mesi dopo si scambiano le fedi davanti a un sacerdote. Un tizio compra un libro al mercatino dell'usato, dentro ci trova una dedica e un numero di telefono e ritrova il primo amore. Il tuo cane scappa, attraversa la strada, una macchina inchioda appena in tempo e al volante c'è la donna dei tuoi sogni.

Oppure, un bel giorno come tanti ma inevitabilmente più significativo di tutti gli altri messi insieme, la donna dei tuoi sogni arriva in piena notte nell'Osservatorio astronomico di un piccolo borgo dell'entroterra e ti regala momenti di assoluta estasi. Vorrei poter tornare indietro nel tempo per rivivere quella notte, con le sue emozioni e i suoi sapori. Ho guardato le stelle insieme a Emma, e forse anche lei era un pezzetto di cielo. Quel suo sguardo mi è entrato dentro, e chissà che cosa si portava con sé per non avermi lasciato nemmeno un biglietto.

Che poi i perché non servono a stare meglio, non bastano a colmare i vuoti, non consolano la sera quando il pianto ti assale.

Ripenso alle onde altissime dei surfisti, e a quella altissima che si è abbattuta su di me. Bevo un altro sorso di vino, guardando le barche a vela e i motoscafi ormeggiati oltre le boe che delimitano l'area di balneazione.

Un gabbiano veleggia libero sopra la mia testa. Il mare, il vento, questa stagione così bella, così viva...

Qui, tra questi scorci paradisiaci fatti di sabbia e acqua, ho una tentazione. Quella di salire su una di quelle barche e partire. Prendermi un anno sabbatico – pazienza se i soldi scarseggiano – lasciarmi tutto alle spalle e chi se ne frega se le delusioni ti fortificano e possono essere occasioni d'ispirazione. Staccarsi dal mondo per un po', allontanarsi da questa vita che non può essere misurata se non in termini di obiettivi e risultati, sempre ostaggio della fretta in cui tutto si consuma. Separarsi dai pensieri più cupi, quelli che non ti fanno trovare il sonno per quanto lo cerchi affannosamente. E viaggiare senza una meta né un dovere, fino a quando ci sono i gabbiani in volo sul mare aperto e non si trova un posto bello dove fermarsi. Prendersi la libertà di essere altro da ciò che sei sempre stato, da quello che gli altri vogliono che tu sia. Con il vento in faccia e lo sguardo perso tra le nuvole per ritrovarsi.

Non so che altro fare, allora torno a rivolgermi a lui, al sole, che sta lentamente tramontando oltre le colline che proteggono la baia e incendia di promesse la notte all'orizzonte.

Prego per un segno.

Una qualsiasi cosa che mi dica che questa non è ancora la fine.

19

La sensazione che tutto stia franando mi investe qualche giorno dopo, quando il direttore mi invita a pranzo fuori.

«Quello che non tollero è l'incompetenza» si scalda Sergio, mentre da via Feraldi ci spostiamo nell'adiacente piazza Eroi Sanremesi per raggiungere l'Officina del Burger. «Ma l'incompetenza, sommata all'editoria digitale, è un mix letale. Ah, arriverà il giorno in cui sarò libero, come Russell Crowe nel *Gladiatore*.»

Mi chiedo che cosa abbia fatto di male per meritarmi tutto questo. Io, da solo, con lui, a mangiare hamburger e a sorbirmi le sue prediche, le sentenze e gli sfoghi da Neanderthal.

«Li odio, quei dannati aggeggi. E loro odiano me, fiutano il mio disprezzo e non aspettano altro che farmela pagare alla prima occasione. All'età della pietra vivevano meglio di noi.»

Ecco, appunto.

Siamo seduti su alti sgabelli in ferro battuto, i tavoli sono in legno e alle pareti sono appesi bulloni e chiavi inglesi, come in una vera officina. Il tutto condito da un intenso odore di piastra.

«Di solito non impazzisco per questa roba americana» mi spiega. «Voglio dire, un bel piatto di tagliolini allo scoglio non si batte mica. Però ogni tanto mi viene voglia di una trasgressione. Cibo bello sostanzioso.»

La domanda, cupa e opprimente, giunge mentre inonda di ketchup le cipolle caramellate accanto al panino: «Serra, si può sapere che ha per la testa? Quasi non la riconosco. Le è successo qualcosa, di recente?».

Mi indaga con i suoi occhietti da giocatore di poker.

No, direttore, non mi è successo niente. Però la mia vita è sottosopra a causa di una donna che è esistita una notte soltanto, e da allora ho problemi a relazionarmi con il mondo e la specie umana.

«Sto attraversando un momento difficile, ma si tratta di una fase di transizione» rispondo buttando lo sguardo da un'altra parte. Spero che questo supplizio termini alla svelta.

Il direttore Berti aggrotta le sopracciglia.

«Cosa diavolo sta dicendo? Serra, non sono il suo confessore, delle sue vicissitudini private non mi potrebbe fregare di meno. Ma sono ancora una persona intellettualmente onesta, e allora glielo devo dire: il suo rendimento nell'ultima settimana è stato significativo.»

«Davvero?»

«Lo sa che non nutro una grande considerazione per i miei sottoposti. Però le sue interviste sprizzavano spontaneità. Quando vuole, lei scrive in un modo estremamente godibile, i lettori hanno risposto bene.»

Si sta complimentando con me? Tutta questa pantomima del pranzo insieme, lontano da Valerio e Alice, non è per licenziarmi ma per riconoscermi un merito?

Deve esserci una fregatura, da qualche parte. La aspetto in silenzio.

«Non mi fraintenda, Serra» si affretta ad aggiungere. «Nessuna promozione in vista e lei non è diventato Enzo Biagi dalla mattina alla sera. Resta comunque il fatto che dobbiamo trovare una soluzione al nostro problemino contrattuale. Ha avuto modo di farsi qualche idea al riguardo?»

Et voilà. I complimenti si sono già persi nel vento.

Mi incurvo in avanti come se qualcosa mi avesse colpito allo stomaco. Mi schiarisco la gola nel tentativo di prendere tempo.

«Per la verità devo ancora fare mente locale» glisso.

«Oh, se vuole posso aiutarla io a fare chiarezza. Sono un esperto, e credo proprio di avere qualcosa da dirle.»

Brandisce le posate, taglia un enorme pezzo di hamburger, lo passa nella salsa barbecue e lo infila in bocca.

«Vede, Serra, ho dedicato tutta una vita al giornalismo. Anzi, si può dire che il giornalismo sia stato la mia stessa vita. Inchieste sul campo, editoriali pungenti, analisi della società, scandali nelle sale del Casinò. Mi ricordo ogni cosa come se fosse successa ieri. Sugli scoop mettevo letteralmente le mani, li toccavo, lanciando titoli e interrogativi che facevano breccia nel cuore della gente» rievoca, e per un attimo le lancette vorticano all'indietro e siamo catapultati negli anni Ottanta e Novanta, quando Sanremo era Sanremo anche nelle sigle del Festival. «Questa è una città vanitosa, abituata a respirare musica e canzoni. Non arriva a sessantamila abitanti ed è sempre in tv in prima serata. Si perde facilmente il contatto con la realtà.»

Se è per questo, dopo questo preambolo l'ho perso anch'io, infatti ho l'aria smarrita.

«Ma... Serra, mi sta ascoltando? Mi sembra un po' perplesso.»

«No, si figuri. È che ultimamente dormo male» mi giustifico.

Il direttore prende fiato e continua a vagare tra le sue memorie.

«Tutti facciamo delle scelte. Io ho fatto quello che mi piaceva, qualcosa che non ha prezzo. Per questo non ho rimpianti, anche se adesso tutto fa schifo» sbuffa.

Avverto una seconda fitta allo stomaco.

«Direttore, mi sta dicendo queste cose perché ha già preso una decisione?» domando, titubante.

Il prolungato silenzio che segue è la risposta più inquietante che potessi ricevere. Mi sento avvolgere da una strana nebbia.

«Riguardo al suo contratto in scadenza, non ho ancora sciolto le riserve. So solo che faremo la cosa giusta.» Adesso Sergio mi sta parlando con un tono diverso. «Quando ho iniziato la carriera, sapevo quello che volevo. Andavo da tutte le parti, annuivo quando c'era da annuire, stringevo mani, e quando c'era da mettere i bastoni tra le ruote di qualcuno non mi tiravo indietro. Ero sul pezzo, avevo il fuoco nelle vene. Non ho mai avuto paura di non farcela. Perché nella vita arrivi a un certo punto in cui senti qual è la tua strada. Le scuse e le chiacchiere finiscono. E magari, per lei, quel giorno non è oggi... ma potrebbe essere domani, o dopodomani.»

Parla come uno che la sa lunga e, nel contempo, vede chiaro e lontano nel futuro.

Mi domando se arriverà mai anche per me, quel giorno. Per quanto tenti e ritenti, cada e mi rialzi, vedo sempre vanificati gli sforzi compiuti per capire che tipo di persona sia e che cosa ambisca a diventare. E spesso, lo ammetto, in questa sensazione mi ci crogiolo.

«Se devo arrivare al nocciolo della questione, mio caro ragazzo, credo che la vera domanda che dovremmo porci è se tutto questo faccia per lei, o se non sia meglio che allarghi i suoi orizzonti professionali. A voi sembra che io non veda niente, ma io faccio di più, molto di più. Vi osservo.»

«Direttore, io...»

«Mi permetta, ho ancora alcuni insegnamenti da dare. Ci rifletta: che cos'ha da noi? Pochi soldi, zero possibilità, certezze sottozero. Magari potrei farle un favore a non rinnovarle il contratto.» E mi dà una pacca sulla spalla con la mano unta.

Non capisco se si sta realmente preoccupando per il mio futuro o se sta cercando di fregarmi, convincendomi che se mi lascia a casa è per il mio bene.

Mi esce un sorriso tirato mentre Sergio controlla gli appuntamenti sull'agenda del cellulare. Poi chiede il conto e solleva verso di me il bicchiere di Coca-Cola.

«Bene, credo di avere espresso la mia posizione con estrema schiettezza. Se può, per ora continui così. Il resto lo vedremo strada facendo.»

Quando arriva la telefonata, tre ore più tardi, sono nella mia casa-faro davanti al pc e sto bevendo un caffè.

«Sto per diventare ufficialmente il tuo amico preferito» esordisce Iacopo, raggiante. «Ho una splendida notizia da darti.»

«Forse non voglio saperla...»

«Un'uscita a quattro!»

«Ehi, non c'è bisogno di urlare. Mi hai quasi sfondato un timpano.»

Lui non batte ciglio e tira dritto per la propria strada, tanto per cambiare.

«In questi ultimi tempi abbiamo avuto un po' di incomprensioni. Perciò ho deciso di portarti un'offerta di pace. E che offerta, visto che è uno schianto e si chiama Marta.» Si interrompe, come per sforzarsi di ricordare. «O Mara, non sono sicuro. Del resto, con quelle tette il nome è un dettaglio accessorio. Ci siamo capiti, spero» lo sento ammiccare.

Mi viene da ridere.

«È un'amica di un'amica. Le ho già fatto vedere una tua foto, dice che sei carino» aggiunge. «Be', sto aspettando. Non dici niente?»

«È un gesto molto gentile da parte tua.»

«Di' piuttosto un'operazione umanitaria.»

«Ci farò un pensierino. È solo che...» tentenno, versando un po' di latte nel caffè.

«Solo che...?» mi fa eco l'ingegnere playboy.

«Non sono dell'umore giusto. E poi non voglio conoscere nessuno.»

Iacopo geme.

«Ah scusa, come ho fatto a non pensarci. Tu hai già la donna della tua vita. O, per meglio dire, il fantasma che sta contribuendo in modo sostanziale a rovinartela.»

«Dài, ti prego, non ricominciamo» borbotto.

«Sei un muro di gomma» ribatte lui, risentito. «E io che continuo a sperare che tu possa stupirmi! Ma dove lo trovo un altro così coglione da rinunciare a un appuntamento servito su un piatto d'argento, con una femmina coi fiocchi. Per cosa poi, un'illusione!»

«Non lo trovi, un altro. Sono io il più coglione del mondo. D'accordo?»

Non demorde, ma almeno stavolta tenta un approccio più conciliante: «Samu, ultimamente ti ho visto stanco, con due occhiaie così, lontano. Non voglio più vederti su quel divano a fare la muffa, hai bisogno di contatti umani. Uscire a cena con degli amici non può farti che bene». Poi però non riesce a trattenersi, è più forte di lui: «E vedessi che tette...».

«Questo profondo scambio intellettuale mi sconvolge, dico sul serio.»

«Così finisci per sabotarti! Contento tu... Comunque sei un ingrato!»

Sono sul punto di lanciare la tazzina contro il muro. Guardo verso Leo, che non ha una sola preoccupazione al mondo, per cercare di rasserenarmi, ma non ci riesco. Iacopo gira continuamente il coltello nella piaga, con tutte quelle illazioni su Emma: Emma che è una cattiva persona e gode nel prendersi gioco di me; Emma che, se è bella come gliel'ho dipinta, allora dev'essere per forza fidanzata, se non addirittura sposata; Emma che è implicata in affari loschi e ha a che fare con gente poco raccomandabile; Emma che mi ha dato un nome falso; il bacio sullo specchio del bagno lasciato come una mancia, un arrivederci e grazie...

«Basta!» esplodo all'improvviso. «Non è così! Piantala di psicanalizzarmi!»

«Oh, stai calmo! Sono un guru e un filosofo, non faccio lo psicologo. Hai un problema? Ho la ricetta che fa per te! Allontanatene e tutto sarà più facile» recita con voce da attore. È testardo come un mulo.

Finisco il caffè, poso la tazzina nel lavello e sorrido al mio Leo, che con un cambio di direzione e un colpo di coda solleva uno schizzo d'acqua.

«Andiamo, è solo una cena» mi stuzzica Iacopo. «Mettiti una bella camicia, datti una pettinata e affogati nel profumo. Marta, o Mara, quella ragazza è una bomba. Magari scopri che ti piace.»

«Bah, la fai facile tu.»

«Perché non c'è niente di difficile. Studia bene le tue mosse, dalle ragione su tutto quello che ti racconta, falla sentire speciale e... la serata si prolungherà piacevolmente senza tanti teoremi astrali. Garantito.»

Sistemo il telefono tra il mento e la spalla, tentando di non soccombere alle argomentazioni del mio amico.

«Iacopo, lo so che è una pazzia. Ma io sono davvero preso da Emma, e non smetterò di cercarla.»

O di aspettarla.

Vado alla finestra, apro le imposte e lascio che i raggi di sole inondino la stanza.

«Ma questa è una faccenda completamente diversa. Prendila come un modo alternativo di impiegare il tuo tempo» prova a rigirare la frittata. «Ogni tanto un po' di leggerezza è quel che ci vuole. Fa bene al sistema nervoso. Vedrai che dopo ti sentirai meglio.»

«Sei più insistente di un mercante in un suk...»

«Questa si chiama ne-ga-zio-ne, bello mio» ribatte l'ingegnere, scandendo il concetto. «Ma che mi chiami a fare, se poi non apprendi?»

«Ehm... Veramente mi hai chiamato tu.»

«Be', fa lo stesso! Queste sono sfumature.»

Litighiamo per altri cinque minuti al telefono, ci attacchiamo reciprocamente, facciamo la voce grossa. Poi, alla fine del tira e molla, mi arrendo.

20

A metà di una mattinata calda e limpida di fine agosto, faccio due incontri. Sono uscito presto a comprare il cibo per Leo e a sbrigare altre commissioni. Rientrando nel palazzo, mi imbatto in quel burlone del postino.

«Ah, buongiorno signor Serra. Ci sono le sue adorate riviste in consegna.»

Mentre me le sventola davanti al naso mi guarda con una luce sorniona negli occhi marroni.

«Che poi, nella mia vita, ne ho viste tante, eh. Riviste mediche, sulla caccia, sulla pesca, pubblicazioni sull'arredamento e persino sui coltelli da cucina. Però queste le battono tutte» scherza seguendo il solito copione. Poi si mette a leggere a voce alta. «"In questo ultimo numero, dieci consigli indispensabili per i progetti complessi di comunicazione digitale e crossmediale." Perbacco, che paroloni! Dica la verità, ma lei ne sa davvero qualcosa di questa roba?» ridacchia impertinente.

D'istinto, arretro di un passo. Poi mi dico che devo reagire perché un po' va bene, ma adesso sta esagerando.

«Non potremmo evitare commenti non richiesti?» domando strappandogli le riviste di mano.

«Ehi, che modi! Ma cosa le prende?»

«Mi prende che le mie letture non sono affari suoi. Le sarei grato se si limitasse strettamente ai suoi compiti» lo apostrofo agitandogli l'indice sotto la faccia.

Il postino mi fissa senza capire. Questo tizio così risoluto che gli si è parato di fronte non può essere il placido e tranquillo Samuele Serra.

La Verrando apre la porta e sbuca dal suo spiraglio. Certe situazioni sono pane per i suoi denti.

«Che succede qui? Ah, giovanotto, sempre in movimento!» dice, tutta contenta.

«Buongiorno, signora» la saluto. «Niente, non si preoccupi. Solo un normale scambio di vedute tra un lavoratore e un cliente.»

«Stia buono, non volevo offenderla. Forse certi discorsi per me sono troppo complicati» mugugna il postino.

Manda un cenno all'inquilina del pianterreno e sgattaiola via con la coda fra le gambe. Se io sono in guerra con il portalettere, la Verrando lo è con l'addetta alle pulizie condominiali.

«Guardi qui. Quella sciagurata lascia sempre le scale uno schifo» brontola l'anziana, sporgendosi. «Un giorno di questi prendo straccio e secchio e le insegno io. La manutenzione dell'edificio lascia troppo a desiderare.»

«Signora Verrando, forse non è il caso che si affatichi.»

«Affaticarmi? Io? Non me ne starò con le mani in mano. Inoltrerò un reclamo all'amministratore. Sperando che mi risponda, questa volta. Sono diventati tutti degli scansafatiche, non è una vergogna? La gente non ha più rispetto per niente.»

Fruga dietro la porta e alla fine tira fuori lo zerbino per rimetterlo al suo posto.

«Lasciamo perdere, che è meglio.» Esita per un istante. «Glielo posso dare un consiglio?»

«Certo, un buon consiglio non si rifiuta mai.»

«Non se la prenda più di tanto per il postino. È bizzarro e talvolta invadente, ma innocuo.»

Afflitto, tento di cavarmela in qualche modo.

«Lo so... È che tengo molto a queste riviste.»

«Credo che il concetto sia oramai ben chiaro a tutti» specifica la donna con un guizzo divertito. «Senta, abbiamo un appuntamento in sospeso: le vanno ancora quel caffè e un pezzo della mia focaccia?»

Provo un senso di rimorso. Le avevo promesso che sarei passato a farle visita ma poi non mi sono fatto più vedere. Le rivolgo un sorriso, convinto che con quello non si sbaglia mai, ma più che un sorriso bello e pieno mi esce una strana smorfia, un solo angolo della bocca sollevato e l'altro fermo al suo posto.

«Che aria da cane bastonato, giovanotto.»

«Me lo dicono tutti» replico con imbarazzo, massaggiandomi la nuca. «Comunque accetto molto volentieri il suo invito.»

Il viso della Verrando si illumina di approvazione.

«Una scelta eccellente. Oggi la focaccia mi è venuta particolarmente buona» commenta soddisfatta.

La bassa vecchietta mi fa strada e va a sedersi sulla poltrona. Sul tavolino è già tutto apparecchiato. Piatti, tazzine, zuccheriera e il bricco del caffè perfettamente piazzati sui centrini.

È la prima volta che entro in questa casa. Mi accomodo e lascio vagare lo sguardo. L'appartamento è ampio e luminoso per essere al piano terra, ha robusti mobili in legno e delle tende bianche di pizzo. Sui comò campeggiano diversi vasi di fiori – orchidee, peonie e delle profumatissime gardenie – mentre appesi alle pareti ci sono quadri di paesaggi che comunicano pace e serenità.

«Li dipingeva il mio povero marito» ricorda lei con trasporto, indicando tutto intorno con il braccio. «Era un macchinista, e dato che era sempre incastrato in una locomotiva e attraversava le gallerie, non appena era libero usciva a dipingere all'aria aperta.»

«Questi quadri sono splendidi. Suo marito doveva essere una persona molto in gamba» osservo mentre metto due cucchiaini di zucchero nel caffè.

L'espressione della donna si riempie di orgoglio e io rimango incantato a fissarla. Lo descrive come un uomo buono, uno di quelli di cui è andato perduto lo stampino. Poi guarda fuori dalla finestra con aria malinconica.

«Da ragazza facevo la sarta in una grossa boutique vicino al Casinò, ma dopo che ci sposammo non dovetti lavorare più. A parte fare la casalinga, che altro non è che fare tutti i lavori del mondo insieme. Pulizia, cucina, economia domestica, organizzazione della settimana e compagnia bella.»

Questa considerazione mi intenerisce e non oso immaginare quanto debba essere stata energica la Verrando in gioventù.

«Tra i due, quella forte ero io. Ma lui... Ecco, lui era semplicemente il migliore di tutti.» All'improvviso si blocca, qualcosa le si è aggrovigliato dentro la pancia. «Era l'uomo per me. Uno spirito umile, sempre gentile e riconoscente. Non gli importava un fico secco di avere l'ultima parola, una rarità. Con lui era impossibile discutere, gli volevano tutti bene. Sapeva dare amore spontaneamente, senza chiedere né pretendere. Stare insieme era tutta la nostra felicità. E quando non potevamo farlo perché si doveva allontanare, allora mi scriveva delle lettere piene di adorazione.»

«Un gesto davvero romantico.»

«Non era un poeta, ma pensando a me riusciva a scolpire le frasi e le parole. È passato tanto tempo, ho la consolazione della certezza che non sia passato invano.»

«Avete sempre abitato in questa casa?»

«Sono nata a Sanremo, ci ho vissuto e, un giorno molto molto lontano, ci morirò» ribatte con fierezza.

Sinceramente curioso, le chiedo come fosse la città allora.

«Era uno spettacolo. I miei primi ricordi sono quelli di una bambina rapita dal mare blu e dalle barche, dai palazzi signorili e dalle vetrine sfarzose. Per non parlare delle ville e degli splendidi giardini come quello che sta a due passi da noi. I lord inglesi e nordeuropei erano innamorati del dolce clima della Riviera. C'erano distese di fiori coloratissimi a perdita d'occhio e si respirava un'atmosfera di autentico benessere. Poi ci fu la guerra...»

La vedova abbozza una smorfia sollevando il labbro, quindi continua come se stesse raccontando una favola.

«Ci bombardarono. Cademmo e ci rialzammo. Divenni un'adolescente, poi una giovane donna e, al compimento della maggiore età, una moglie devota e innamorata. E Sanremo e il mondo, il mio mondo, andarono avanti. Per tutti questi anni ho osservato la vita scorrere intorno a me. Ho trascorso migliaia di pomeriggi a passeggiare accanto al mare, pensando che c'era prima di me e che ci sarà dopo di me. E tutto ritrovava il suo senso. Spesso, quando camminavo sul litorale, si alzava un vento leggero. In quei momenti, eravamo ancora in due.»

Riflette un momento, le sopracciglia aggrottate. Le occorre del tempo per tornare da qualche posto molto lontano.

Io rimango zitto per non rompere il suo incanto.

«Dicono che oggi le cose vadano meno bene, ma io non me ne curo. Si vive più a lungo, abbiamo maggiori comodità, e il risultato è che ci si sposa più tardi e i figli si fanno in età avanzata. Ecco, a me questo sembra solo un modo di rimandare le cose. Non si sente più il bisogno e la voglia di fare un passo in più, perché è troppo facile, troppo comodo restare fermi dove si è.»

I secondi che seguono sono occupati dai rintocchi di una campana. La Verrando mi osserva a lungo. Credo che apprezzi la mia scelta di restare silenzioso in ascolto.

«Ho visto persone crescere e andare via per fare spazio ad altri. Altri come lei, Samuele. Si prenda il suo spazio, il prima possibile.»

Si ferma e fa un'altra pausa.

«Adesso che ci penso. Se avessi avuto una discendenza, mio nipote avrebbe all'incirca la sua età.»

Vorrei dirle che sarei felice di essere io quel nipote, ma sarebbe davvero troppo.

Ridiamo entrambi, e questo mi aiuta a riprendermi

dall'incanto delle sue memorie. Mescolo il mio caffè e poi ci tuffo dentro un pezzetto di focaccia.

«È davvero squisita» dico.

«Non faccia complimenti. Ne prenda ancora, giovanotto. Nel pomeriggio ne farò dell'altra.»

«Ma non si stanca mai di cucinare?»

«Sono sola e ho un sacco di tempo libero. Sempre meglio che starmene in una casa di riposo a guardare la televisione.»

La sua risata riempie la stanza, poi si fa subito seria perché mi trova sciupato e dimagrito. Dopo qualche minuto di nostalgici tuffi nel passato, torna alla carica chiedendomi se sono innamorato.

«Sì, questa volta lo sono» ammetto lasciandomi sfuggire un sospiro. «Tra i tanti problemi che ho, ci sono anche quelli di cuore.»

«Ne ero sicura. E questa lei, com'è? È carina?»

Mi guarda incuriosita mentre riordino i pensieri.

«Ho perso completamente la testa» rispondo con aria trasognata. «È una ragazza favolosa e, ahimè, irraggiungibile. Non so nemmeno se la rivedrò.»

«Perché non la cerca?»

«Le ho pensate e provate tutte, mi creda. Non so come fare a ritrovarla, quindi non resta che rassegnarsi» concludo con un'ombra di rammarico sul viso.

«Ne parla come di un'apparizione.»

«Be', più o meno... si avvicina al concetto.»

Lo sguardo dell'anziana esprime solidarietà.

«Lo vuole sapere un segreto?»

Annuisco.

«È il mio compleanno. I dottori mi dicono che devo

stare tranquilla e riposare. Ma oggi compio ottant'anni e me lo merito un bel bicchiere. Anzi, facciamo due. L'avanzare dell'età ci toglie tante cose, e allora io me ne prendo delle altre!»

Non faccio in tempo a farle gli auguri che subito sparisce nella cucina. Dal salotto sento un rumore di posate e, dopo un po', quello inconfondibile di un tappo che salta. La Verrando si affretta verso di me con una bottiglia che ancora manda getti di schiuma e due calici che riempie fino all'orlo.

«Brindiamo a questi suoi primi ottant'anni» scherzo con la cortesia che si deve a una donna tanto gentile.

«Brindiamo alla vita e all'amore!» ribatte lei.

La Verrando è solare, gli occhi le brillano, è evidente che le fa piacere parlare e aprirsi. Per un attimo ho l'impressione di trovarmi davanti a Ilenia da vecchia.

«Insisto, signora, questo brindisi è tutto per lei! Questo è un giorno importante. Tanti auguri!»

Lei mi guarda per una frazione di secondo, mi fissa assumendo un'espressione solenne.

«Le dico una cosa semplice e chiara: tutti i giorni sono importanti» dichiara a testa alta. «E come ripetevo a mio marito e mi sono ripetuta da quando se n'è andato, vivere un giorno alla volta è il segreto della salute. Piuttosto, gliela posso fare una domanda?»

«Certo, volentieri.»

«È felice, Samuele?»

Mi mordo il labbro inferiore. Oramai non ricordo più l'ultima volta in cui, stando in compagnia, io non fossi la persona più abbattuta nella stanza.

Bevo lentamente un paio di sorsi di champagne.

«Lo sono stato, anche se per troppo poco.»
«Ha lo sguardo smarrito, infatti.»
«In realtà è come se mi mancasse una parte di me, ma non voglio annoiarla.»
La signora Verrando raddrizza la schiena, posa il bicchiere e intreccia le mani.
«La vita è tutta rischi, imprevisti e incontri inaspettati. Ma, caro, se c'è una lezione che ho imparato è che non si dovrebbero mai perdere di vista, le persone.»
«È vero, purtroppo. Nella vita ci sono cose e persone che non ritornano più» confermo, sperando che Emma non sia tra quelle.
«In ogni caso non è una colpa tentare di fare qualcosa e fallire.»
La signora Verrando ha la capacità di raccontare in modo semplice quelle che per me sono le cose più complicate del mondo.
Quando ci salutiamo è quasi ora di pranzo.
«Grazie. E mi scusi tanto se non sono passato a trovarla prima.»
La Verrando mi sorprende abbracciandomi forte.
«Non si preoccupi, giovanotto. Per vivere bene non bisogna preoccuparsi troppo» e adesso la signora mi ricorda Iacopo. «Mi ha fatto molto piacere festeggiare il compleanno in sua compagnia.»
«Anche a me. Lei è una donna davvero speciale.»
«E lei, Samuele, un giovanotto più coraggioso di quanto non creda» conclude con una strizzata d'occhio.

La prospettiva di uscire, stasera, non contribuisce a risollevarmi il morale.

Me ne sto davanti all'armadio a scegliere la camicia adatta e sono molto tentato di dare un colpo di telefono a Iacopo per dirgli che non mi sento bene e che dobbiamo rimandare la famigerata cena a quattro in cui mi presenterà Marta, Mara o come diavolo si chiama.

«Tu cosa ne dici, Leo?»

Lui è un pesce tranquillo, non acrobatico. Non è tipo da salti carpiati all'indietro.

«Ah, è così? Vi ho capiti, voi due, siete complici. Ti sei messo d'accordo con quel paraculo e non volete che rinunci a fare nuove conoscenze. Ma sia chiaro che se ci vado lo faccio per te, non per Iacopo.»

Cerco di incrociare il suo sguardo, ma non è facile.

«Che poi, tra l'altro, non ci sarebbe niente di male ad andare. Dopotutto Emma ha preso il volo, ha scelto la sua strada. È giusto che anch'io vada per la mia. Mica siamo fidanzati.»

La luce, infilandosi di piatto tra le tende, si infrange in piccoli cerchi sul pavimento.

«Per caso si è fatta viva con te, Leo? No, perché con me non l'ha fatto.» Quindi, in un raptus di spavalderia: «E poi che ci vuole? Mi do una bella ripulita ed esco. E se non andrà in porto con questa tipa, pazienza. È pieno, là fuori».

Magari inseguire i sogni significa proprio questo: avere il coraggio di non fermarsi a un'illusione e guardare avanti. Verso il futuro. Verso le novità.

«Al diavolo Emma! È il momento di cercare una nuova ragazza.»

Provo una forte rabbia. E sono infuriato anche con me stesso, perché non imparo mai dai miei errori. Devo smetterla di stare male. Devo sciogliere questo nodo che ho dentro.

Se solo si potesse riuscirci a comando.

Inizio a girare per l'appartamento. Non trovo una posizione confortevole in nessuna stanza. Non sul divano, non sul letto, tantomeno alla scrivania seppellita sotto montagne di carte. Potrei provare a rilassarmi con un'altra doccia, ma in bagno dovrei confrontarmi con lo specchio e l'impronta delle labbra di Emma.

Se Leo fosse uno che si preoccupa – e soprattutto se potesse – chiamerebbe un medico per farmi visitare.

Scuoto la testa, sbuffo ed esco sul terrazzo a prendere una boccata d'aria.

Cerco di scaricare la tensione. Vorrei perdermi nella magia del momento, ma questa insenatura e questi colori non sono più abbastanza per riempirmi l'anima. La trama di questa storia mi è sfuggita di mano fin dal primo istante e il protagonista è diventato l'ombra di se stesso.

«Il tempo non passa invano» è un'altra delle cose che mi ha detto tra il serio e lo stravagante la signora Verrando. «Mi piace pure pensare che abbia i suoi scopi.»

Se il tempo ha i suoi scopi, e dunque esiste un destino, il mio deve essere piuttosto beffardo.

«Tutti noi possiamo aver vissuto uno o più momenti in cui ci sentivamo paralizzati davanti alla paura, al punto da impedirci una scelta, o a un ricordo del passato che ci ostacola nell'andare avanti» ha proseguito la fresca ottantenne, prima di bersi in un solo colpo un altro bicchiere di champagne. «Ma il vero amore dura in eterno, non si esaurisce.»

Un pensiero davvero profondo, anche con la voce impastata, dopo il quale era calato un silenzio quasi mistico che nessuno dei due aveva osato interrompere.

Mi accendo una sigaretta. Il cielo rosato spazzato dal vento trasmette calma, il sole sta tramontando. Sono sospeso. Forse ho bisogno di uscire. O forse ho bisogno di stare solo, spegnere tutto e allungare le gambe sul divano.

Prendo il cellulare dalla tasca, incerto se digitare il numero di Iacopo, quando suonano alla porta.

21

«Io ti offro la mia spalla e tu mi ringrazi così. Bravo! Bell'amico che sei!»

Iacopo si sbraccia con gesti plateali.

«Shhh... Parla sottovoce che ci sentono. Che faccia tosta! Vieni tu a parlarmi di amicizia? Sono io che dovrei chiederti se sei mio amico o no.»

«Eccome se lo sono. È proprio per questo che ti accetto così come sei!»

Tanto per cambiare, stiamo litigando. Temendo che all'ultimo minuto potessi tirarmi indietro – cosa che in effetti stavo quasi per fare – è venuto a stanarmi a domicilio. Ha fatto irruzione insieme a due ragazze che hanno tacchettato verso la boccia di Leo – «Oh quant'è carino! Un vero amore!» – e poi si sono piazzate sul divano avvolte nei loro vestitini e profumi seducenti.

Dopo qualche convenevole ho chiesto al mio invasore se potesse concedermi una parola in privato, così ci siamo spostati sul terrazzo.

«Potevi almeno avvertirmi.»

«Me ne sono guardato bene. L'elemento sorpresa si è rivelato vincente.»

Incrocio le braccia, abbassando il tono di un'ottava: «Ottimo, sei un fine stratega. Che cosa dovremmo fare, ora?».

«Oh ma le hai viste? Quelle due tipe sono *fantastiche*. E soprattutto... esistono!» Ridacchia e dondola la testa, euforico: «Apriamo una bottiglia, dài, così cominciamo a farle carburare. Poi senti che programma: usciamo a cena – non ti allarmare, offro io – e dopo andiamo a una festa in spiaggia. Ricordati di santificare le feste, lo dice anche il proverbio!».

«Ehm, non era proprio un proverbio.»

«Be', però il concetto è lo stesso.»

Mi mordicchio le nocche. «E con Emma come la mettiamo?»

«Ah, bentornata paranoia.»

«È lei la donna giusta. Me l'ha inviata l'universo, capisci?»

«Capisco che devi farti vedere da uno bravo.»

«Magari ci siamo incontrati in una vita precedente...»

«Sì, quello che ti serve è un neurologo.»

«... e ora lei è tornata per rimettere a posto il continuum spaziotemporale.»

«Mio Dio, ma le senti le cazzate che spari? Basta, Samu. Andiamo da loro, sarà una serata epica!» Mi afferra e mi trascina verso il piano di sotto. «Sorridi, non essere rigido e non fare danni. O almeno cerca di non farne troppi...»

Le ragazze, Vanessa e colei che mi si è presentata come Tamara – non Mara né Marta, dovevo aspettarmelo – stanno sfogliando alcune delle riviste pubblicitarie disposte sul tavolino ai piedi del divano, in attesa.

Obiettivamente sono molto carine. Prima non le ho neanche guardate, incazzato com'ero.

«Eccoci da voi!» annuncia Iacopo, trionfante. «Per farci perdonare l'attesa, vi offriamo subito qualcosa da bere.»

Intravedo le gambe lunghe e abbronzate di Tamara, accavallate con grazia, il piede che dondola nella scarpa dal tacco alto. E l'istinto mi sussurra che in fondo, per questa sera, posso sforzarmi di pensare a qualcos'altro anziché sprofondare nel solito strazio.

Tamara, che si è sistemata un paio di cuscini dietro la schiena per mettersi più a proprio agio, ha ventisei anni ed è una praticante avvocato in attesa di abilitazione. Ha studiato a Genova e, dopo la laurea, si è fermata a lavorare in uno studio civilistico in Piazza delle Erbe. Ma Sanremo le è rimasta nel cuore, così nei weekend e non appena può, salta sul treno per venire a trovare i genitori. Tutte le volte che è in città esce con Vanessa, che fa la cameriera in un ristorante di pesce sul porto vecchio, e con il suo ultimo fidanzato è finita male perché era troppo geloso e possessivo.

Mentre la ascolto fissando i suoi lisci capelli neri, piano piano il mio nervosismo sembra scemare e il pianeta torna un luogo abitabile. Tra tante cose che mi avevano dato sui nervi, Iacopo ne aveva detta una condivisibile: un po' di leggerezza male non può fare, e tra il mistero di Emma, la mannaia del miserabile contratto in scadenza e i progetti pubblicitari rifiutati, scopro di averne un gran bisogno.

Iacopo si occupa di versare il vino, l'immancabile Rossese, e ora sta bisbigliando all'orecchio di Vanessa che ride compiaciuta gettando la testa all'indietro. Di tanto in tanto guarda verso di me facendomi il segno del pollice alto.

«Ho prenotato in un ristorante di fronte al Casinò» annuncia mentre Tamara si sta interessando ai miei racconti sull'Osservatorio. «Anzi, veramente da una parte c'è il Casinò e dall'altra il mare, talmente vicino che quasi ci mangeremo dentro. Quando vogliamo andare, i migliori gamberoni di Sanremo ci stanno aspettando.»

Le ragazze approvano entusiaste e scattano in piedi mettendo a dura prova i tacchi.

«Salgo in camera a prendere la giacca e ci incamminiamo» dico, e anche Leo sembra farmi l'occhiolino.

Tamara è un bel tipo. E se pure stasera non dovessi piacerle, domani potrei conoscerne un'altra. Prima o poi arriverà, quella che entrerà in questa casa per restarci. Quella con cui svegliarsi e fare colazione, con cui condividere gli spicchi della quotidianità e la sorprendente pienezza delle piccole cose. Quella con cui vedere un film e restare ore a parlare del finale, senza guardare l'orologio, tanto il nostro spettacolo continuerà comunque. Quella con cui lavarsi i denti e dirsi le cose con lo spazzolino in bocca, con cui fare un weekend in montagna, o la spesa con regolarità.

Una volta indossato il blazer, decido di guardarmi allo specchio ed entro in bagno. Ed è lì che la rivedo. La macchia di rossetto, il bacio stampato con cui Emma mi ha detto addio.

Sento un ronzio in testa. Il mondo riprende a vorticare e poi il giorno si trasforma nella notte: di colpo, la mia esaltazione si spegne. A dispetto della temperatura estiva, le dita mi si congelano insieme al resto del corpo.

Quando mi riaggrego alla comitiva, il largo sorriso di Tamara mi accoglie in modo seducente, ma io sono già un'altra persona. Quella che non ha più voglia di uscire.

«Iacopo, senti...» gli dico abbassando la voce e tirandolo per un braccio «io passo.»

Lì per lì, il mio amico si domanda se abbia capito bene.

«Oh, per favore, Samu. Ricominciamo da capo?»

«No, è inutile continuare a parlarne, infatti. Ho detto che non vengo.»

«Cooosa? Samuele, niente stronzate» mi ammonisce tra i denti. «Dobbiamo andare, muovi quel culo!»

Adesso è lui che mi sta tirando per un braccio. Indica con il sopracciglio Tamara e Vanessa che hanno già un piede fuori dalla porta, pronte per la calda serata.

Rivolgo lo sguardo dall'altra parte. Fuori dalla finestra, la luna sorride alta nel cielo, tingendo d'argento gli alberi e i tetti circostanti.

«Mi dispiace, Iacopo. Non me la sento proprio. Non so che altro aggiungere.»

«Mi dici perché adesso devi peggiorare le cose? Come devo fare con te?»

«Non mi aspetto che tu capisca...»

«Ti rendi conto che mi stai facendo fare una figura di merda galattica? Finirà che per colpa tua andrò in bianco pure io.»

«Ti vuoi dare una calmata? Se non foste piombati qui e mi avessi lasciato più tempo per pensare...»

«Ma pensare a cosa, eh?» La stretta sul braccio si fa più violenta. «Questa storia sta rasentando il ridicolo!» grida.

Le ragazze assistono alla scena alquanto sorprese.

«Allora, andiamo? Siamo così antipatiche, che non ci volete più?» civettano.

«Scusami, Iacopo. Non avrò pace finché non saprò che cosa è successo con Emma.»

«Non ci pensare neanche!» mi fulmina. Ancora una volta fa cenno verso le due donne, impegnate coi rispettivi telefonini. Magari stanno già cercando alternative per la serata. «Non posso permettere questa assurdità. Dovrai passare sul mio cadavere.»

Adesso sono tutti e tre voltati verso di me, in attesa di una risposta.

«Non sarò dei vostri, stasera» mormoro. «Perdonami, perdonatemi. Voi non c'entrate. È stato un piacere conoscervi.»

Mi sforzo di accennare un sorriso di circostanza, con l'illusione che basti a calmare le acque.

«Ma io perché ti frequento ancora, Samuele? Dammi una motivazione!»

«Per favore. Possiamo riparlarne domani con più calma?»

«No, Samu, vaffanculo. Sei solo un povero stronzo!»

Lo fisso, incerto se ribattere a tono. La testa mi sta scoppiando. Poi, le parole di Iacopo fermano le mie.

«Guarda nella boccia di Leo. Magari ci sono finiti i tuoi neuroni!» urla, lasciandomi.

Prende sottobraccio Vanessa e Tamara e insieme varcano la porta.

22

«Non ci posso credere. Li hai bidonati così?»

Ilenia ha gli occhi a palla. Ancora stenta a crederci, mentre svolazza frenetica nel suo laboratorio di pasticceria. Sac à poche alla mano, modella ciuffetti di nocciola e li amalgama finché non diventano i suoi celebri Baci di Sanremo.

«Sì, un bel casino» confermo da dietro il vetro protettivo, allargando le braccia.

La mia vita non è mai stata tanto confusa. Praticamente ci affogo, nella confusione. Delle volte, uno pensa di fare la cosa giusta, e invece sta sbagliando tutto.

«Quanto se l'è presa, Iacopo?»

«C'è mancato poco che mi mettesse le mani addosso.»

Ripenso al mio amico, agli anni di liceo insieme, ai compiti e alle verifiche, alle vacanze di Natale, alle giornate al mare, alle ore a parlare di cretinate e di come immaginavamo il futuro, al nostro essere diventati adulti quasi senza sapere come e perché, a quando mi aveva aiutato con il trasloco, alle birre bevute sul terrazzo. Crescere insieme è stata una grande avventura. Abbiamo gusti e opinioni divergenti sulla maggior parte delle cose, abbiamo modi e tempi diversi. Su alcuni temi siamo quasi agli antipodi, e ci siamo azzuffati spesso senza che nessuno dei due si offendesse. Questa volta, però, mi sa che abbiamo passato il limite.

«Che schifo di situazione, Ilenia» sbuffo sentendomi un buono a nulla. «E tutto questo per inseguire quella che potrebbe essere una mera illusione. Ma che ti devo dire, non me la sono sentita.»

«Hai provato a chiamarlo?»

«Almeno venti volte. Non mi risponde, e neppure ai messaggi.»

«Siete amici da tanto tempo. Devi solo lasciare che sbollenti. Gli passerà.»

«Lo spero proprio.»

Ilenia scuote la testa con gentilezza e mi mostra quel suo sorriso tranquillo e allegro che tanto odora di rifugio.

«Coraggio! Una brutta giornata è solo una brutta giornata. E io conosco un rimedio infallibile per risollevarla.» Si accende come una lampadina. «Per cominciare, settanta grammi di cioccolato fondente e duecentocinquanta di nocciole.»

Fa un volteggio laterale e, magicamente, una teglia si materializza fra le sue mani.

«Le nocciole le versiamo qui dentro e le tostiamo nel forno per una decina di minuti.»

La guardo gesticolare e canticchiare, so bene di non poter interrompere quel rituale nemmeno con le cannonate.

«Voilà, una volta che si sono intiepidite, le versiamo nel mixer. Aggiungiamo duecento grammi di zucchero, venticinque di cacao amaro e frulliamo il tutto.» La voce parzialmente coperta dal macchinario. «Questa bella polverina fine la mettiamo in una ciotola. In quest'altra, invece, montiamo due albumi con uno sbattitore.»

Un fascio di luce la avvolge completamente, sembra una fatina intenta ad agitare la bacchetta magica.

«Con la spatola amalgamiamo la neve che abbiamo ottenuto e le polveri, delicatamente, dal basso verso l'alto. A questo punto incorporiamo nell'impasto venticinque grammi di miele, il che ci avvicina al nostro obiettivo» esclama felice.

Brandisce la fidata sac à poche e, esercitando una leggera pressione, crea con maestria una cinquantina di ciuffi di impasto.

«Biscotti in forno per venti minuti, giusto il tempo di preparare la ganache. Tritiamo il cioccolato e lo sciogliamo a bagnomaria mentre mescoliamo con la frusta.»

Non posso fare a meno di domandarmi se in Ilenia sia più vivo il talento o la passione per l'arte pasticciera. Ne concludo che anche le due doti, come un perfetto impasto per dessert, si amalgamano in un tutt'uno armonico.

«In un pentolino a parte scaldiamo la panna, mescoliamo tutto ed eccola qui, la nostra ganache che metteremo a raffreddare a temperatura ambiente.»

Il capolavoro è quasi completo.

«Prendiamo uno dei biscottini, ci spremiamo sopra un po' di crema e poi ci mettiamo sopra un altro biscottino, in modo che aderisca completamente. Ecco a voi, il Bacio di Sanremo!» lancia il braccio in alto come se stesse alzando al cielo un trofeo.

Lo posa sul piano di lavoro e mi sorride di nuovo in modo genuino. Ma io mi appoggio alla parete come se avessi paura di cadere.

«Ilenia, ora cosa faccio?»

«Non ne ho idea, ma odio vederti così.»

«Il punto è che sono stanco di combattere. Per un amore, per un lavoro vero, per il mio posto nel mondo. Voglio un cambiamento!» dico, quasi con le lacrime agli occhi. «Sai cosa? Sono giunto a una conclusione: alcuni di noi nascono infelici e basta. Io sono nato infelicissimo e lo resterò per sempre.»

«Stop, non dire altro. Avanti, mangia uno di questi e vedrai che tutto tornerà ad avere un sapore.»

Infila un piattino nella fessura per il passaggio dei preparati.

Mi riempio la bocca con un Bacio di Sanremo e provo a calmarmi.

«È un'opera d'arte» dico.

«Ti rimette o no al mondo?»

Faccio cenno di sì. C'è un interrogativo filosofico che mi gira per la testa, e non esiste persona più indicata a cui rivolgerlo della pasticciera della Vecchia Matuzia di Sanremo.

«Può una sola notte dare una svolta a tutto quanto? Può arrivare a cambiare il tuo modo di essere? Può una sola notte valere tutta una vita? Quasi mi vergogno, a farti queste domande...»

Ilenia mi dice che non devo vergognarmi. «Il tuo è il desiderio che ha chiunque» spiega pulendosi le mani sul grembiule. «Quello di essere amati. Quando ami qualcuno, speri che nel suo cuore ci siano le stesse cose che sono nel tuo. E i momenti dell'amore, be', sono i momenti più belli in assoluto.»

Le sue parole si svincolano dalla ragione e si riempiono di sentimento.

«Prendersi per mano sotto la pioggia, passeggiare sottobraccio tra bisbigli complici e risatine sommesse... L'amore dà luce e colore alle cose. Accende l'immaginazione. Anche per fare i dolci, non occorrono altro che la fantasia e l'amore!»

La mia migliore amica parte per la tangente. Attacca a parlare di fiori, sorprese, cene a lume di candela e weekend romantici, sfarfallando da una parte all'altra del laboratorio, facendo mille cose contemporaneamente con stupefacente facilità e con il suo incrollabile ottimismo.

«Ilenia. Sinceramente, tu come mi vedi?»

La domanda, questa volta, rimane sospesa in aria e suscita una reazione spaesata.

«Non capisco.»

«Intendo dire... Ci conosciamo da tempo, ci raccontiamo tutto e andiamo molto d'accordo. Che cosa vedi in me?»

Un lampo di luce brilla nei suoi occhi. Si ferma e posa sul piano di lavoro lo stampo di una torta con crema al limone.

«Samu, in te vedo coraggio, talento, dedizione» elenca, non senza emozione. «Vedo voglia di emergere. E vedo la capacità di provare grandi sentimenti, senza riserve e senza protezioni.»

La ascolto rapito mentre lecco via dalle dita il cioccolato.

«Forse sono pronta a rivelarti il più intimo segreto che ci riguarda...» Poi arrossisce, esita e fa marcia indietro. «Anzi, cancella tutto. È meglio se lo tengo per me. Dovresti averci già fatto caso...»

Scuoto la testa.

«No, così non vale. Dài, dimmelo» la prego sorridendo. «A un povero calimero come me, non puoi negare il tuo aiuto.»

Ilenia si volta per metà.

«Io e te abbiamo molto in comune» rivela, di getto. «I sogni, il futuro che sembra sempre che ci faccia paura, ma quella paura buona che ti attrae come una calamita. La speranza che ogni giorno sia migliore del precedente anche se non succede mai e i giorni si assomigliano tutti. Siamo fragili, non c'è nulla di male o di sbagliato. Risplendiamo per ciò che siamo.»

Si interrompe per tirare fuori dal forno delle invitanti brioche.

Con gesti aggraziati le riempie con marmellate di albicocche e frutti di bosco, ottenendo dei piccoli tesori che allieteranno il buongiorno di coloro che, passeggiando sul lungomare Imperatrice di Sanremo, si fermeranno a fare colazione in questo regno di delizie.

«Non cambiare mai, Samu. Promettimelo.»

«Farò quello che posso.»

«Sei così generoso, un ragazzo pieno di sogni e altruismo. Sarebbe un peccato che ti lasciassi andare. Tieniti stretto quello che sei.»

Non ho bisogno di guardarla per sapere che persona sia. È strepitosa, incarna il senso più autentico dell'amicizia. Ilenia e la sua capacità di trovare il lato positivo anche negli errori. Ilenia e il coraggio di abbandonarsi alla vita, di abbracciarla e dirle di sì a ogni risveglio. Miglior consigliera, sostegno costante e incondizionato, sa sempre come prendersi cura di me.

«Grazie, Ilenia. Grazie di tutto. Mi ha fatto bene parlare con te.»

«Puoi venire da me ogni volta che sei in crisi. Andrà a finire bene, Samu» mi saluta, consegnandomi una vaschetta di gelato e spingendomi idealmente verso l'uscita.

Resto sempre meravigliato di come riesca a conservare il buonumore.

«Anche nel lavoro, sono sicura che qualcosa di valido verrà fuori. La pubblicità è un ambiente duro, devi continuare a insistere.»

«Sei incredibile... Come fai a dirlo?»

«Le persone hanno bisogno di pensare che andrà tutto bene, o la vita sarebbe uno strazio insopportabile.»

23

L'ultima serata di agosto all'Osservatorio è un successo. Le sale sono piene zeppe di gente che si emoziona a guardare gli anelli di Saturno al telescopio, accedendo poco alla volta all'area di osservazione nella cupoletta bianca. Subito dopo tocca a lei, la regina della notte.

«Lo sapevate che la Luna ci mostra sempre la stessa faccia?»

I presenti rimangono in una sorta di rispettoso silenzio misto a stupore.

«Questo accade» argomento «perché impiega lo stesso tempo nel compiere una rivoluzione attorno alla Terra e nel compiere una rotazione attorno al proprio asse. È l'unico satellite naturale del nostro pianeta, da cui si distacca progressivamente di circa quattro centimetri all'anno.»

In generale regna una bella atmosfera, solo io sono il ritratto dell'insoddisfazione sotto questi cieli che lasciano senza respiro, che sembrano fatti per esprimere la meraviglia e l'amore, e per creare legami eterni. Squarci in cui tutto appare possibile, anche i desideri più arditi, e distanze siderali.

Come le distanze incolmabili tra due anime che non sanno ritrovarsi.

L'avvicinarsi della fine dell'estate mi mette sempre addosso un pizzico di malinconia.

Quando tutti sono andati via, la calma cala all'improvviso su Perinaldo, il borgo delle stelle, la fascia terrazzata sul mare circondata da ulivi secolari e ottimi vigneti, la patria degli astronomi e dei cartografi. Alla vista del chiostro e dell'albero di ciliegio, tiro un sospiro di sollievo. Sono arrivato presto, già nel tardo pomeriggio, quando era ancora chiaro.

Ho soffiato profondamente guardando la piazzola deserta prima che arrivassero le macchine, ho visto le rondini che garrivano e si infilavano nel campanile della chiesa, ho passeggiato un po' per perdere tempo e un po' per riflettere, gironzolando capo all'insù per le vie del paese. Un groviglio di case di pietra addossate l'una sull'altra, stradine acciottolate, piazze minuscole e ripide scalinate. I gatti che sonnecchiavano sulle panchine e sui gradini davanti alle porte delle abitazioni, tanto che parecchi dei paesani – leggenda metropolitana o verità scientifica che sia – mettono le bottiglie d'acqua per allontanarli dalla tentazione di fare lì i loro bisogni. Mi sono perso a visitare per l'ennesima volta la chiesa parrocchiale di San Nicolò da Bari, edificata nell'anno Mille sulle macerie di un tempio pagano e contenente uno degli organi più pregiati dell'intero Ponente Ligure nonché una tela della scuola del Guercino – la *Madonna del Suffragio* – donata da Cassini ai perinaldesi. Da lì mi sono spinto fino all'oratorio di San Benedetto, all'interno del quale ogni estate si svolgono concerti di musica classica, reading di poesia e rappresentazioni teatrali.

Nel bar-ristorante del borgo, i vecchi giocavano a belotta tracannando vini rossi sinceri che avrebbero steso una ciurma di pirati. Eluso a fatica l'invito a unirmi a loro, percorrendo il centro storico sono arrivato davanti alla porta d'ingresso del castello Maraldi, sovrastata dalla statua di un cherubino. L'imponente costruzione del XVI secolo con la torre merlata, secondo le cronache e la targa marrone posta di lato, era stata la dimora natale di Cassini. Quattrocento metri quadri di appartamenti di lusso, tutti enormi, tutti disabitati.

Sono rimasto lì, sospeso come una bolla, a ricordare che l'amore per l'astronomia da parte di Cassini era nato per un incredibile gioco del caso.

Pochi sanno che da giovane era in realtà un letterato, autore di una silloge di poesie latine, e che addirittura per buona parte della sua vita non era stato capace di distinguere l'astronomia dall'astrologia. Tutto aveva avuto inizio grazie a un suo amico, tale signor Lercaro successivamente divenuto doge della Repubblica di Genova, che un giorno lo aveva fatto entrare in contatto con un ecclesiastico. Al termine di un'appassionata discussione sui misteri della fede, quest'ultimo aveva donato a Cassini un libro di astrologia giudiziaria: una lettura che aveva colpito molto il futuro astronomo del Re Sole, che si era messo persino a lavorare su alcuni saggi di predizioni puntualmente avveratesi. Ciò che avrebbe indotto altri a perseverare nell'errore, era stato invece quello che non l'aveva convinto, spingendolo a studiare ancora e ancora, in una rapida parabola che lo aveva condotto a bollare l'astrologia come arte chimerica e a dedicarsi definitivamente alla scienza.

Chissà cosa saremmo tutti noi, oggi, se Cassini non fosse mai entrato in possesso di quel libro e non fosse diventato un astronomo. Chissà se è davvero la fortuna la sola responsabile dei destini degli uomini. Dovrò chiederlo a Leo.

Dopo una serata di lavoro, finalmente ora mi trovo nel mio elemento naturale, il mio posto preferito, il porto sicuro quando voglio stare da solo con me stesso.

I pensieri si perdono nel silenzio e tra le galassie inarrivabili. Mi accendo una sigaretta, il fumo volteggia nell'aria per poi dissolversi nella notte. Resto un po' a respirare questa quiete.

La pace, a un certo punto, viene spezzata da un rumore familiare. E subito ho una vampata allo stomaco. È il cigolio del portone verde. Qualcuno lo ha spinto, l'ha fatto scivolare sui cardini che mi dimentico sempre di oliare ed è entrato dentro l'Osservatorio.

È proprio come la sera in cui ci siamo incontrati... È andata esattamente allo stesso modo...

Ditemi che non sto sognando. Ditemi che è vero, che non sto prendendo l'ennesimo abbaglio. Ditemi che Emma è tornata con il suo sorriso disarmante e il suo sguardo carico di fragilità.

È venuta fin qui per dirmi che ha capito che non può vivere senza di me, che mi ama e che non potrà mai amare nessuno quanto ama me perché ci apparteniamo come in quel nostro lungo abbraccio. Per dirmi che andarsene via è stato un errore, un maledetto errore.

Faccio per precipitarmi all'ingresso, quando una frase mi inchioda fermo dove sono.

«Se ti trovi qui, è perché hai qualche preoccupazione.»

La voce che mi ha sorpreso alle spalle è quella di Pierluigi. Mi vede strano, devo essere sbiancato.

«Che hai?» mi chiede.

«Niente, scusa. Per un attimo ho pensato che fosse arrivata un'altra persona.»

Lui si mette le mani in tasca e fa alcuni passi verso di me. Non appena mi è accanto, lascia andare un sospiro.

«Il cielo ha molto da dire, questa notte.»

Guardiamo entrambi in alto. La volta celeste è più luminosa che mai, arricchita dalle presenze di Giove e Saturno. Le stelle scoppiano di luce, tanto che sembra quasi di poterle toccare.

«Che spettacolo incredibile, vero? Qui il tempo pare essersi fermato.»

«Già, non riesco a evitare di sentirmi sopraffatto.»

«Le persone che vengono a farci visita scoprono qualcosa di nuovo, ma soprattutto riscoprono il senso della meraviglia.» Pierluigi raccoglie le idee. «Quando esci da questo osservatorio, sei diverso. Sei cambiato. Questo cielo ti resta dentro per sempre.»

L'eco delle sue parole risuona nel chiostro.

Il nostro è un rapporto splendido. Mi piace questo uomo buono, che ha il doppio dei miei anni e forse anche del mio peso, con i baffoni inconfondibili sotto quegli occhiali che hanno visto, studiato e fotografato le bellezze del cosmo. Mi ha conquistato quando ero solo un ragazzino in gita con la scuola, in quella che mi era sembrata una strepitosa avventura al cospetto del cielo invernale. Da piccolo guardavo sempre insù, entusiasta del mio futuro. Pierluigi, avendomi visto più elettrizzato degli altri, mi aveva preso da parte e mi aveva parlato della Luna e dei reperti utilizzati per il computo lunare risalenti alla fase finale del Paleolitico.

«Grazie a quegli utensili, gli uomini preistorici tenevano traccia del tempo.»

Ed era stato sempre Pierluigi a insegnarmi che gli occhi impiegano circa venti minuti ad adattarsi al buio e a vedere meglio i corpi celesti in tutta la loro ultramillenaria potenza.

«Chissà che effetto fa guardare il mondo da lassù...»

«Pierluigi, ti posso fare una domanda?» chiedo senza distogliere lo sguardo dalla luna crescente e senza aspettare il permesso. «Secondo te, a che età si impara veramente a conoscere se stessi e le cose della vita?»

L'esperto astrofilo indugia, prima di dire la sua: «A nessuna. Non si può avere una risposta a tutto, credo anzi che si debba imparare ad accettare il mistero. Anche l'amore è mistero». Mi strizza l'occhio. «D'altra parte, se ci pensi, l'universo è infinito, eppure a volte ci invia una persona. Non è una cosa pazzesca?»

Lo è eccome. Anche se non ho raccontato niente né a lui né a sua moglie Cecilia, non occorre essere degli scienziati per rendersi conto che, dietro le mie stranezze dell'ultimo periodo, si cela una donna.

«Quanto siamo piccoli al cospetto di tutto questo» prosegue abbracciando idealmente l'immensità intorno a noi. «Non siamo nulla, meno di un milionesimo di un granello di sabbia, un pulviscolo sospeso nello spazio. Nettuno dista quattro miliardi e trecento chilometri dalla Terra, non ti vengono le vertigini?» Fa una pausa mentale per pesare ulteriormente il senso di quei numeri impossibili. «Eppure, se guardi il cielo con l'anima invece che con gli occhi, puoi percepire che noi siamo l'universo e che l'universo è dentro di noi. Il cielo lega insieme l'umanità intera. Quella presente, quella passata e persino quella che verrà dopo di noi.»

Ci scambiamo un sorriso. Le sue parole mi trasmettono un profondo senso d'immensità.

«I misteri non sono nella fine del viaggio, ma nelle situazioni che l'hanno messo in moto» continua. «Se le cose non vanno come vorremmo, magari è perché a volte le stelle, un po' come il destino, fanno delle strane scelte. Ma tutto si armonizza, prima o poi. L'universo è così grande perché è la vita a essere grande.»

È un'altra sera di agosto, l'ultima, piena di stelle, e io non ho ritrovato il mio pezzo di cielo.

E allora mi decido. Chiedo anche alle stelle di rivedere Emma. E chissà se almeno loro sono in ascolto. Rimango a sentire i battiti del mio cuore, poi ne affido la preghiera a questo cielo splendente in cui non faccio altro che specchiarmi e sognare, lì dove gli occhi e l'anima cercano conforto.

Lo vedi, Emma? Continuo a pensare a te! E chissà se anche tu sei sveglia insidiata dalle tue incertezze, in cerca di una meta. Chissà se come me stai guardando il cielo in questo stesso momento. E quella stella lassù, proprio quella, che si è accesa solo per te, all'improvviso. Guardala come brilla. Per te, per noi. Chissà se anche tu ci credi che porta con sé un sogno appeso a un filo sottile. Allunga la mano, prendila, prendiamola, l'abbiamo scelta insieme, questa notte.

È la mia lettera d'amore. È un desiderio appena soffiato. Un sussurro che esiste e che, timido, abita l'infinito.

Perinaldo, questa sera, sembra volermi bene. Sotto di noi, questi magici alberi di ulivo tengono attaccata la valle affacciata sul mare. Il profumo di eliotropo e mimose, prima di scomparire all'esalare dell'estate, si alza di pari passo con la brezza, e Pierluigi si allontana lasciando nell'aria un consiglio che non dimenticherò più.

«Non puoi spegnere il cielo, Samuele. I sogni non si comprano, si vincono con la determinazione e il coraggio di non lasciar perdere. Non smettere di crederci. Combatti per ciò che porti nel cuore. Perché tutto quello che resta, alla fine, è l'adorabile disordine della vita.»

24

«Se c'è una cosa che detesto con tutte le mie forze è il disordine» ruggisce Sergio Berti.

Di cose che detesta ce ne sono un bel po'. Sarebbe bello dirglielo ma questo non è il momento giusto, né forse arriverà mai.

Il direttore va avanti e indietro per la redazione con le mani sui fianchi, scalpitando come un leone in gabbia, dopo aver gettato personalmente l'ultimo mazzo di rose nel cestino della spazzatura. Ne hanno consegnati sette solo questa mattina, tutti indirizzati "alla giornalista Alice Caviglia", che si sta scusando, pur con la sua consueta altezzosità.

«Non è colpa mia. Una volta c'erano gli ammiratori segreti, oggi ci sono gli stalker.» Si dà delle arie cotonandosi i biondi ricci come una diva del cinema anni Cinquanta.

«È una vera fortuna per tutti noi che lei non sia allergica ai fiori!»

«Ah guardi, fosse per me non li ritirerei neanche. Una donna non può più bere un bicchiere di champagne e cedere una volta, che subito gli uomini si sentono in diritto di condizionarti la vita...»

«Caviglia, per carità!» Sergio spalanca le palpebre, le fa di no con il dito e lei non parla più. «I particolari non mi interessano. Se siamo a questi livelli, vada in tribunale e ottenga un'ordinanza restrittiva.»

«Mica male, come idea. Ma dice sul serio?»

«No, perché dovrei? Oggi sono in vena di scherzi e perdo tempo a sparare stronzate.»

«È molto strano, di solito li capisco gli scherzi» dice la ragazza dopo qualche attimo di riflessione.

«Caviglia, per l'amor di Dio... Non sto affatto scherzando! Quanto sto cercando di spiegarle è che non si può lavorare così, interrotti ogni dieci minuti dalle consegne del fiorista!»

Di corteggiatori insistenti Alice ne ha avuti parecchi, ma questo dev'essere un vero campione. Rose rosse a tutte le ore, accompagnate da bigliettini con poesie e messaggi appassionati.

La cosa in fin dei conti non mi dispiace. Almeno è un diversivo rispetto alla routine della redazione. L'unica cosa degna di nota che è successa qua nell'ultimo periodo è che Valerio Ottonello ha cominciato a indossare magliette mimetiche a manica lunga.

Assisto al siparietto in un misto di svogliatezza e noncuranza, l'indice sospeso in aria sopra il tasto "invio". Sono seduto al computer, gli occhi fissi sullo schermo e sul titolo del mio ultimo pezzo di costume: un resoconto del concerto dell'orchestra sinfonica di Sanremo nel parco di Villa Nobel, che per cinque anni fu la residenza – l'ultima, dato che vi è anche morto – del famoso scienziato svedese.

«Bene, pratica archiviata» annuncia il direttore non

appena Alice cessa di ribattere alle sue rimostranze. «E lei, Serra? Sto aspettando l'articolo che le ho assegnato, non possiamo farci bruciare dalla concorrenza. Ritiene di poter fare qualcosa in proposito?»

Una mezz'ora prima mi ha convocato nel suo ufficio – era quasi scivolato su uno dei mazzi destinati ad Alice – informandomi di avere una richiesta prioritaria.

«*Prioritaria* significa che va fatta *subito*» ha specificato inveendo mentalmente contro i fiori sparpagliati per la redazione, «e che tra tre minuti sarà già in ritardo. I miei orologi non vanno all'indietro, e il tempo neanche. Tic tac, tic tac, Serra.»

Di minuti ne sono passati non più di cinque. Premo "invio", e le parole e le immagini che raccontano di una serata di fine estate in Riviera, alla quale ho dovuto partecipare a forza, prendono forma. Senza parlare, appoggio la schiena contro la sedia e giro il laptop nella direzione di Sergio, che annuisce.

«Visto? Non è chiedere troppo» sibila inumidendosi le labbra. «È pagato per questo.»

Dopodiché, avendo esaurito gli obiettivi, il direttore impreca genericamente tirando fuori tutto il suo repertorio: l'attesa della pensione, l'ufficio con vista che un tempo aveva e adesso non ha più, l'essere costretto a lavorare confinato in un bunker, e ovviamente la Rete – anzi, «questa storia di Internet» – i cui vantaggi sarebbero in futuro stati ricordati come il falso storico del XXI secolo.

Se mi avesse lasciato ribattere, avrei detto: *sì, lo sono. Poco e, probabilmente, non ancora per molto*. È iniziato settembre, tra non molto all'Osservatorio celebreremo l'equinozio d'autunno e la mia vita ha ripreso a scorrere senza che nulla lasci presagire chissà quali sconvolgimenti nell'aria.

Iacopo mi ha *semiperdonato*, a patto che la pianti con la lagna della ragazza fantasma. In fin dei conti ha ragione, lo ammetto, ho un po' esagerato.

Insomma, tutto regolare. Zero sorprese.

Per questo quando sul desktop vedo lampeggiare la notifica di una mail ricevuta e la apro automaticamente, senza fare caso al mittente, per poco non cado dalla sedia, attirando persino l'attenzione di Alice, che mette in pausa il tutorial sulle sopracciglia che stava guardando su YouTube, posa le pinzette e mi chiede se ci siano problemi.

«Hai detto qualcosa? Ho un mal di testa che non mi reggo in piedi. Ieri sera ho bevuto il peggior rum e coca della mia vita. Ne ho dovuti mandare giù tre, alla goccia.»

«Tranquilla, Alice. Tutto a posto.»

No, problemi non ce ne sono. Anzi, magari quella che il destino ha messo sul mio radar è un'opportunità.

D'improvviso sento che le forze non mi hanno ancora abbandonato.

Non ho certezze, tranne una. Se si tratta di un'occasione, questa è l'ultima.

25

Le prove d'appello sono finite, o quasi.

Un'iniezione di ottimismo mi prende mentre mi posiziono sul divano con il computer acceso in grembo, la pagina bianca di fronte.

«Questo è un momento storico, Leo. Sei pronto?»

È la prima volta in cui non mi sento uno schifo totale nelle ultime settimane. Mordo il freno, muoio dalla voglia di dimostrare che sono un uomo vero, uno che vive la vita prendendola in pugno e tirando dritto verso ciò che è meglio per sé. Le donne che mi hanno lasciato non l'hanno mai capito questo aspetto del mio carattere, e tanto peggio per loro che si ritroveranno a rimpiangermi.

Perché io, Samuele Serra, sto per diventare famoso.

La vita mi sta ancora mettendo alla prova. Quando qualche ora fa, in ufficio, ho ricevuto quella email, un missile è salito in aria e poi è esploso nel cielo. Non ho mai divorato delle parole con tanta smania. L'ho letta dieci, venti volte, perché lì per lì non ho realizzato la portata della comunicazione e piuttosto ho pensato a uno scherzo di cattivo gusto.

«Invece è tutto vero» mi ha garantito Marco, l'ex compagno di università impiegato al Conchiglia Group di Milano che, quando esce la possibilità di un nuovo progetto creativo, ha il buon cuore di coinvolgermi.

Anche se finora ho sempre fatto fiasco. Anche se questa volta, la cosa è grossa, grossissima.

«Dillo di nuovo, Marco» l'ho implorato al telefono. «Dillo ancora perché non riesco a crederci.»

«È come ti ho detto, il concorso fa parte di un programma direttamente finanziato dalle Poste Italiane. Chi porterà la migliore idea creativa per la nuova campagna del servizio postale otterrà un posto nella nostra agenzia. A tempo indeterminato.»

Quel contratto è il mio sogno proibito fin dai tempi del liceo. Allora, quando da studente mi domandavo dove volessi andare e cosa volessi combinare, mi avevano raccontato che un giorno avrei potuto decidere di essere e fare tutto quello che volevo, salvo scoprire alla prova dei fatti che era una bugia. Eppure, anche nei momenti di sfiducia, restavo convinto che quello fosse il cammino del ragazzo che nel frattempo era diventato uomo e che si era interessato agli astri, ai pianeti, al sole.

È tempo di rispondere alla chiamata della mia vera, grande vocazione.

«Non manca molto alla deadline, però. Il lavoro va inviato entro dieci giorni, per la metà di settembre. Non avevi letto il bando? Gira dai primi di agosto!»

«Me lo sono perso perché... ultimamente sono stato preso da una faccenda» ho sorvolato con voce innaturale. «Ma che importa, cosa sono dieci giorni?»

«Sono pochi.»

«Ma no dài... Sono emozionatissimo. Non mi tiro mai indietro davanti a una sfida e farò del mio meglio, Marco.»

Mi sento l'uomo giusto al posto giusto, il killer con la vittoria nel mirino. Poco importa se finora ho presentato solo progetti coraggiosi in cui nessuno è stato disposto a credere. Se questa è la strada da percorrere, benissimo, la imboccherò con l'acceleratore pigiato al massimo. Stavolta impressionerò quei geni del marketing e dell'advertising. Mi sembra quasi di vederli, nella loro modernissima sala riunioni con le sedie in pelle e il tavolo di cristallo, la bocca spalancata, la mascella che tocca terra, tutti a rimproverarsi di non aver compreso prima il genio creativo di Samuele Serra.

Scoppio di orgoglio al solo pensiero.

«Sto già raccogliendo alcuni spunti» ho annunciato trionfante, allungando la mano verso un taccuino. «Anzi, ne ho già un paio che potrebbero funzionare.»

In realtà stavo disegnando cornicette. Righe, ghirigori, triangoli e rombi. La punta della matita affondava leggera sulla carta.

«Non hai alternative» mi ha avvertito Marco, con un tono vagamente grave e cospiratore. «Ce la devi fare. È l'ultima soffiata che mi rischio per te. Non potrò spendermi oltre se anche questa volta non farai centro.»

Non mi sono posto il problema. Le opportunità non finiscono mai, bisogna solo imparare a coglierle.

«Chi è cresciuto in riva al mare, impara presto a stare a galla» sentenzio con aria da vecchio saggio, rivolto alla boccia del pesce rosso.

Soddisfatto, stacco il telefono per non essere disturbato e mi metto all'opera.

«Leo, qui ci vuole una signora idea.»

Una signora idea figlia di un pensiero luccicante.

«Se andasse bene potrei comprarti una boccia molto più grande, capisci? No, scusa, perché lesinare quando possiamo avere tutto quello che desideriamo? Abbiamo diritto a una vita diversa, accontentarsi è da perdenti. Quando ci saremo fatti un nome, detteremo legge e ti metterò in un acquario grande come una parete. Che ne dici? Ci stai, amico mio?»

Ilenia, che ci ha regalato questo recipiente retrò, ci rimarrà male. Ma poi capirà anche lei che non si può fermare il progresso.

Leo agita la sua elegante pinna caudale dai riflessi madreperlacei e a me pare di sentire una risata cristallina.

«Sì sì, va bene. Fai pure lo scettico, non mi offendo. È inutile che mi guardi così, come per dirmi che ci siamo passati mille volte. Questa volta sarò fantastico, dal sottoscritto non ci si aspetta niente di meno.»

La vita è un vero casino senza istruzioni per l'uso, ma per fortuna arriva sempre un momento in cui ci si può riscattare.

«Ok, puoi farcela, Samuele. È il momento, tu sei l'uomo giusto. Hai solo avuto un periodo sfortunato. Andrai alla grande e loro ti ameranno, te lo meriti.»

Il mio corpo diventa elettrico.

«Il trucco è non porsi limiti, Leo.»

Il pesce rosso cambia direzione e si gira dall'altra parte.

«Il problema è che abbiamo sempre paura, di tutto. Del futuro, così incombente e assillante, ma anche del presente. Non bisogna lasciarsi condizionare. Che imbecille a non averci pensato prima, eh? In fondo le persone cercano cose nuove. Idee nuove. Un gioco da ragazzi.»

Con questa attitudine, ne sono sicuro, non posso fallire. Non ho più paura di cambiare e provare sentieri nuovi. Ho l'urgenza di esprimermi e smanio per mettermi subito all'opera. Mi sento a mille, carico come una molla, una tigre pronta a combattere e a sbranare il mondo.

Tre ore dopo sono un buono a nulla, un inetto destinato a non lasciare il segno. Un'impronta che si cancella. Samuele Serra, l'uomo che maneggia lo storytelling con la facilità con cui si mangia un gelato, il geniale creativo che avrebbe dovuto far parlare di sé ai piani alti del Conchiglia Group, non ha partorito nulla, nemmeno due misere righe da cestinare dopo averle guardate con disgusto.

È come se mi fossi svegliato di colpo in un luogo lontano e non conoscessi più la via di casa. Eppure mi applico. La mia mente lavora in modo febbrile, ma non arriva a qualcosa che possa almeno assomigliare a un punto di partenza. Il mio organismo passa in rassegna tutte le manifestazioni d'ansia possibili. Sudorazione, fibrillazione, prossimità al collasso.

I pensieri mi impastano il cervello.

Ci vuole un guizzo, la pennellata d'autore che inizia un quadro che farà la storia e verrà esposto nei musei. Ma, come insegna la faccenda di Emma, nei miei piani c'è sempre una falla.

«Sarà un disastro» dico un po' fiaccamente. «Ammesso che riesca a combinare qualcosa.»

Leo mi dà le spalle e va a esiliarsi per i fatti suoi sul fondo della boccia.

Mi sono sempre considerato un astrofilo, un esteta, un artista, un poeta, un uomo perdutamente romantico.

«Chi voglio prendere in giro? Sono un perdente e basta. Forse è ora di mollare, Leo. È tempo di trovare la via d'uscita dalla giovinezza e di diventare adulti.»

Accantono l'idea di sedermi al tavolo della terrazza con un bicchiere di Rossese, la brezza che sale dal mare ad accarezzare il viso, e mi avvio verso la camera da letto. Mi sfilo le scarpe e mi lancio sul materasso, rilasciando un sospiro.

Il pensiero della macchia di rossetto sullo specchio mi rimbalza nella testa. Ogni giorno vado decine di volte a controllare che ci sia ancora, posando gli occhi sull'unica prova che la notte con Emma è stata reale. Vi cerco indizi invisibili, un suggerimento sui motivi che possono averla spinta a fuggire, una soluzione al mio intimo malessere. Vi avvicino il palmo della mano, come per stabilire un contatto, facendo però attenzione a non toccarla davvero.

Questa sera, senza sapere come, accade. Mentre osservo le labbra perfette color ribes impresse sulla superficie riflettente, un'onda improvvisa mi travolge, lasciandomi con il fiato corto e una strana fitta al cuore.

Ho la sensazione di perdere il controllo di me stesso e rimango inchiodato per la paura. La paura che, se l'impronta sullo specchio dovesse sbiadire fino a estinguersi, anche le mie speranze di rivedere Emma svanirebbero per sempre.

26

«Leo, vecchio mio, devo fare una cosa che non può essere rimandata. Quando tornerò, tu non obiettare e, soprattutto, non mi guardare male. Sarà il nostro segreto, intesi?»

Anche in settembre Sanremo è il fiore più prezioso della Riviera di Ponente, mentre io vivo un eclatante delirio di onnipotenza. Perché ho appena scoperto di essere un uomo capace di tutto.

Le persone che incontro sono ignare delle mie torbide intenzioni.

È ignara la signora Verrando, che sorridendomi mi regala una teglia di torta verde, riso e verdure di stagione racchiuse in una sottile sfoglia. «Giovanotto, l'ho fatta con zucchine trombetta e olio extravergine di oliva taggiasca. Praticamente è il cibo degli dei.»

È ignaro il postino, che al mio passaggio abbassa lo sguardo e finalmente mi porta il giusto rispetto.

Ne rimarranno all'oscuro anche Ilenia e Iacopo, per non parlare di Alice, Valerio e il direttore Berti. Le persone che ho intorno e che mi conoscono meglio non possono sapere che cosa si nasconde dietro questa facciata. Il bravo ragazzo, pulito, sensibile, l'idolo degli anziani, il giornalista maldestro, impacciato, spettinato e sempre di corsa.

Sono un uomo estremamente ambizioso, altroché. Una macchina da guerra.

Non mi cruccio più di tanto se non si è ancora materializzata l'idea vincente, quella che mi garantirà un futuro da creativo in una delle più grandi e prestigiose agenzie pubblicitarie d'Italia e del mondo.

«Tutte le cose buone richiedono tempo, Leo» ho puntualizzato con aria superiore, e improvvisamente il padrone è diventato il più saggio dei due.

È dunque logico e perfettamente accettabile che nessuna brillante intuizione abbia bussato alla mia mente.

Continuo a essere della stessa opinione anche quando libero la bici dal catenaccio e inizio a frullare l'aria con le gambe, pedalando per i viottoli della Pigna, in discesa, verso il centro e il mare.

Nei bar il mondo profuma di pane appena sfornato, di focaccia, cappuccini e caffè. Il cellulare squilla, fermo la bicicletta a lato della strada. Con una calma che non ho mai avuto, lo tiro fuori dalla giacca, rispondo dopo qualche squillo – perché è così che fanno i pezzi grossi – e rimango in ascolto.

«Samuele, ci sei? Pronto? Mi senti? Prontooooo?»

L'eco della voce di Alice si perde nell'aria tiepida di metà mattinata. In sottofondo si sente il nostro capo lanciare insulti agli smartphone, quei cosi che servono a tutto fuorché a telefonare mentre i vecchi apparecchi di bachelite, anche se non si possono trasportare, non tradiscono mai.

Io, che al contrario ho i nervi distesi, le rispondo come un robot, in modo freddo e impersonale.

«Alice, ti sento forte e chiaro, però non ho tempo...»

«Ma è appena stata indetta una riunione di redazione» mi pressa. Tace brevemente, poi aggiunge: «Il direttore ha espressamente chiesto di te».

La luce del sole mi acceca per un attimo. Ho preso una decisione irrevocabile.

«Allora, quando arrivi?» incalza la mia collega. «Valerio è fuori per un allarme incendio, ma ha già avvertito che sarà dei nostri.»

«Alice, ascoltami: oggi io non verrò affatto.»

Non mi presenterò al lavoro. Trascorrerò la giornata in un modo assai più produttivo.

«Come sarebbe che non verrai affatto?»

Passa qualche secondo di silenzio. Non senza un certo orgoglio per questo moto di ribellione, riesco a figurarmi Alice e Sergio che si guardano imbarazzati.

«Non posso» do la stoccata finale. «Devo scappare, ci sentiamo domani!»

Butto giù, infilo il telefono in tasca e scatto sui pedali.

Con una nuova consapevolezza.

Samuele Serra, adesso, è anche un uomo che sa dire di no.

Il negozio è in via Corradi, una deliziosa stradina interna fiancheggiata da bistrot, panetterie e botteghe alimentari, nel cuore dell'isola pedonale tra l'arteria principale e la città vecchia, nei pressi di una fontana contornata dai fiori di Sanremo.

Sono in anticipo, trovo ancora chiuso. Attendo l'arrivo del proprietario – un tizio sulla cinquantina piuttosto basso, magro, con un paio di occhiali incredibilmente spessi – e che questi tolga l'allarme, alzi la saracinesca e sblocchi la cassa.

«Prego, adesso siamo aperti» mi dice. «Magari tutti i clienti mi facessero la posta per entrare.»

Ignoro la considerazione, dribblo agilmente alcuni scatoloni e mi fiondo verso gli scaffali. Non ricordo l'ultima volta in cui ho messo piede in un colorificio. Al liceo conoscevo un writer che faceva graffiti sui vagoni dei treni abbandonati, era capitato una volta o due che con altri amici lo accompagnassimo a procurarsi le bombolette spray. E quello era stato il massimo della trasgressione, perché io, uno che nell'adolescenza non ha nemmeno sparato un petardo per la paura di rimanere mutilato, non mi sono mai avventurato con loro durante i raid notturni alla stazione.

«Come posso esserle utile?»

Il negoziante mi rivolge uno sguardo cordiale. Lo fisso in un modo difficile da capire.

«Si tratta di una macchia di rossetto» rispondo.

«Rossetto, dice? In questo caso le posso consigliare una buona tintoria.»

«Guardi che non mi sono sbagliato di negozio. Sono nel posto giusto.»

«Ah, capisco. Lei è un amante del fai da te. Allora le occorre un solvente. Ne abbiamo di ogni tipo, e tutti di ottima qualità.» L'uomo si allunga verso uno scaffale alto fino al soffitto e mi mette sotto il naso un flacone trasparente. «Ecco, quello per la pulizia a secco dovrebbe fare al caso suo.»

«Aspetti. Mi lasci spiegare. Prima di tutto, la macchia non si trova su un tessuto.»

«No?»

«No, è sullo specchio del bagno. Secondariamente, io non voglio farla sparire ma l'esatto contrario. Esiste un prodotto con il quale possa renderla permanente, evitando che sbiadisca?»

L'altro soppesa le mie parole.

«Non ho mai ricevuto una richiesta del genere» sentenzia incrociando le braccia e corrugando la fronte. «Lei è sicuro di non volerla rimuovere, la macchia?»

«Al cento per cento, come lo sono della teoria copernicana.»

Il negoziante serra le mascelle e mi squadra da capo a piedi, quindi emette un sibilo.

«Senta, non voglio guai. Lei mi sembra uno a posto, ma in fondo chi me l'assicura...»

Si appoggia alla scala scorrevole per scaffalature, nella sua voce serpeggia una punta di diffidenza.

«Venga al dunque, per favore. Avrei una certa fretta.»

«È legale quello che deve fare?»

«Per chi diavolo mi ha preso, scusi?»

«Non so, è che lei piomba qui all'apertura, mi chiede una cosa un po' insolita... Oggigiorno il mondo è diventato una gabbia di matti. Viene naturale farsi delle domande.»

Studio bene le parole. «Guardi, facciamo così. Si tranquillizzi, sono un giornalista di *Sanremo PuntoNews*. Se lei si dimostra collaborativo, io farò altrettanto e scriverò un redazionale pubblicitario molto positivo sulla sua attività. Naturalmente senza che debba scucire un centesimo.»

Di colpo l'espressione dell'uomo si fa meno incerta. Sembra aver accolto la proposta con evidente soddisfazione.

«Ecco, adesso credo di capire meglio. Forse ho quello che fa per lei» dice dopo un tempo che a me pare interminabile. «Provi con questa vernice fissativa» e mi allunga una bomboletta. «È lucida e trasparente. Aumenta la vivacità delle tinte, fissando definitivamente i colori.»

«Utilizzando questa avrò l'effetto desiderato?»

«Legga lei stesso sull'etichetta. Applicazione semplice, essiccamento rapido. Di solito la consigliamo per pastelli e acquerelli, per cui dovrebbe funzionare.»

«Qualcos'altro che dovrei sapere?»

«Si premuri solo di agitare bene la bomboletta prima dell'uso e cerchi di stare a trenta centimetri di distanza dal disegno. Pardon, dalla macchia.»

Pago, corro via come se fossi in ritardo di anni e, tagliando per un paio di stradine laterali, dieci minuti dopo ho già riattaccato la bici al solito palo della luce.

Filo dritto in casa, poso il sacchetto sul tavolo e, non degnando Leo neppure di uno sguardo per evitare domande scomode, mi precipito in bagno con lo spray. Fuori c'è un bel sole che filtra dalla finestra, ma accendo comunque la luce. Non posso permettermi sbavature.

Continuo a fissare la macchia di rossetto per un po', incapace di muovermi. Resto in trance per una decina di minuti, gli occhi sbarrati e fissi, quindi mi riscuoto e faccio un passo indietro.

Il Samuele nello specchio mi restituisce uno sguardo

diretto e determinato. Agito la bomboletta e sparo una nuvola fissante sull'impronta delle labbra di Emma.

Perché perdere tempo nel bunker della redazione – invischiati in riunioni fiume dove tutti parlano ma uno solo decide, quasi sempre rinfacciando di avere ragione lui – quando là fuori c'è tutto un mondo da esplorare? A zonzo in sella alla bicicletta, a caccia di ispirazione.

«Lo sai come sono fatto, no? Ho bisogno dei miei tempi, della mia tranquillità. La tranquillità è fondamentale. Quello che non ho trovato stando in casa ad arrovellarmi sul divano, lo troverò fuori.»

Con queste parole saluto Leo, tralasciando di portare con me la tracolla con il computer. Per fare quello che devo fare non mi serve, e poi conosco la mia situazione. Ho ancora pochi mesi di contratto, il direttore mi ha fatto intendere la possibilità che non venga rinnovato e, tutto sommato, sto iniziando ad accettarlo. Una fine e un nuovo inizio, basta assecondare il flusso. Mi rendo conto di sentirmi molto più ottimista nei confronti del futuro di quanto non mi capiti da tempo. Sono orgoglioso di me, sto facendo passi da gigante nel mio processo di evoluzione.

Mi sembra di vedere Sergio su tutte le furie per il mio rifiuto di presenziare alla riunione. Quando il direttore si mette in testa una cosa, non c'è verso di farlo desistere.

«Serra faccia questo, Serra faccia quello. Serra vada lì, Serra vada là» avrebbe ordinato per poi scacciarmi via dall'ufficio con la mano.

«No, non oggi» dico a voce alta.

Mi dimentico persino di pranzare, ignorando gli invitanti profumi di farinata provenienti dalle Cantine Sanremesi, l'osteria con il soffitto bianco a volta, i tavolini con la tovaglia a rombi, il forno a vista e le botti di vino dietro al bancone, situata nelle vicinanze della concattedrale di San Siro, la chiesa più antica di Sanremo.

Sono mosso da un appetito diverso: la fame di idee. Vago per ore, avanti e indietro per la città.

La bicicletta è stata il mio primo amore. Un amore travagliato, visto che a sette anni viaggiavo ancora con le rotelle – ero troppo fifone per concepire di affrontare l'asfalto senza – mentre tutti i miei amici già sfrecciavano sicuri e mi prendevano in giro. Poi, una mattina d'estate, mio papà me le aveva tolte a tradimento, comunicandomi di averle buttate.

Non mi era rimasto che fare una scelta di campo. O la bici senza le rotelle, o niente più bici. Avevo guardato la ruota posteriore quasi senza riconoscerla, lo stomaco che era salito in gola.

La salda mano di mio padre si era posata sulla mia spalla.

«Ce la farai, Samu.»

Così mi ero buttato, scoprendo che quando si va in bici senza rotelle sembra di volare, e che le cadute e le conseguenti sbucciature al ginocchio, i tagli, i graffi e i lividi, sono drammi superabili, esperienze che ogni ragazzino deve saper prendere di petto.

Mentre percorro a ritroso il lungomare Imperatrice, saettando davanti alla gelateria di Ilenia e alla statua della Primavera, getto un'occhiata distratta agli eleganti lineamenti bizantini e alle cinque cupole dorate della Chiesa Russa nella cui cripta riposano due reali del Montenegro. Ho la sensazione di trovarmi in un dipinto impressionista. Sarà perché Monet si è fermato a dipingere per circa tre mesi qualche palma più in là, a Bordighera, estasiato dal mare blu e dalla vegetazione esuberante, ma anch'io mi sento ispiratissimo, capace di audaci tocchi di inventiva. Sto arricchendo lo spirito e, mentre le gambe mi frizzano, ecco che già affiorano i germi dello script per la campagna pubblicitaria che mi renderà un guru della comunicazione.

Nella prima scena si vedono due ragazzi, diciamo una coppia, un lui e una lei, che si fermano a guardare delle cartoline...

Nella mia florida immaginazione, la ragazza ha le labbra color ribes, i capelli castani con i riflessi color miele e gli occhi blu.

Quello che devono fare le Poste è rendere più semplice la vita di tutti. Centralità del messaggio, copertura del più ampio target di pubblico...

Non sto più facendo attenzione a dove sto andando, preso come sono a sognare i lanci e i passaggi dello spot in tv, sul web e al cinema tra un trailer e l'altro prima del film.

«Oddio!»

Inchiodo appena in tempo. La bicicletta si ferma a pochi centimetri da una vecchina che sta attraversando sulle strisce pedonali con le borse della spesa. Mi guarda malissimo e bofonchia, a me e a tutti i ciclisti del pianeta indistintamente: «Non fermatevi, mi raccomando! Se vi fermate vi fanno la multa, eh!».

Ricambio la sua smorfia aggiustandomi sul sellino. Ok, devo rallentare e trovare un posto più sicuro dove far scivolare i pensieri. Devio a destra verso il mare e in un attimo imbocco la pista ciclabile in direzione ovest.

Una nuvola solitaria si muove rapida, soffice e gonfia, e mi ricorda una gigantesca meringa di panna come quelle farcite da Ilenia. Il cielo azzurro si allarga sopra l'acqua costellata di prismi di luce dorati. In alcuni tratti del percorso si sente un profumo fortissimo di tante cose messe insieme. Inspiro profondamente quel tutt'uno di cascate di buganvillee, selve di oleandri, la coloratissima jacaranda, le immancabili palme, il giallo dei limoni.

In questa oasi di pace sospesa tra il verde e l'azzurro, fra i pini marittimi e le spiagge e le scogliere scoscese sul mare, intorno a me sfilano i jogger che sbuffano e sfiatano, i ciclisti che vengono in senso contrario, con le loro divise coloratissime e scintillanti, e mi salutano quando mi passano vicino. Ci sono famiglie intere sui risciò, persone con la reflex in mano, a caccia di scorci, ragazzi con lo zaino. Giovani che scherzano e ridono, assaggiando la libertà della loro età beata, nella cornice rara di questi paesaggi inondati di una luce che balla sull'acqua.

Adesso sono qui, dove un tempo passava la ferrovia con i suoi rumori forti e insopportabili e oggi ci sono solo bellezza e case che hanno decuplicato il loro valore e nuove villette affacciate su piccole baie.

Nella seconda scena, il ragazzo e la ragazza si prendono per mano e scelgono la loro cartolina preferita. Si siedono su una panchina per scriverla. Cercano una buca delle lettere per spedirla, ma non la trovano.

La mia inventiva è rinata. Sto seminando bene, devo

solo continuare a cercare immagini cordiali che trasmettano un senso di fiducia e competenza. Avverto vibrazioni positive. L'abilità per scrivere lo spot non mi manca. Lo farò di getto, attaccato al computer, un nuovo documento di testo davanti. Già mi immagino le dita che viaggiano rapide sulla tastiera, senza un attimo di tregua.

Il tempo vola e io vado avanti per un pezzo in modo prolungato e ossessivo – il panorama incantevole e selvaggio che lascia spaziare lo sguardo liberando i pensieri, le gomme della bici che slittano sull'asfalto tra frenate e accelerazioni, il calore del sole sulla pelle – fino a quando si palesano le luci del tramonto che mi accendono il cuore.

Mi riscuoto dalle mie riflessioni e mi guardo intorno. Osservo la pista ciclabile, una location che all'imbrunire è il non plus ultra per romantici e innamorati cronici, ipnotizzato da questo spettacolo naturale.

Rivedo la ragazza del mio spot immaginario e... mi rendo conto che la mia idea non è così originale. Sembra una pubblicità progresso contro l'estinzione delle buche delle lettere. Ma dove voglio andare? Ho solo buttato via del tempo.

Mi sento uno stupido, un uomo che si spegne dopo aver preso fuoco con troppa facilità, il solito illuso che sta vivendo una vita diversa da quella che si era immaginato. E fa male, pesa terribilmente.

C'è gente che, alla mia età, ha già centrato obiettivi importanti.

Torno a casa con l'entusiasmo azzerato, apro le imposte e l'aria invade il soggiorno. Mi metto a sgranocchiare dei Baci di Sanremo con lo sguardo perso nel vuoto, lo stesso che mi ha invaso tutt'a un tratto nel corpo e nella mente.

Mi pulisco le mani e mi abbandono sul divano, affranto, il telefonino di fianco.

Poi raggiungo l'apice del fallimento e dell'odio verso me stesso quando invio un messaggio al direttore Berti, scusandomi per aver disertato la riunione – "Non so cosa mi sia preso" gli scrivo – e informandolo che domani mi presenterò puntuale in redazione.

Quarto dialogo con Leo

Ho una domanda per te. Io valgo qualcosa? Sì, io, Samuele, il ragazzo sensibile, spesso malinconico e insicuro, valgo qualcosa?

Mi guardo allo specchio e mi vedo un disastro, Leo.

Vorrei fare un passo indietro. Vorrei tornare là, a quel momento con Emma. Vorrei poter inghiottire il dolore e la noia che sono seguiti alla sua sparizione, rendendoli meno che un pallido ricordo. Invece il viso di quella ragazza mi perseguita. Sbirciavo il suo profilo mentre lei viaggiava con la mente chissà dove. Era fragile e spaventata come un cucciolo che si ritrova lontano dalla sua tana. Magari aveva bisogno di me. O forse no. Non so più cosa pensare. Di sicuro non riesco ancora a farmene una ragione.

Ricordi cosa ti ho detto poche settimane fa? Scommetto dieci barattoli del tuo mangime preferito che te lo ricordi perfettamente, a te non sfugge mai niente. Ti ho detto che sei fortunato. Lo sei perché non ti aspetti mai niente e non puoi che essere uguale a te stesso. Hai tutte le risposte perché non hai bisogno di domande. Tu mi guardi e non so se mi vedi. Ma anche noi guardiamo un sacco di cose senza vederle veramente. Ci passano davanti e nemmeno ce ne accorgiamo. Siamo esseri tragici e comici a un tempo, disperatamente umani. Forse non siamo creature destinate alla felicità. Siamo in guerra con la fatica e con l'ansia. Perché è sempre lì, accanto a noi, l'imbarazzo di non essere all'altezza, il timore di non farcela, di non essere abbastanza forti, di veder venire giù tutto da un momento all'altro. Ancora una volta. L'ennesima.

E io non so se ho ancora la forza di scavare tra le macerie e ripartire da zero. Mi sforzo di fare la mia parte, mi sbatto, non mi risparmio. Ho messo sul piatto tutto quello in cui ho creduto e che ho appreso in decenni di istruzione ed educazione, tutto quello che ho vissuto a metà tra la linea che divide speranze e realtà. Ma ora comincio a dubitare che per ogni problema ci sia una soluzione e di poter mai approdare alla scoperta di me stesso.

Inutile negarlo, sto andando a fondo. Come dici? No che non sto facendo il tragico! D'altra parte, ovvio che a te piaccia vedere il bicchiere mezzo pieno. La tua è una questione di sopravvivenza.

E poi, per finire, c'è questa domanda che mi tormenta. Esiste ancora, in me, la speranza di rinascere?

27

«Ah, venga, giovanotto. Ho già preparato tutto» dice la signora Verrando precedendomi nell'ingresso.

Su sua precisa indicazione, siedo di fronte al tavolino.

«Anche la farinata?» le chiedo.

Quanto è buona, la mia vicina di casa. Anche se la vita non le ha regalato figli e nipoti, è una nonna a pieno titolo.

«Sì» risponde con un largo sorriso. «Mi sono alzata prestissimo. Questa città all'alba sembra un fiore che sboccia.»

Focaccia, farinata, caffettiera, tazzine e tovaglioli di carta sono disposti su un grande vassoio di porcellana.

La Verrando si toglie il grembiule e prende posto sulla sua poltrona. «Scusi se glielo domando. Al suo piano le scale erano pulite? Qui da me sul pianerottolo ci sono degli strati di polvere spessi tre dita.»

«A dire la verità sono uscito di corsa, non ci ho fatto caso.»

«Eh, già, figuriamoci se avrebbe potuto accorgersene, con quella fretta che le morde sempre la coda! La pagano al chilometro?»

«Magari… A quest'ora avrei un conto corrente a sette zeri.»

«Pensare che gliel'ho ripetuto due volte, alla lavascale, di fare più attenzione a pulire. Ma quella niente, se ne infischia.»

«La ringrazio di cuore per avermi invitato a colazione» svicolo, poco convinto di voler dichiarare guerra all'addetta alle pulizie condominiali. «E le faccio i miei complimenti, è molto elegante oggi.»

La Verrando, che veste un abito grigio perla a motivi floreali, ride come una bambina felice.

«Me lo sono regalata per i miei ottant'anni! Ma adesso dedichiamoci a questa farinata, ne vado molto fiera. Mi raccomando, si serva e la metta nella carta. La farinata non si impiatta, altrimenti cambia di sapore.»

Seguo alla lettera le istruzioni e mi metto a sgranocchiare di gusto.

«Allora come sta, giovanotto? Dà sempre l'impressione di essere afflitto.»

«Ho un problema di lavoro» confesso dopo aver ingoiato un grosso boccone.

«In che cosa consiste, esattamente?»

«Devo consegnare un progetto, più che altro devo trovare un'idea.»

«Un'idea» ripete la Verrando, meditabonda.

«Già. Ci sto provando, ma finora non ho combinato molto. Purtroppo non sono ispirato.»

Un mio grande classico, lasciare le cose a metà.

«C'entra ancora quella ragazza?»

«Può ben dirlo. Il punto è che provo dei sentimenti molto forti. Non riesco mai a concentrarmi.»

«Lo sa cosa faccio io, quando perdo qualcosa? Smetto immediatamente di cercarla. E un bel giorno, come nulla fosse, ecco che salta fuori.»

Un tantinello semplicistico, ma evito di farglielo notare.

«E se la ragazza non dovesse saltar fuori mai più, che faccio?»

«Quello che fa sempre, mio caro. Vivrà la sua vita.»

La frase, pronunciata dalla sua voce calma e sicura, suona come inattaccabile.

«Le insegno un trucco» aggiunge poi. «Prenda la focaccia e la tagli a metà, così. Ci metta due pezzi di farinata in mezzo e poi la richiuda.»

La imito e, schiacciando per bene le due estremità, compongo un sandwich.

«Provi e mi dica!»

Addentiamo le nostre focacce farcite contemporaneamente.

Muovo la testa in segno di approvazione.

«È semplicemente fantastica!»

Soddisfatta, adesso la signora Verrando mi scruta come se andasse in cerca di qualcosa di preciso.

«Se uno ha un problema, non voglio intromettermi. Ma gliela posso dire una cosa senza sembrarle invadente?»

«Prego, faccia pure.»

«Non si faccia turbare dal mondo. Ha capito cosa intendo?»

«Più o meno...»

«Non abbia paura di quello che succederà» precisa la vedova, «e soprattutto non ne abbia di guardare dentro se stesso. Non ce n'è mai il tempo oppure si ha sempre qualcosa di più importante da fare. È lì che sta l'errore.» Reclina la testa di lato. «Lei ha molta nobiltà d'animo, Samuele. Io la osservo da tempo. E anche se siamo diventati amici solo di recente, l'ho notato. Si vedono tante cose in ottant'anni, e non se ne capiscono molte con chiarezza. Ma alcune sì, e può stare certo che su queste non ci si sbaglia. Lei ha dentro qualcosa di molto bello.»

Sgrano gli occhi.

«Dice davvero?»

«Si fidi, so giudicare bene un carattere. Il bello di lei è che fa tutto con gentilezza. Con confusione, magari. E sempre di corsa, dato che la vedo bruciare quelle scale su e giù alla velocità della luce. Ma mai senza educazione. Non fa nulla per nascondere la sua delicatezza.»

Balzo sulla punta della poltrona.

«Me lo ripete sempre anche Ilenia, la mia migliore amica. Pure lei esagera con i complimenti. Lasciamo perdere.»

«Mi dispiace contraddirla, ma se siamo già in due a pensarlo, significa che dobbiamo proprio avere ragione.»

La Verrando fa scivolare verso di me un altro pezzo di farinata.

«Ne prenda ancora un po'.»

«Ne ho mangiata tantissima. Sono sazio, mi creda.»

«Su, da bravo. Deve essere in forze.»

«Signora, lei mi lusinga con i suoi piatti e con le sue parole. Temo di non essere all'altezza della sua considerazione.»

«Questa è bella! Giovanotto, lei è tanto preoccupato di fare bene, ma lasci che del bene venga fatto anche a lei. Sta diventando sempre più raro che qualcuno si apra e parli dei propri sentimenti, eppure dovrebbe essere un fatto naturale.»

Traffica con la caffettiera e mi riempie la tazzina. Sembra aver finito il discorso, ma in realtà ha in serbo ancora qualcosa.

«Per una volta, metta da parte i risultati e si impegni a non passare un solo giorno senza gioia.»

«È un ragionamento sensato» ammetto.

«Certo che lo è» esclama lei. Poi apparentemente cambia discorso: «Lo sa qual è il segreto della farinata?».

Rimango con la tazzina sospesa a mezz'aria senza sorseggiare il caffè.

«No.»

«La sua semplicità. Non è nient'altro che acqua e farina di ceci.»

Sollevo un sopracciglio.

«Mi creda» continua lei con un sorriso gentilissimo. «La ricetta è semplice ed è una risposta, che deve esistere per forza, a una domanda molto precisa.»

«Quale?»

«Cos'è che la fa sentire vivo?»

28

«Cos'è, uno scherzo? Ti prego, Samu, dimmi che mi stai prendendo in giro.» Iacopo mi fissa con la bocca spalancata, inorridito. «La gente finisce in prigione per questo genere di cose.»

«Sei il solito esagerato.»

«Be', almeno in un istituto psichiatrico, e non è che faccia troppa differenza...»

Roteo gli occhi. Addio sonno. E io che volevo andare a letto presto.

Mi sono liberato prima del previsto dalla redazione – dove sono stato perdonato, ma non senza che il direttore Berti ne abbia approfittato per ricordarmi che la decisione sul rinnovo del contratto va presa entro breve termine –, ho controllato la posta elettronica, provato a sfogliare le riviste pubblicitarie cercando l'ispirazione nelle storie di copywriter e art director internazionali, e infine nutrito il buon Leo che si è avventato sui pezzettini di cibo con una flemma tale da farmi sospettare che abbia degli avi anglosassoni di sangue nobile.

Finito di riordinare casa, stavo per infilarmi il pigiama e le ciabatte, quindi non ho potuto che accogliere con un moto di stizza la visita fuori programma di Iacopo, che mi sorrideva alla porta di casa dietro un sacchetto di birre.

«Che cosa ci fai qui?»

«Volevo vederti, sapere come stai.»

«Ah, allora non è vero che mi hai *semiperdonato*. Mi hai *straperdonato*» gli ho fatto notare, facendolo entrare.

«Sono un santo» ha risposto, annuendo un paio di volte con la testa. «L'ho fatto per te. Lo so che ti sono mancato.» È entrato e poi si è voltato verso di me. «Ma vedi di rigare dritto e non mi parlare di chi sai tu.»

«D'accordo. Ammetto di essere stato un po' pesante, ultimamente.»

«Una chiave di lettura piuttosto autoindulgente» mi ha sfottuto, posando le birre sul piano della cucina. «Ti ho portato qui due gnocche di primissimo livello. Non è che crescano sugli alberi, eh? Come maschio, non ci hai fatto un figurone. Non credo che potrò riapparecchiarti la tavola, in futuro.»

Ha rovistato nei cassetti e afferrato il cavatappi, l'ha fatto passare da una mano all'altra lanciandolo in aria con gesti agili, ma poi si è fermato.

«Prima di immettere altri liquidi, sarà meglio liberarsi di quelli in eccesso» ha annunciato involandosi verso il bagno.

Mi sono reso conto del pericolo solo quando ho sentito il rumore dello scarico. Cazzo, lo specchio!

Iacopo è tornato al piano di sotto con un'espressione al limite tra il serio e il terrorizzato. Io sono impallidito e, tentando di tenere fermo un sorriso, ho fatto scena muta. Da lì è nata la piazzata che ha definitivamente rimandato i buoni propositi di coricarmi presto.

«Ti prego, dimmi almeno che non lo accarezzi quando ti senti giù...» dice per poi bloccarsi, esitante, come chi pensa che al peggio non ci sia mai fine. «O che non lo baci, o peggio...»

Ho la bocca felpata. Volevo che rimanesse un segreto tra me e Leo, che mai avrebbe potuto tradirmi, invece sono subito stato scoperto.

«È l'unica cosa che mi rimane di Emma» mormoro, e dalla bocca mi esce tutto il contrario di quello che speravo: una voce da maniaco.

Come scusa non suona granché.

«Non puoi conservarlo come una reliquia» mi fa notare Iacopo, severo.

«Ah sì? Perché no? L'ho fatto di impulso. L'ultimo periodo non è stato facile. Prova anche solo un secondo a metterti nei miei panni.»

«E meno male che non dovevamo parlarne! Sei completamente impazzito!»

Prendo ad andare avanti e indietro per il soggiorno, riflettendo sugli ultimi eventi che mi sono capitati. Vedo il mio riflesso, distorto, nella boccia di Leo. Effettivamente, quell'uomo di trent'anni con i capelli arruffati e la barba sempre più incolta, le occhiaie e l'aria perennemente stropicciata, ha un aspetto che non si può definire sano.

«Oh, anima in pena. Se non te ne sei accorto, sembri uno zombie» mi apostrofa il mio amico, che sembra avermi letto nel pensiero. «Mangi e dormi, ogni tanto?»

«Stavo giusto per mettermi a letto, prima che arrivasse un certo qualcuno.»

«Dài, cerchiamo di rimanere lucidi» si placa Iacopo, di colpo più accomodante. «A questo punto credo che dovresti considerare di andare in terapia.»

«Ah, è questa la tua grande soluzione?»

«Non ce ne sono altre. Non vedo a cosa servirebbe consigliarti il tennis o l'equitazione.»

«Be', magari potrei migliorare il mio rovescio» scherzo mimando un colpo con una racchetta invisibile.

«Guarda che stavolta sono serio. Impareresti a metabolizzare meglio le tue esperienze, a guardare alle cose con più distacco.»

L'ingegnere sciupafemmine abituato a fare tutto con ordine rigoroso, lascia perdere le birre e mi si avvicina. Nel suo sguardo leggo reale preoccupazione.

«Samu, non è che mi nascondi qualcos'altro?»

Cerca di capire qualcosa di più dai miei occhi.

«Non ti seguo.»

«Straparli, passi troppo tempo da solo. Non puoi continuare a vivere in un mondo che non esiste.» Mi osserva per un attimo in silenzio. «Finché non chiudi i conti con lei, non riuscirai ad andare avanti.»

Butto un'occhiata all'orologio. «Dobbiamo per forza discutere a quest'ora dei miei meccanismi di negazione? Sono davvero molto stanco e...»

«Ah, lo sapevo io» commenta, affranto. «La stanchezza è un chiaro sintomo. Sei depresso, vero? È questo il problema.»

«No!» Quasi schizzo per aria.

«Eh, purtroppo sì invece. È anche colpa mia, dovevo starti più vicino. Per il tuo compleanno ti regalerò degli antidepressivi.» Scuote la testa, piano piano. «Vuoi che mi fermi qui a dormire?»

«Iacopo, senti, grazie per l'interessamento. Ti assicuro che tutto quello che voglio fare è riposare. Domani mi aspetta una giornata campale e...»

«Ma ti serve aiuto, Samu.»

Per quanto siamo diversi di carattere e non perda occasione per criticarmi, Iacopo si sta comportando da vero amico: è qui nonostante tutto, mi fa capire che c'è. Anche se litighiamo ogni volta, c'è sempre stato e sempre ci sarà. E cosa può contare più di questo? Gli sono grato e riconosco di essermi comportato male con lui, da totale esaurito. Adesso però vorrei rimanere da solo.

«Senti, a qualsiasi cosa tu ti stia aggrappando... È già andata, amico. Tu aspetti, aspetti e aspetti ancora. Ma non arriverà nessuno. Lei non arriverà.»

«No. Ti sbagli di grosso su Emma. Anche se ora siamo distanti, non so come, non so in che modo, io la ritroverò.»

«Vuoi sapere la verità?» conclude Iacopo aprendo la porta. «Ormai non ci credi più nemmeno tu.»

29

Ci sono notti per innamorati e notti per innamorarsi. Lo sappiamo bene all'Osservatorio astronomico Gian Domenico Cassini, che in questi anni è stato culla di nuovi amori e di altri piccoli grandi miracoli. E poi ci sono le visite mattutine delle scolaresche, che si arrampicano con i pullman fino a Perinaldo soprattutto per osservare il sole, quest'oggi parzialmente coperto da nuvole grigie, ma anche per visitare il planetario e scoprire qualcosa di più sulla vita dell'astronomo.

«Buongiorno, ragazzi, io mi chiamo Samuele e sono la vostra guida» mi presento mentre i bambini di quinta elementare si dispongono in cerchio nel chiostro, lo zaino ben saldo sulle spalle.

Sono una quindicina, mi fissano e io non posso fare a meno di sentirmi come uno di quei clown chiamati ad animare le feste di compleanno. Pierluigi e Cecilia li hanno accolti con il calore abituale. Un tavolino rotondo è disseminato di bicchieri di plastica e bottiglie di bibite, con un rinforzo di ciotole di popcorn e patatine. Al comitato di benvenuto si è aggiunta Ilenia, che ha portato dei plumcake allo yogurt. Più tardi li distribuirà come merenda ai ragazzi e alla loro insegnante di scienze. I dolci si sono mantenuti morbidi nei loro stampi rettangolari nonostante il viaggio da Sanremo.

«La visita di oggi» riprendo catturando la platea «comincia da questo piazzale. Attraverso telescopi differenti, con apposite configurazioni ottiche, osserveremo il Sole, la stella da cui dipende la vita sulla Terra. Vi seguirò uno a uno, vi spiegherò gli strumenti e poi concluderemo con un giro all'interno per vedere il planetario e il museo Cassini.»

Immediatamente si alza una mano. Un bambino con la maglia troppo grande, il cappellino sulla testa e il quaderno a quadretti in mano, se ne sta lì tutto teso con il braccio in verticale. Normale prassi. In ogni comitiva c'è sempre un elemento più curioso degli altri.

«Scusi, signor Samuele. Che cosa sono le configurazioni ottiche?»

«Sono come delle lenti speciali» rispondo, paziente. «Un po' come succede con gli occhiali da sole, hai presente? Li indossiamo e siamo riparati dai raggi. Lo stesso vale per questi telescopi: grazie a loro possiamo guardare il sole in tutta sicurezza. Se non ci sono altre domande...»

«E nel planetario si vede il Grande Carro? E il Piccolo?»

Rassicurato il ragazzino sulla nitidezza dell'Orsa Maggiore e dell'Orsa Minore, la scolaresca si mette in fila indiana e iniziano le osservazioni. Io sto accanto al telescopio, Pierluigi e Cecilia presidiano le altre postazioni. Ilenia gironzola nella biblioteca interna, prende in mano qualche volume, lo sfoglia con interesse e poi lo rimette diligentemente a posto.

Gli scolari si sono messi in ordine. Tutti, tranne uno. Il bambino curioso sta alle mie spalle, prende appunti e insiste per catturare la mia attenzione.

«Scusi, signor Samuele, è vero che anche Napoleone è stato a Perinaldo perché voleva vedere dov'era nato Cassini?»

«Complimenti, sei molto preparato! È vero, nel 1794. Napoleone, accompagnato da uno dei suoi generali, pernottò nelle stanze del Castello Maraldi, che si trova nel centro storico e che probabilmente fu la casa natale di Gian Domenico Cassini.»

«Ed è vero che Cassini si occupò anche di ingegneria, biologia e medicina?»

Sto per rispondergli ma uno dei suoi compagni invita l'amico invadente ad attendere il suo turno, poi si tuffa nell'occhiello del telescopio con una foga tale da farlo traballare e costringermi a riallineare lo strumento.

«Fate attenzione, per favore» li riprende l'insegnante, una tipa magra e occhialuta sulla trentina. «Non facciamoci riconoscere.»

«Non c'è bisogno» replico con tutto l'autocontrollo di cui sono capace. «Ci sono abituato. Come ti chiami?» domando al bambino con il cappellino.

«Leonardo.»

«Mmm... Leonardo...» soppeso. «Un nome impegnativo da portare. Bene, che ne dici se adesso io ti do questo» tiro fuori una brochure che racconta del soggiorno di Napoleone a Perinaldo, «e tu vai da qualche parte a leggere buono buono?»

Il ragazzino si zittisce, afferra il volantino e va a sedersi sulla panchina del chiostro. Prendo fiato, quindi riparto con voce impostata a parlare delle macchie sulla superficie solare e del fatto che, se il Sole avesse le dimensioni di un pallone, in proporzione la Terra avrebbe quelle di un pisello.

Mi interrompo solo quando Ilenia mi si fa accanto e mi accorgo che ha gli occhi lucidi.

«Ehi, che ti succede?»

«Niente, è che ho appena letto questa storia romantica e tristissima» dice lei indicando con la testa il volume che si è portata appresso. «La leggenda giapponese della settima notte» singhiozza. «Mi sono commossa. I protagonisti sono la principessa Orihime e il mandriano Hikoboshi.»

Le faccio cenno di aver compreso.

«La conosco, in astronomia sono rappresentati dalle stelle Vega e Altair.»

«Oh, Samu. Ho ancora la pelle d'oca» e prende a leggere a voce alta, «"erano due giovani che si innamorarono follemente l'uno dell'altra, a prima vista. Trascorrevano le giornate sempre insieme, fianco a fianco, al punto da arrivare a trascurare i loro doveri. Questo suscitò la reazione severa del padre di lei, Tentei, imperatore del cielo, così i due amanti vennero separati dal Fiume Celeste".»

«Che sarebbe la Via Lattea» preciso.

Ilenia ne approfitta per tirare su con il naso.

«"La principessa era disperata, non faceva che piangere ininterrottamente perché non poteva vivere senza il suo amato. Fu così che Tentei, mosso a pietà, stabilì che si potessero vedere una sola volta all'anno."» Si concede una pausa per deglutire. «"Da allora, uno stormo di gazze giunge il settimo giorno del settimo mese lunare, in luglio, e crea un ponte con le ali, permettendo a Orihime di attraversare il Fiume Celeste e ricongiungersi con Hikoboshi, nel ciclico ritornare di un'eterna promessa d'amore."»

Le passo un braccio intorno al collo e la stringo a me, perché quando le parole non bastano servono i gesti. Anch'io ho pensato di rivolgere i miei auspici al cielo per far sì che quella con Emma non sia stata solamente una notte memorabile, e che lei non resti irraggiungibile come le stelle.

Ah, se solo l'avessi baciata. Se solo avessi potuto vederla ancora e baciarla, e in quel bacio riversare tutto quanto. Il cielo, il mare, gli occhi, le galassie, gli abissi, l'universo e il centro della Terra. I pianeti e le onde. La Luna e il Sole. E in quel momento essere tutto e poi essere niente, totalità ed evanescenza.

«Speriamo non sia scritto che debba vederla una sola volta all'anno» sbuffo rifacendomi al mito della settima notte.

Una notte per ritrovarsi. O per respingersi? Io ed Emma siamo un'equazione inevitabile, oppure un calcolo destinato a non tornare una volta tirata la linea?

«Sul tuo cammino vedo solo grandi opportunità» pronostica Ilenia.

Ovviamente le ho raccontato del progetto per la campagna delle Poste promosso dal Conchiglia Group.

«Sei agitato?»

«Abbastanza. Va a finire sicuramente che sbaglio da qualche parte.»

Lei mi dà una pacca sul braccio.

«Uffa, ti decidi a cambiare repertorio? Non se ne può più di questo pessimismo! Te ne vai in giro con la faccia da funerale senza apprezzare quello che hai!»

Le dedico uno sguardo fra il curioso e il contrariato.

«Per esempio?»

«Qui, per esempio» ribatte risoluta. «Sei un ottimo insegnante, e questi ragazzini ti adorano.»

«Figurati... Assecondo solo una mia passione.»

«E ti pare niente? In più ricopri una figura e un ruolo ben precisi! La cosa non può lasciarti indifferente. A Perinaldo sono nati e vissuti personaggi importanti, si respira l'aria dei secoli passati. C'è tutto un tesoro storico di cui portare avanti l'eredità.»

Appellandomi alla mia fierezza, cerco di non pensare che lo faccio in cambio di un compenso quasi simbolico, come lo sono stati tutti i miei stipendi. Restiamo per un po' in silenzio, un silenzio a due perché le voci eccitate dei ragazzi si arrampicano oltre il campanile della chiesa adiacente e la cupoletta bianca con il telescopio.

A nulla servono i rinnovati richiami della maestra per fargli abbassare il volume.

Ilenia mi guarda in un modo che conosco.

«Io credo che tu abbia un potenziale enorme. Non può arrivare tutto subito, ci vuole pazienza. Metti nel tuo progetto la metà del tuo entusiasmo per l'astronomia, e quei professoroni del marketing che stanno a Milano ti faranno un monumento in piazza del Duomo. Garantito.»

«Ilenia, ho paura» confesso.

«Io invece sono felice per te.»

Ed eccola lì a riaccendere il mio coraggio, l'amica che non si risparmia mai e si commuove per le storie di amori impossibili ambientate ai confini del cielo.

«Come fai a rimanere così calma, lo sai solo tu. Dici sempre che andrà a finire bene. Ma può accadere una cosa del genere?» le domando.

Si alza il vento, che fruscia tra i rami del ciliegio e spazza un altro po' le nuvole, le nemiche giurate dell'astronomia.

«*Le cose sono unite da legami invisibili, non puoi cogliere un fiore senza turbare una stella*. Lo sai chi l'ha detto?»

«È una frase attribuita a Galileo. Quello vero, eh.»

«E secondo te cosa significa?»

Scrollo le spalle.

«Di preciso non saprei. Che le nostre azioni hanno delle conseguenze inimmaginabili? Che l'armonia dell'universo presuppone equilibri estremamente complessi?»

Lei mi risponde con un sorrisetto.

«L'astrofilo sei tu. Ma per me vuol dire che c'è sempre una ragione più profonda, nelle cose.»

30

La mattina sorride e il bar è rumoroso, pieno di clienti a caccia di una sostanziosa colazione. I tavoli sono occupati perlopiù da liberi professionisti in giacca e cravatta.

«Entriamo o ci sediamo fuori?» chiede Ilenia.

«Io preferirei stare fuori» dico.

«Eh, già. Lui è fatto così. Gli piace stare al sole per interrogarlo» sghignazza Iacopo.

«Cosa c'avrai da ridere te... Intendevo dire che qua fuori possiamo parlare con più calma.»

«Bah, io sto ancora tentando di svegliarmi e di capire che cosa ci faccio qui. Ieri sera ho fatto tardi con... Oddio, come si chiamava? Giulia?»

Ilenia, disgustata, si siede per prima, allungando una mano sul mio braccio.

Ho convocato entrambi i miei fidati scudieri ma me ne sono pentito quasi subito, perché tra loro non corre buon sangue.

Hanno opinioni divergenti su qualunque cosa. Per Ilenia – cito testualmente – Iacopo è "il candidato ideale per battere il record mondiale di povertà intellettuale"; per l'ingegnere, lei è semplicemente "pesante come un blocco di ghisa".

La pasticciera, che abita in piazza Bresca nel cuore della movida cittadina e a due passi dai caratteristici forni, dai negozi di articoli da pesca e dal porto vecchio, abita molto vicino al Café Renaissance, sotto i portici di piazza Colombo, e ha prontamente risposto all'appello. Iacopo invece, che vive in una villetta semiindipendente dalle parti dell'imbocco autostradale, in collina, non ha gradito la levataccia. Si è presentato, rincoglionito e sbadigliante, in jeans, scarpe da ginnastica, camicia lasciata fuori dai pantaloni e giubbotto di pelle.

«Comunque, anche se nessuno mi sta chiedendo un parere, per me tutto questo rimane un'assurdità» butta lì, tanto per rompere il ghiaccio. «Il caso è chiuso. Anzi, non è mai stato aperto.»

«Per me invece c'è sempre una speranza» ribatte Ilenia, secca.

In trenta secondi e due frasi hanno già fatto il riassunto dei loro punti di vista. Di più: delle loro filosofie di vita. Ma siamo solo all'inizio.

«Speranza... Che parola ricca di ingenuità, senza un significato preciso.»

«Ce l'ha eccome, e precisissimo. Solo che tu non lo conosci.»

«Ah, e quale sarebbe, di grazia? Vedi se ti riesce di dirmi qualcosa che non mi deprima.»

«Significa che le cose belle possono capitare quando meno te l'aspetti.» Ilenia si gira verso di me, le guance rosee e lo sguardo luminoso. «Persino quando non te le aspetti più.»

Iacopo riflette tamburellando l'indice sulle labbra.

«Certo, come no. Fossi in voi, scarterei all'istante questa ipotesi.»

«Scartare ipotesi molto velocemente» ripeto in modo meccanico. «Mi sembra di non fare altro.»

«Ti sei invaghito di una. E allora? A me capita a tutti gli incroci» ride Iacopo, divertito.

«No, è molto più di così. Prima di tutto non è una qualunque, si chiama Emma. E poi lei è mille altre cose per me. Io potrei essere stato lo stesso per lei» urlo nervosamente, rosso in volto.

«Puttanate, caro mio! Come al solito, questo è solo un tuo film. Sceneggiatura, interpretazione e regia di Samuele Serra. Coprotagonista femminile: non pervenuta.»

«Ehi» interviene Ilenia. «Critico va bene, ma non essere così ostile...»

«Non è ostilità, è realismo e razionalità. Ne hai sentito parlare?»

«Non fa niente Ilenia, lascia stare» la tranquillizzo. «Mi sembra che Emma sia ancora con me, in qualche modo. Siamo stati insieme per poche ore, ma è come se ci conoscessimo da sempre.»

«Certo che ne hai di fantasia» Iacopo riparte all'attacco.

«Devo assolutamente rivederla, ho bisogno di parlarle.»

«Ma per dirle cosa?»

«Mi domando cosa potesse farla stare così male. C'era qualcosa di forte nella sua sofferenza. Era sul punto di dirmi qualcosa di importante su di lei.»

Iacopo scuote la testa, categorico. «Sai cos'era sul punto di dirti? "Peccato che ti sei addormentato".»

«Sfotti, sfotti pure.»

«Ti ho solo sbattuto in faccia la verità. Niente sconti, tra amici.»

«Perché non ti iscrivi a un corso accelerato di empatia?»

«Oh, ma la pianti? Gli amori finiscono di continuo. Molto spesso finiscono in tribunale, qualche volta persino all'obitorio. Perché soffrire? Smettila di torturarti.»

Ilenia, di tanto in tanto, incrocia le braccia e lancia delle occhiate furiose a Iacopo.

«Quindi, signor professore, che cosa dovrebbe fare secondo te?»

«Quello che gli ho sempre consigliato» Iacopo risponde a lei ma si volta verso di me. «Infila questa storia in un cassetto e dimenticatene per il resto dei tuoi giorni. Vedrai che lo stress svanirà. La tua vita tornerà a scorrere sui binari della tranquillità. Semplice questione di logica e di buon senso.»

«Ah, che bel consiglio... Lo sai cosa significa amare davvero qualcuno? Quando si è in due si è più forti» dichiara Ilenia.

«Per carità, è l'esatto contrario. Quello si chiama prestare il fianco alla debolezza.»

«I veri uomini sono disposti a tutto pur di conquistare il cuore di una donna. Vuoi mettere? Avere a fianco qualcuno con cui ridere testa contro testa e scambiarsi giuramenti di amore eterno in un sussurro.»

«Sì, perché tutti quelli che si sono sussurrati giuramenti di amore eterno oggi stanno ancora insieme» commenta Iacopo con una smorfia ironica. «Cosa mi tocca sentire!»

«La smettete di scannarvi?» provo a fare da paciere. «Mi fate venire il mal di testa.»

«A voi donne non sfugge nulla e non fate mai niente per caso» rilancia Iacopo.

«Voi uomini invece siete insopportabili e non sapete fare più di una cosa alla volta.»

«Il matrimonio è una trappola per individui di sesso maschile.»

«Sono affascinata dalle vette a cui ci sta conducendo questa conversazione. Momenti di pura raffinatezza ideologica. Hai una mente brillante, ingegner Renda.»

Senza farmi vedere da Ilenia, gli faccio cenno di tagliare con le dita a forbice.

«Non ho alcun problema a passare per un mostro, ma di certo non sono l'unico a questo tavolo...»

Lo fulmino con lo sguardo, ma ormai è troppo tardi. La curiosità femminile di Ilenia è stata innescata.

«Che significa?»

«Ah, beccato! Non hai confessato del tuo pezzo da collezione alla tua amica del cuore, eh?» Iacopo affonda il colpo senza pietà.

Lei mi guarda sorpresa.

«Samu, di che sta parlando?»

Annuisco, disorientato. Non so proprio come cavarmela, questa volta.

«E vabbe', non ho altra scelta. Ti ricordi l'impronta delle labbra di Emma impressa sullo specchio?»

Iacopo fa un sorriso tronfio che è tutto un programma.

«Certo» dice Ilenia. Ha costruito una sua teoria al riguardo: per lei è un pegno, non uno scherzo, non un addio, tantomeno un contentino.

«L'impronta stava sbiadendo e così... Dio, com'è imbarazzante» mi mordo il labbro.

«Quanto la fai lunga!» erompe Iacopo. «Diglielo, che aspetti? Racconta alla tua Ilenia che bella personcina sei!»

«Ma che facciamo? Giochiamo agli indovinelli?»

«Ok, basta. Ho comprato una vernice fissante e l'ho spruzzata sullo specchio. Per conservare la macchia di rossetto» ammetto di malavoglia, e Iacopo fa un rumore di gola che è una specie di risata sinistra.

Ilenia spalanca gli occhi e si mette la mano davanti alla bocca. Questa volta persino la ragazza sempre positiva, innamorata dell'amore e della vita, è esterrefatta.

«Cameriere, scusi, mi porti due caffè» ordina Iacopo mentre la notizia bomba sedimenta tra di noi. «Uno solo non basterebbe.»

«Ilenia, ti prego. Di' qualcosa.»

Lei scuote la testa, esita un attimo, mi studia.

Iacopo mi manda un cenno di conferma. «Che ti avevo detto? Non ne esci benissimo. Devi ammettere che non parlo a casaccio.»

«Dài, Ilenia. Non è una cosa così terribile, no? Non è che si finisca in galera.»

«Ma non è sano. È inquietante» balbetta lei.

Arrivano i caffè e Iacopo li beve in silenzio.

Non riesco a dire nulla. E anche se ci riuscissi, al mio discorso mancherebbero sempre dei pezzi. Fino a qualche settimana fa ero un reporter poco considerato, un astrofilo orgoglioso, un uomo fragile che almeno coltivava un sogno e sapeva rialzarsi con il doppio dell'entusiasmo tutte le volte che cadeva – e non erano poche.

Adesso corro il rischio di perdere il lavoro col quale mi pago l'affitto e di trascurare l'occasione delle occasioni, solo perché le mie energie vanno in un'unica direzione. Le mie ambizioni non valgono più nulla?

«Non è così facile» mormoro infine.

Iacopo alza le mani e si arrende con un sospiro infastidito.

«Bene, la vita è la tua. Rovinatela come ti pare» brontola a voce talmente alta che tutti, sia fuori che dentro il locale, si voltano verso di noi. «Per i miei gusti sono stato già abbastanza complice di questa pazzia, non mi posso stressare con le vostre assurde teorie.» Lascia una banconota da venti euro sul tavolino. «Mio Dio, ma sono l'ultima persona sana rimasta sul pianeta? Vado a progettare strade e tunnel, che è meglio. Tanto non te ne può fregare di meno di quello che ti dico. E, a proposito di strade, la tua si sta avviando verso la catastrofe.»

La sua faccia la dice lunga, e anche gli occhi bassi di Ilenia sono piuttosto eloquenti. Ma io, ancora una volta, non lo sto più né vedendo né ascoltando. Mancano poco più di tre giorni alla scadenza del concorso che potrebbe cambiarmi la vita, e le idee e le parole stentano ad arrivare.

31

«Allora, ce l'hai questo paio di cuffie, sì o no?» domando con occhi speranzosi.

La chioma bionda di Alice spunta da sotto la scrivania.

«Un attimo di pazienza, sto lasciando uno con un messaggio vocale.»

La giornalista si gira, porta il telefono alla bocca, gesticola per un minuto abbondante e spiega al microfono dell'apparecchio che non si sente pronta per una relazione esclusiva. Mi metto le mani sui fianchi, non mi piace stare sulle spine.

«Et voilà.» Alice torna a me come se si fosse appena strappata un cerotto. «Non vedo che cosa ci sia di tanto complicato nelle relazioni sentimentali. Basta essere chiari e decisi.»

«È il suo pensiero profondo del giorno, Caviglia?» Il direttore fa capolino dal suo ufficio mettendo mano al taschino della camicia. Ne estrae pacchetto e accendino, poi si lascia andare a un lungo sospiro. «Meglio che li metta via. Ho promesso a quella tiranna di mia moglie di andarci piano con il fumo. Tutta colpa della mania del benessere, un'altra sottovalutata piaga dei nostri tempi.»

Difficile pensare che davvero esista una persona capace di dargli degli ordini.

«Non dica così. Di sicuro non potrà farle male, direttore. Il fumo, lo stress e l'agitazione sono fattori di rischio dell'infarto» elenca Alice.

«Caviglia, forse mi sono distratto. Per caso ho chiesto la sua opinione?»

«No, ma...»

«Ecco, appunto. Quando vorrò la sua opinione, le dirò esattamente cosa dirmi.»

Alice, non prima di essersi passata sulle labbra uno stick di burrocacao, finalmente mi consegna gli auricolari aggrovigliati. Non posso fare a meno di pensare che la mia collega, quasi sempre impegnata a limarsi le unghie e a gettare nell'immondizia i mazzi di fiori dello sventurato di turno, andrebbe molto d'accordo con Iacopo. E gli darebbe pure parecchio filo da torcere.

«Grazie» le dico iniziando a sbrogliare la matassa del cavo. «Te le restituisco subito.»

«Quando hai finito, lasciamele sulla scrivania. Devo uscire per un'intervista all'assessore al Turismo.»

«Benissimo, Caviglia» la prende al laccio Sergio Berti. «E il suo registratore dov'è?»

«Non mi serve, direttore.»

«Ah, si fa alla vecchia maniera. Penna e taccuino.» Gli occhi del capo per un istante ringiovaniscono di quarant'anni. «Quanti fogli e quanto inchiostro facevo andare, quando avevo la sua età.»

Alice liquida la questione con un'alzata di spalle.

«Non so di che stia parlando. Faccio una videointervista con il telefonino. Ci metterò di meno, non dovrò scrivere una parola e per la pausa pranzo sarò in spiaggia ad abbronzarmi» dichiara tirando la spallina del costume sotto il vestitino leggero e senza maniche.

Iacopo ci andrebbe fuori, penso infilando il jack delle cuffie nel portatile.

«Caviglia» la riprende Sergio, visibilmente spazientito, «se si comporterà bene, un giorno o l'altro le insegnerò che cos'era il giornalismo.»

«Direttore, stia attento ai tempi verbali. Che cosa *è* il giornalismo.»

«No, no Caviglia. Che cos'*era*, dato che lei è la prova vivente del suo doloroso trapasso. Dio, come sa essere crudele la vita!»

Berti guarda Alice sfilare via leggera sui suoi stivaletti di cuoio proprio mentre Valerio sta rientrando in redazione.

«Ottonello, giusto lei... Per quale ragione la sezione politica del sito oggi non si aggiorna?»

«Colpa di un bug» spiega il responsabile della cronaca.

Il direttore lo guarda come se gli avesse appena chiesto di cantare il *Nessun dorma* in mutande davanti al pubblico dell'Ariston.

«Un bug? E che diavolo è un bug?»

«Un errore di funzionamento del sistema. Ho già chiamato l'help desk del portale. Risolveranno quanto prima, almeno così mi hanno promesso.»

Sentendo quelle parole, guardo Sergio e capisco di non poter contare fino a tre prima che arrivi l'esplosione.

«Quanto prima un cazzo!» tuona il direttore. «Ma io mi dico: può la mia giornata lavorativa dipendere da una scatola che un bel momento, a proprio piacere, decide di smettere di funzionare? E tutto questo mentre un tizio indiano, confinato dentro un garage, traffica con un'altra scatola per risolvere il problema che ho con la mia...»

La sua rabbia e il suo sdegno sono ai massimi livelli.

«Io divento matto!» chiosa, furibondo.

«Non possiamo fare altro che aspettare» commenta Valerio. «Ci stanno già lavorando.»

«Ah, ci stanno già lavorando. Che gioia! Non è un buon motivo per far scorrere fiumi di champagne?»

Per evadere dal casino di urla e insulti ai computer e agli altri ritrovati della tecnologia moderna, provo a concentrarmi sulla email che ho ricevuto da Marco. L'oggetto, pur ironico, non è dei più incoraggianti nel ricordare una scadenza: *memento mori*.

Ti allego un video promo realizzato dal nostro Gruppo. Guardalo, potrebbe esserti utile. La deadline del concorso è tra tre giorni. Come sei messo? In bocca al lupo.

Sistemo per bene le cuffie di Alice nelle orecchie, quindi premo il tasto “play”.

Vengo proiettato in un viaggio virtuale.

Nel pieno centro di Milano sorge il palazzo del Conchiglia Group.

Le pesanti porte girevoli di vetro si aprono con un fruscio, mentre altre persone dall'aria indaffarata camminano nella direzione opposta. Una segretaria alla reception alza lo sguardo, smuovendo un'ordinata frangetta nera, e sorride. Tutto intorno si riconoscono i tratti distintivi di un edificio che trasuda prestigio. Un vestibolo luminoso e arredato con cura conduce alla zona degli ascensori. Salita. Uscita. Poi un dedalo di corridoi e reparti.

Decine di sconosciuti camminano accanto alla telecamera, alcuni di loro giocherellano con l'auricolare e sembrano tanti matti che parlano da soli. Cerchie di creativi, abbigliati con maglioni sgargianti e bretelle a pois, si scambiano opinioni indicandosi a vicenda.

Nelle stanze ci sono persone che battono al computer, che preparano storyboard, stampanti che mitragliano. Gruppi di uomini e donne che parlano animatamente davanti a lavagne con grafici in ambienti spaziosi.

Quelle sono stanze nelle quali si prendono grandi decisioni e si lanciano campagne pubblicitarie, si azionano leve, si tirano fili, si supervisiona, si oliano ingranaggi e si incastrano tasselli, e io ho una strabiliante occasione da giocarmi. Al solo pensiero avverto uno spasmo di desiderio. E di invidia.

La scena sfuma, il filmato continua in una sala, applausi e una voce che parla al microfono.

"La pubblicità può abbattere le barriere. Può vincere le sfide del cambiamento dei costumi, dei gusti e delle rivoluzioni culturali."

L'uomo che ha appena pronunciato la frase – nell'estratto di un suo speech – è nientemeno che Biagio Baldelli, amministratore delegato e direttore creativo del Conchiglia Group. Uno dei personaggi più influenti a livello mondiale nel campo dell'advertising, nonostante non abbia ancora compiuto quarant'anni.

"Abbiamo sempre bisogno di menti creative. Abbiamo bisogno di pensare per risolvere i problemi in modo differente, cambiando prospettiva. In parole povere, noi scegliamo la strada dell'innovazione, sempre."

L'uomo va avanti e indietro sul palco con disinvoltura, parlando nel micrófono ad archetto ed esprimendo concetti sconvolgenti. È vestito in modo abbastanza informale. Un jeans blu scuro sopra un paio di scarpe scamosciate, un maglioncino nero da cui fa capolino il colletto di una camicia bianca.

Conosco a menadito il curriculum di Biagio Baldelli, i suoi successi sono riportati su tutte le riviste per le quali vengo deriso dal mio postino. Ha iniziato la carriera di copywriter a Manhattan, appena conclusi gli studi universitari. Dopo aver creato alcune campagne virali, è rientrato nel Paese di origine perché gli hanno messo in mano le chiavi del Conchiglia Group, che da allora non ha smesso di macinare risultati di alto livello.

"Dobbiamo avere l'abilità di ispirare, di determinare nuovi standard creativi. Avere clienti prestigiosi regala belle soddisfazioni, ma comporta anche grosse responsabilità. Noi ricerchiamo solo il meglio, senza compromessi."

L'uditorio applaude ancora, entusiasta.

Dovrei esserci io a pronunciare quelle frasi, quei paroloni roboanti sull'importanza di costruire un network, con quelle sottili sfumature nella voce che suggeriscono che sì, sono uno che ce l'ha fatta, sono arrivato in alto.

"Cercate di raccontare delle storie. Perché le storie

sono più forti del tempo, della crisi. Le storie sopravvivono nell'immaginario di ciascuno di noi. Sono come la musica, il mare, il cielo e le stelle."

Baldelli ha firmato delle campagne straordinarie. Non è apparsa sul mercato una macchina, una bibita energetica, una birra o un'agenzia assicurativa che non abbia saputo raccontare in maniera semplicemente geniale. Come quella volta in cui fece installare, nei parchi di alcune città europee, panchine di legno che richiamavano delle barrette di cioccolato, appena scartate o addirittura rosicchiate. O come quando, per promuovere un festival canoro continentale, scrisse uno spot dissacrante nel quale cantanti famosi, di diverse nazionalità, si esibivano nei vagoni della metropolitana raccattando pochi spiccioli di mancia e ribadendo il diritto della musica a essere di tutti.

"Non abbiate paura di pensare in grande e di credere nelle vostre idee. Il mondo è plasmato dalle persone che hanno una visione. Chi ha qualcosa di veramente importante da dire, si faccia avanti! Ecco perché abbiamo deciso di varare un progetto alternativo in partnership con le Poste, uno dei nostri top-client. Ne avrete sentito parlare."

La sala viene attraversata da un mormorio collettivo.

"Al Conchiglia Group abbiamo un'ampia visione creativa. L'intento è quello di dare impulsi inediti alla produzione audiovisiva pubblicitaria. Uno spazio dedicato ai giovani per sperimentare e per offrire ai nostri clienti progetti innovativi. Sono stato personalmente promotore dell'iniziativa."

Baldelli si ferma per far scattare avanti un paio di

slide. Per effetto dei faretti puntati su di lui, sembra immerso in un'aura di luce bianchissima.

"Una giuria di esperti internazionale, presieduta dal sottoscritto, giudicherà i lavori. Abbiamo già ricevuto più di duemila candidature, ce ne aspettiamo un altro migliaio, se non di più, entro la scadenza del concorso. Non vi nascondo la mia eccitazione, ho enormi aspettative su questo programma. Un territorio inesplorato, un esperimento formidabile che se funzionerà, come credo, esporteremo in tutte le nostre sedi del mondo."

Poi, dal nulla, si rivolge alla platea.

"Lei, laggiù in fondo" indica un tizio. "Perché vorrebbe diventare un creativo?"

"Dice a me?"

"Sì, lei. Spieghi a tutti quanti perché desidera fare il creativo."

L'interpellato si alza in piedi ma non riesce a rispondere, anche le persone che ha ai lati si voltano per controllare se stia bene. Una cosa del genere non capita tutti i giorni. Quel ragazzo se ne sta lì, dritto e immobile, davanti a un genio della pubblicità che vanta una sterminata lista di riconoscimenti internazionali.

Con lo stomaco attorcigliato, si sforza di sorridere. Quindi comincia a parlare di buttare dentro entusiasmo ed energie, di risorse umane, di ridefinizione dei messaggi e di voglia di non mollare mai davanti alle difficoltà. Respira male, si agita e si muove a scatti, le parole gli escono intermittenti in una specie di codice morse dell'insicurezza.

"Non ci siamo." Baldelli si storce in una smorfia di delusione. "Questi sono slogan, frasette da manuale per pubblicitari che non vedranno mai realizzata una loro idea. Mi dia un motivo più valido, un motivo vero."

Il giovane prova una fitta d'ansia. La telecamera indugia su di lui. Ha il volto in fiamme, guadagna tempo con qualche colpo di tosse e passandosi le dita tra i capelli.

"Per instillare emozioni e sentimenti nelle persone" pronuncia tutto d'un fiato, raddrizzando la schiena.

"Bravo! Molto meglio. La forza dei sentimenti è importante in tutti i lavori, e nel nostro in particolare. Un altro aspetto affascinante è l'idea di innovazione creativa che ci siamo dati come obiettivo. Lei come la vede?"

"Per me è giusto. Dobbiamo fidarci della tecnologia."

"Dice? Io non ne sono sempre sicuro" eccepisce Baldelli. "Secondo me la vera novità, oggi come oggi, sarebbe un genuino ritorno al passato. Senza correre, prendendoci il nostro tempo per le cose che ci stanno veramente a cuore. Lei è uno che lavora duramente?"

"Impegnarmi non mi spaventa."

"Allora voglio condividere un segreto con lei, e naturalmente anche con gli altri. Solo quando sarete disposti ad abbandonare tutto, voi stessi compresi, e a mettere tutto quanto in discussione, avrete successo. Fatevi ricordare per i vostri guizzi spontanei. Quando l'ambizione comanda più della passione, il risultato di ciò che facciamo non può che essere artificioso."

Il video termina così, lasciandomi con una convinzione: se davvero voglio questo lavoro, devo esprimermi al massimo.

«Ottonello, a che punto siamo con quella storia della rapina nel negozio di telefonia?»

Valerio annuisce, come a testimoniare di avere la situazione sotto controllo. «Attendo entro mezzogiorno una dichiarazione del capitano dei carabinieri» assicura.

«Bene, molto bene. E lei, Serra?» La voce del direttore mi distoglie dallo stato di trance in cui sono piombato. «Immagino che sia al corrente del caso.»

«Sì sì, come no» bofonchio per togliermi d'impaccio.

«Mi pare che abbia la testa per aria... Com'è la sua agenda?»

«Alle sei ho l'inaugurazione di una mostra di acquerelli del primo Novecento nel foyer del Casinò.»

Il direttore, all'improvviso, perde tutto il proprio distacco.

«Lasci stare, Serra. Si prenda il pomeriggio libero, vada pure a casa. Non è una notizia così importante.»

Non posso credere alle mie orecchie. La buona sorte è tornata a sorridermi, e lo fa tendendomi la mano più insospettabile. Posso filarmela e dedicarmi al progetto in partnership tra le Poste e il Conchiglia Group.

Afferro la bicicletta e mi avvio verso l'uscita di gran carriera.

«Serra?»

«Sì?»

Il direttore si fa per un istante più scuro in viso.

«Niente, scusi. Credevo di doverle dire una cosa, ma mi è passata di mente.»

La sera rimango a lungo seduto sul terrazzo, con il mio bicchiere di Rossese in mano. Sono esausto. Sospiro e guardo il cielo.

Le nuvole lasciano scoperta e vulnerabile la luna, e per un attimo desidero che una stella scenda a suggerirmi un'idea con la quale sbaragliare la concorrenza e vincere il concorso.

Sono bloccato. Ho paura di sbagliare ancora.

Come diavolo fanno gli altri a gestire le loro carriere e a fare lavori brillanti? Ho assistito a uno speech di Biagio Baldelli. La possibilità di ascoltarlo e sentire ciò che ha da dire è considerata da molti un privilegio. Il carisma e la sicurezza di quell'uomo capace di dettare regole e tendenze del marketing, i toni e i modi di chi non ha paura di nessuno, mi hanno impressionato, ma anche messo a disagio. Perché mi viene naturale chiedermi se sarò mai in grado di conseguire dei risultati altrettanto sbalorditivi, di avere il coraggio di ribellarmi a tutto ciò che non va e fare delle scelte, di esserci in pieno e per davvero in questa catena di dolcezze e amarezze che è la vita.

E di avere successo. Per farlo, secondo le parole del guru dell'advertising, è necessario saper rinunciare a tutto. O forse ha detto abbandonare tutto, anche se stessi. Mi sembra ironico. Se c'è qualcuno che è stato abbandonato, be', quello sono io.

Rientro in casa e chiudo le imposte dietro di me. La pagina bianca del computer mi guarda dal divano e mi ricorda che uso la fantasia nel modo sbagliato.

Quinto dialogo con Leo

Forza Leo, mangia. Questa è un'altra giornata cruciale, dobbiamo essere in forma. Del resto, fa parte di noi sognatori cronici. Ed è incontrollabile. Aspettiamo quel singolo momento che decide tutto: quello che arriva quasi dal nulla a riscattare le nostre esistenze traballanti, quello che fa apparire i colori nei disegni che ci girano nella testa al posto del bianco e del nero. O della neutralità del grigio. O peggio, del grigiore. E intanto soffochiamo il presente incasinandolo di prospettive fini a se stesse. Ci riempiamo la bocca parlando di progetti, mentre ci manca il coraggio di andarci a prendere quello che veramente desideriamo. O almeno di provarci in tutti i modi, anche quando sembra inutile.

E tu, Leo? Spiegami come si fa a vivere dentro i sogni senza farsi troppo male perché a un certo punto dobbiamo svegliarci bruscamente. I nostri sogni che combattono da soli contro questo mondo che andrebbe cambiato o rifatto da capo. Questo mondo che uccide la fantasia, che prende le emozioni e le svuota, riducendole a gallery fotografiche, a souvenir da due soldi.

A volte mi viene da pensare che io, un futuro vero non ce l'avrò mai. Che non sarò mai pronto. Che non saprò lasciare il segno. O forse il segreto sta tutto lì, nel non mettersi in testa cose che sono più grandi di noi. Senza sognare soffriremmo di meno, no? Non sentiremmo il bisogno di colmare la distanza dalla terra al cielo.

Ma come si fa a non sognare? Anche sapendo che i sogni sono irrealizzabili, che non li vedremo concretizzati, che potrebbero rubarceli o addirittura spegnerli sul nascere... Io non voglio consegnarli a questa gente senz'anima, sospesa nel limbo di chi non sta né bene né male.

Come si fa a rinunciare a quelle piccole illusioni che ci spingono a pensare che un bel giorno sì, ce la faremo? Che riescono a farci sorridere anche quando vorremmo solo piangere?

Dimmelo, Leo.

Come si fa a smettere di sognare?

32

Una lama di luce filtra dalla finestra. Mi sono alzato presto. Ho servito la colazione al mio pesce rosso, versando nella boccia di vetro quel che rimaneva di un cilindro di mangime proteico. Intanto ascoltavo i rumori della città che si stava risvegliando.

Dopo un pezzo di focaccia e un cappuccino, afferro la tracolla con il computer e mi tuffo giù per le scale.

Nell'androne aleggia un odore di detergente alla mela verde. Alla fine la signora Verrando ha fatto il grande passo: si è sostituita alla lavascale. Ha appena finito di passare lo straccio per asciugare.

«Venga pure, giovanotto. Anche se rimane qualche impronta non fa niente. Visto che bel lavoretto? Ci si può specchiare» commenta compiaciuta. «E pensi che stamane ho già fatto la spesa, due lavatrici, steso i panni e cucinato. Chi l'ha detto che non si può fare tutto?»

Saluto e mi sposto di lato per incunearmi tra lei e il postino che sta infilando delle buste nelle cassette dei condomini. Quest'ultimo fa un commento sulle bollette – «È un continuo rincaro, non se ne può più» – ma mi consegna le riviste pubblicitarie senza fiatare e con gesti riguardosi.

«Stavo dicendo al signor postino che è un peccato che non si spediscano più tante lettere» racconta la Verrando.

«Eh, già» conferma quello, «ormai non faccio che consegnare multe, conti da pagare e pubblicità...»

Si blocca e mi lancia un'occhiata impaurita. Teme la mia suscettibilità sull'argomento, non vuole essere attaccato di nuovo. Ma io in questo momento ho ben altro a cui pensare, quindi stavolta è salvo.

«Ai miei tempi» prende a raccontare la signora Verrando con trasporto, «il mio amato mi scriveva un sacco di lettere appassionate. Anche più di una a settimana. Continuò a farlo anche dopo che diventammo marito e moglie.»

«Un vero galantuomo, oltre che un bravo macchinista e un eccellente pittore» chioso, avendone visto i quadri.

«Con il lavoro che faceva viaggiava molto, e non che non mi telefonasse, beninteso, però non poteva fare a meno di scrivermi.» La vedova sospira, scuotendo la testa. «Che bella usanza. Quelle parole erano così commoventi, così piene di noi. Le lettere le conservo ancora tutte in un baule.»

«Già, proprio un gesto romantico» osserva il postino.

«La tecnologia sta superando tutto» gli vado dietro io, e per un attimo mi sembra di parlare come il direttore Berti, «senza guardare in faccia a nessuno.»

«Bisogna tenersi al passo.»

«Sarà» replica la Verrando, «ma credo che sarebbe ancora molto emozionante ricevere una lettera scritta a mano, aprire la busta e svelare il tesoro che qualcuno ha scelto di dedicarci, prendendosi del tempo per noi. Lei non crede?»

Annuisco, pensieroso.

«Ragazzo mio, ho detto qualcosa che non va?»

La fisso, socchiudendo un po' gli occhi.

«Ma no, mi scusi, pensavo ai miei soliti problemi.»

La Verrando alza una mano, categorica.

«Oh, andiamo. Non esistono i problemi nelle giornate di sole.»

Se fossi in un altro periodo, sorriderei.

«Ho preparato gli gnocchi con la salsa di menta. Gliene lascio una teglia da parte, vuole?»

«Lei è un tesoro, signora. Passo più tardi a prenderla. Grazie.»

Nel primo pomeriggio, con addosso la sensazione che non riuscirò mai a rispettare la deadline della consegna al Conchiglia Group, cammino per il laboratorio di Ilenia. Al di là del vetro che sempre ci separa, lei sta preparando dei biscotti con decorazioni di pasta di zucchero.

«Sono spacciato» mi lagno. «Dopodomani è l'ultimo giorno utile per presentare il progetto.»

«Non hai prodotto nessuna bozza? Nemmeno una piccola piccola?»

«Qualche appunto, ma niente che abbia un senso o una minima possibilità.»

Ho faticato un bel po', mi sono scervellato sia sul divano di casa che in redazione, e infine ho partorito due miseri script.

Nel primo ho immaginato uno scenario post-apocalittico in cui gli umani vivono segregati sottoterra per non essere divorati dagli zombie. Per comunicare tra una base e l'altra, si servono di un servizio di consegna eseguito da alcuni postini eroi. Leo mi ha fatto notare con un'occhiataccia delle sue che non sarebbe un bel messaggio da dare. Nel secondo script, due capi pellerossa decidono, nello sconcerto generale, di pensionare i segnali di fumo per iniziare una fitta corrispondenza cartacea. Sicuramente meglio rispetto all'altra idea, ma è roba da primo giorno di scuola, la creatività non si vede perché non c'è.

Ho cestinato entrambi i progetti. Poi ho tentato ancora, senza successo. Ore e ore passate a sfregarmi gli occhi davanti allo schermo del computer, per poi chiuderlo e rimanere a guardare fuori dalla finestra, come se sperassi di trovare la soluzione nel mare, o in cielo.

«Sono inchiodato, Ile. Dovrò rassegnarmi a fare lo schiavo di *Sanremo PuntoNews*, sempre ammesso che Berti non decida di lasciarmi a casa. Speravo di dare una svolta alle cose...»

«Non essere sciocco.» Ilenia stoppa le mie autocommiserazioni decorando la pastafrolla con stelline e confetti di zucchero. «Finché c'è tempo, puoi ancora provare. C'è sempre un pezzo di nuova vita che ci attende dietro l'angolo. E magari la soluzione ce l'hai davanti agli occhi e non riesci a vederla.»

Poso lo sguardo sull'impastatrice planetaria.

«Non ti riferisci solo al lavoro, scommetto.»

«Mi conosci... Che c'è di male?» mi fa un sorrisetto malizioso, accompagnato da un occhiolino. «Pensa a come sarebbe bello, se domani arrivasse quel tipo di amore che ti spazza via da terra come un tornado.»

La ascolto in silenzio cercando di riordinare i pensieri.

«Quando si perde il posto nel cuore di qualcuno si fatica enormemente a ritrovare il proprio.»

Poi, improvvisamente malinconica, Ilenia si ferma e mi guarda in un modo indecifrabile. Apre la porta che separa i due ambienti e mi viene vicino. «Samu?»

«Sì?»

«Mi puoi chiedere, per piacere, come mi vanno le cose?»

Ok, sono spiazzato e realizzo di colpo: troppo preso dai miei dilemmi, mi sono dimenticato di comportarmi da buon amico. E non soltanto oggi. Come ho fatto ad essere tanto egoista?

«Scusami. Nelle ultime settimane non ho fatto altro che pensare a me stesso, sommergendoti con i miei problemi.» Ilenia Barberis, in tutta la sua vita fin qui, ha sicuramente donato più sorrisi di quanti ne abbia ricevuti. Anche per questo è la bella persona che è. Glielo dico: «Tu sei speciale. Sei la persona migliore che conosca».

«Mi prenderesti la faccia tra le mani? Solo per un istante.»

Lo faccio, teneramente, poi le scosto la cuffietta che le racchiude i capelli, per appoggiarle le labbra sulla fronte.

«Va meglio?»

«Sì, mi hai calmata un po'» risponde lei con un bisbiglio.

«Non dirmi che ti ho lasciata senza parole. Non è da te.»

Ilenia tira su con il naso. Guardando l'espressione innocente della ragazza che sto stringendo a me, riconosco una fragilità che è così incredibilmente simile alla mia.

«Sto bene, ogni tanto mi sento un po' persa anch'io, tutto qua.»

«Che poi... Come fai a essere sempre così ottimista, a guardare avanti?» le domando sciogliendo l'abbraccio.

Lei spalanca gli occhi e accenna un sorriso.

«Sono fatta così. Chi vive troppo attaccato al passato si rovina il presente e ha poche speranze per il futuro. Anche se...»

«Anche se?»

«Be', c'è una cosa che proprio non mi va giù...»

«Davvero?»

La squadro con le sopracciglia sollevate.

«Be', il tempo passa troppo velocemente, ecco» sbuffa. «Siamo alla fine dell'estate, senza accorgercene arriveremo a Natale e avrò un sacco di dolcetti a forma di albero e pupazzi di neve da preparare. Non mi fraintendere, eh, adoro quello che faccio. Ma poi, in men che non si dica, arriveremo a San Valentino, la festa degli innamorati, il giorno dei messaggi e delle lettere d'amore. E lo sai qual è la cosa più triste?»

Mi stringo nelle spalle.

«Che oggi si fa tutto con i cellulari e nessuno ne scrive più con carta e penna. Secondo me è un'ingiustizia.» I suoi occhi prima fiammeggiano, poi, con la stessa velocità del fulmine, si fanno sognanti. «Ah, che cosa non darei per ricevere una lettera a San Valentino.»

Ho un altro moto di tenerezza. Non si smentisce mai, la piccola, sensibile Ilenia che ci mette sempre il cuore e crede negli amori più improbabili, quelli che resistono agli urti della vita, quelli capaci di fiorire in mezzo al deserto.

Ringrazio la pasticciera. Ci salutiamo con due baci e un sorriso.

«Una delle prossime sere andiamo al cinema» le prometto. «Ci ingozziamo di popcorn, e dopo il film andiamo a ballare, ok?»

Sto per uscire, quando lei mi ferma.

«Comunque ce la farai.»

«A portarti fuori una sera?»

«A presentare un progetto in tempo, scemone.»

«È bello crederlo.»

«Che farai adesso?»

«Be', vado in ufficio e tornerò a casa per cena. La mia vicina ha preparato gli gnocchi e me li ha tenuti da parte.»

Ilenia si mette a ridere.

«Non intendevo nell'immediato.»

«Ah. Che vuoi che faccia? Tenterò di guardare avanti come posso.»

La pasticciera – che ha un debole per i programmi incentrati su storie di rivincita e riscatto personale, ma non osa ammetterlo – inforna i biscotti, si pulisce le mani sul grembiule e mi regala una delle sue frasi ispirate.

«Nel nostro cuore c'è tanto amore. Nel mio come nel tuo. Prima o poi troveremo il modo di usarlo.» I suoi occhi hanno un luccichio. «Io decido di sognare, anche per te se è necessario.»

33

Non avevo fretta di arrivare in ufficio. Mi sono goduto la pedalata giù per la città vecchia, tra i vicoli lastricati e le piazzette nascoste, pregustando una mattinata tranquilla. L'impegno più consistente è scrivere un articolo dall'emblematico titolo *Cosa fare a Sanremo nel weekend*. Il tutto condito da un giro di telefonate, una controllatina alle email e una buona dose di tempismo per provare a prevalere sulla concorrenza, cosa alla quale il direttore tiene tantissimo.

Poso una bottiglietta d'acqua sulla scrivania e guardo Valerio e Alice mentre aspetto che il computer si avvii.

«Allora, ragazzi, che si dice?»

Silenzio.

Scarto allegramente un vassoio saturo di Baci di Sanremo e ne infilo uno in bocca.

«Prendetene pure, eh? Ne ho portato per tutti.»

I colleghi mi sorridono a denti stretti. Nel bunker si respira un'atmosfera surreale, sai che novità. Valerio muove la testa a piccoli scatti. Alice – minigonna, stivale con le frange a tacco alto e giubbino di pelle a stelle e strisce – si sta tormentando le mani. Per una come lei, che si mette la crema dieci volte al giorno e va dall'estetista ogni settimana, è un evento anomalo.

«C'è il direttore, di là» dice, la voce che tradisce una certa esitazione. «Ha chiesto di te.»

«Riunione di redazione? Ancora? Sarà la terza questa settimana.»

«No. In realtà gli servi solo tu» puntualizza Valerio a testa bassa.

«Ha la luna storta anche oggi?»

«Non saprei. Non più del solito.»

Lascio che l'informazione del responsabile della cronaca cada nel vuoto e mi avvio nella stanza adiacente. Quando compaio sulla soglia, Berti si alza per venirmi incontro.

«Serra, dobbiamo parlare. Venga, su, non rimanga lì impalato. Caviglia, si possono avere due caffè?»

Sergio siede con un tonfo. Comincia ad arrotolarsi le maniche della camicia per mostrare i suoi due eccentrici orologi ai polsi.

«Per la verità, aspettavo con ansia questa nostra chiacchierata» dice una volta comodo, sfoggiando un tenue sorriso.

Mi metto sulla sedia di fronte alla sua.

«Mi fa piacere, direttore. Se è per l'articolo sugli eventi del fine settimana, sarò pronto a pubblicarlo nel giro di mezz'ora. Mi sono già fatto un'idea dei temi da approfondire.»

«Tranquillo, non si tratta di questo» mi zittisce. Guarda il monitor del computer, sbuffando. «Oh no, ancora questi dannati aggiornamenti! Giuro, un giorno o l'altro farò volare il router in strada e tornerò a scrivere gli articoli a mano, di mio pugno» erompe afferrando una penna.

Mi aspetto un ulteriore scatto di rabbia, e qualche minuto buono di giaculatorie, ma il navigato giornalista riprende la sua caratteristica espressione accigliata.

«Serra, secondo lei sono un buon capo?» domanda a bruciapelo.

«Sì» rispondo, leggermente allarmato. «Un direttore disponibile, sempre presente, esigente quando occorre.»

«Ho avuto molti maestri, nella mia carriera. Nessuno che abbia fatto la storia del giornalismo, ma per brillanti o incompetenti che fossero, tutti concordavano su una questione: bisogna avere la giusta visione delle cose. Ragionare sul modo migliore di risolvere un problema.»

Comincio a sentirmi inquieto. Forse vuole spedirmi da qualche parte per realizzare un noiosissimo servizio, forse cerca un capro espiatorio che rimanga in redazione la domenica – mi sono già immolato a Ferragosto, che si sacrifichi qualcun altro – o forse...

«Per quanto la nostra attività sia spesso frenetica, è importante riconoscere la necessità di fermarsi. Anche per evitare di fare confusione. Quanto sto per comunicarle è obiettivamente problematico» annuncia grave il direttore, il viso che si tira in un'espressione tesa. Si allunga sulla scrivania e lo dice: «A nessuno piace l'idea, Serra, ma è tempo che le nostre strade si dividano. Oggi stesso».

La dichiarazione mi risuona nella testa come uno sparo nella quiete sacra di una chiesa. Apro la bocca, ma ne esce solo un soffio.

«Oggi? Come oggi? Il contratto scade tra pochi mesi.»

Inspiro un paio di volte, tentando di ostentare calma, ma non ho il coraggio di guardare Sergio negli occhi per più di un secondo, mentre mi parla.

«Non facciamoci prendere dall'emotività. Possiamo affrontare la questione in modo razionale, vero?»

Taccio, annuendo appena.

«Bene, lo apprezzo. L'altro giorno mi ha chiamato l'editore. Mi ha fatto pressione. Non andiamo male, Serra, ma santo cielo, guardi dove siamo arrivati.» Fa una lieve smorfia. «Il mondo dell'informazione cambia di continuo, sempre più velocemente, e non faccio certo mistero di essere il primo a provare disgusto per il processo di evoluzione che sta attraversando. Oggi tutti pretendono che si facciano giornali di qualità al più basso costo possibile, meglio ancora se gratuiti. Come cazzo può essere sostenibile da un punto di vista economico una cosa simile?»

Dalla mia espressione sbigottita, il direttore comprende di dover aggiungere altri elementi alla discussione.

«È vero, il suo contratto ufficialmente scade all'inizio del prossimo anno, sono ancora capace di contare. Ma nell'ultimo periodo ho provato ad avvertirla di guardarsi intorno per cogliere nuove opportunità.» Fa una pausa e dà un colpo di tosse. «Vede, Serra, questo è un momento delicato. Subiremo una ristrutturazione aziendale. L'editore ha fatto capire che dobbiamo ridurre il personale attuale subito e rimescolare le carte con uno stagista.»

Un ragazzino non retribuito. Come se a me passassero chissà quale stipendio.

Una chiazza gigante di amarezza si sta allargando dentro di me. Mi costringo a uno svelto esame di coscienza: in due anni e mezzo di servizio ho eseguito qualunque sua richiesta, uscendone sempre a testa alta. Ok, qualche volta posso essere arrivato in ritardo. Ok, c'è stato un caso di insubordinazione, quando non mi sono presentato al lavoro e ho inforcato i pedali in cerca di ispirazione – peraltro senza cavarne un ragno dal buco – ma sono subito rientrato nei ranghi, con tanto di messaggio di scuse.

«Sa come ragiona un editore» prosegue Berti. «Ha usato le solite frasi. *Il mercato è quello che è, ci dobbiamo adeguare, dobbiamo essere inflessibili e non guardare in faccia a nessuno*... Non le sto a dire.»

Veramente me lo sta dicendo. E io resto lì, immobile come una statua, ad ascoltare, anche se in realtà vorrei prendere e andarmene, correre via, vorrei potergli sbattere in faccia che sono superiore a tutto questo, che non me ne frega niente, che valgo molto di più.

«Anche se magari non la dimostro, ho la mia bella età. Non posso pretendere più di tanto» va ancora avanti, abbandonandosi sullo schienale e facendo ciondolare la penna. «La decisione è presa, ho le mani legate.»

C'è una pausa quando Alice entra con due caffè in mano, macchiato caldo per Sergio, espresso per me.

«Caviglia, santo cielo» la riprende il direttore. «Il caffè io lo prendo macchiato freddo. Perché mi deve sempre deludere?»

La ragazza respira profondamente, si tira la vaporosa chioma all'indietro e abbandona l'ufficio, contrita.

«Ne ho fin sopra i capelli. È mai possibile che mi debbano sempre complicare tutto?»

All'improvviso sento la bocca asciutta e lascio perdere il caffè. In un moto d'orgoglio, che tuttavia non riesco a verbalizzare, mi domando perché devo essere licenziato io e non qualcun altro.

Forse Berti mi legge nel pensiero: «Cerchi di portare pazienza, Serra. Lo vede con chi sono costretto a lavorare? Valerio mi sta bene, lui è fatto per vivere di questo. È nato giornalista e morirà giornalista, senza ulteriori ambizioni o diverse possibilità di carriera».

«Capisco» mormoro con aria assente. In effetti è sempre stato un po' il suo pupillo.

«Per quanto riguarda Caviglia... Anche se mi urta il sistema nervoso tanto quanto un impallamento del computer, in fondo è una brava ragazza.» Sergio aggrotta la fronte. «Be', parliamoci chiaro, è qui dall'inizio, non sa pinzare due fogli e dubito seriamente che possa mai fare la libraia nonostante l'amore che i genitori mettono nel loro lavoro.»

Mi guardo intorno, per quel poco che c'è da vedere in questo bunker in cui è necessario accendere la luce anche quando fuori c'è un sole abbagliante, perché di finestre, qui dentro, il mago che l'ha disegnato non ha voluto saperne e c'è solo una ventola asfittica che quando parte fa un rumore infernale. Ma poi, a pensarci bene, è a norma un posto senza finestre?

A norma o meno, qui sono contenuti quasi tre anni della mia vita tra cronaca di eventi mondani, sterili polemiche tra le mura e gli alti soffitti a stucco di Palazzo Bellevue, la sede del Comune, e necrologi di professori in pensione e commercianti di negozi storici che hanno ceduto il passo ai franchising.

«Non sono un insensibile, so cosa sta provando. Lei è un collaboratore valido e intelligente, il suo problema è che non ha abbastanza motivazione. Si vede lontano un miglio che non si sente valorizzato.» Il direttore finisce il caffè e si accarezza pensoso le guance. «Serra, non nascondiamoci, io lo so che lei desidera fare qualcosa di più appagante. Mi auguro che non mi serbi rancore e che possa trovare la sua strada. Deve uscire da qui, Samuele, aprirsi uno spiraglio. Si crei delle belle occasioni, faccia qualcosa di straordinario con il suo tempo.»

Sergio si stira e trae un respiro profondo.

«Diventi la persona che vuole essere. Si riveli.»

È arrivato in fondo al discorso.

«Bene, sono contento che abbiamo chiarito tutto.»

Facendo grande attenzione, si sfila l'orologio del polso sinistro e me lo porge con un ghigno compiaciuto.

«È ora di crescere. Glielo regalo, in segno di stima. Vuole dire qualcosa?»

Mi fermo a riflettere, ma non trovo parole che valga la pena pronunciare. Il senso di umiliazione fa a spintoni con le mie budella.

«Andrà tutto bene, Serra. Lo vede? Sembra già un uomo felice.»

Terminato l'incontro, Sergio mi stringe la mano con calore e mi accompagna di là.

«Come ti senti?» chiede Alice, che evidentemente aveva già capito al mio arrivo.

«Un po' intontito. Non sono riuscito a dire granché.»

Mi accorgo di avere le orecchie bollenti. Vorrei solo sparire, dissolvermi in una nuvola di fumo senza lasciare traccia.

Alice si asciuga una lacrima, mi abbraccia e si infila le mani nelle tasche del giubbotto. Valerio mi dà una pacca sulla schiena e si mette a leggere un documento a caso pescato sulla scrivania.

Raccolgo le mie cose lentamente, mi sistemo la tracolla del computer sulla spalla e, trascinando i passi, esco dalla redazione spingendo la bici a mano.

Resto lì sul marciapiede di via Feraldi per alcuni minuti, incerto se quanto appena accaduto sia un male o un bene. Sono tutto sudato, ho i capelli appiccicati sulla fronte e mi pulsa la testa. È il minimo. La mia vita è in caduta libera.

Faccio per avvicinarmi di nuovo all'ingresso, da dentro il bunker arrivano i soliti strepiti di Sergio Berti.

«Ottonello! Aspettavo un'email dal gabinetto del sindaco, ho telefonato e giurano di averla mandata. Perché non mi è arrivata?»

«Provi a guardare nella posta indesiderata, direttore.»

«Vi sembra normale che debba essere un fantoccio elettronico a decidere al posto mio se desidero ricevere un'email o meno? Altro che pensione, tutto questo mi porterà dritto alla tomba.»

Mi mancherete, penso.

È una mattina incredibilmente chiara e frizzante. Il cielo sopra Sanremo è di un luminoso blu. È la metà di settembre, ci sono quasi trenta gradi, e il sole splende forte sul mare e sulle colline terrazzate.

Sesto dialogo con Leo

È successo. Sono stato licenziato. Avevi dubbi? No, scommetto che tu, sotto sotto, sentivi puzza di bruciato fin dal primo colloquio che ho avuto con il direttore. Come sto, mi chiedi? Come vuoi che stia… Mi sembra di dondolare, ecco, di essere liquido. Non sono quasi più in grado di reggermi in piedi. In questo specchio vedo un uomo finito. Anzi, un fallito che non è mai cominciato, schiacciato dalla paura di non farcela.

Al giorno d'oggi la gente ha paura di se stessa, nella maggioranza dei casi senza saperlo. Potessimo dare veramente corpo a ogni nostro sentimento, evitando di girare in tondo, come sei obbligato a fare tu. Al limite ci crogioliamo tra i ricordi di una felicità breve e rimpianti senza fine. Ci influenziamo reciprocamente, speranzosi che tutto un bel giorno cambi, e invece non cambia mai niente. Proprio come per te, che vedi e fai sempre le stesse cose. Non ti sta stretta questa realtà sempre uguale?

Ci affanniamo a girare a vuoto, assillati da mille preoccupazioni e cronica mancanza di tempo. Tempo per pensare alle cose che contano davvero, tempo per essere felici e dare il giusto valore a questa cosa complicata che è l'esisten-

za. Facciamo dei percorsi, progettiamo. Ci costruiamo dei muri da abbattere, come se non ce ne fossero già abbastanza. Pensiamo di controllare tutto, e invece siamo impotenti, strappati a metà tra le poche cose che ci piace fare e le tante che dobbiamo fare. Ci atteggiamo a grandi esperti del mondo, con le mattine piene di sole e sorrisi e le nottate piene di stelle e di sogni. Ci danniamo l'anima per correre dietro ai desideri. E intanto la vita, beffarda, ci scivola accanto, non siamo in sella.

Giriamo in tondo a vuoto, e se proviamo a fare un passo in più andiamo a sbattere contro lo stesso vetro. Sì, Leo, siamo come te, ficcati da qualcuno in una boccia trasparente senza averlo scelto. Certo, ci adattiamo. Cambiamo l'acqua, ci prendiamo cura dell'ambiente. Serve a darci un'effimera illusione di sicurezza, una parvenza di armonia nell'assurdo inafferrabile delle nostre vite. Se mettiamo la testa fuori, annaspiamo nel renderci conto che non possiamo diventare quello che sognavamo, che ci manca il respiro, soffochiamo.

E allora meglio tuffarsi sott'acqua per nascondere a noi stessi l'evidenza, in una serie di molteplici autoinganni utili per mettere a tacere il panico. È un circolo vizioso. Non guardiamo mai al di là delle nostre labili certezze. Siamo bravissimi a mimetizzarci.

Non vogliamo ammetterlo, Leo. Ma se ci proiettiamo tanto in avanti, verso il futuro, è perché il presente non ci soddisfa. Il presente è troppo doloroso. E allora meglio perdersi nel dolce ricordo di un bel momento e pensare che domani tutto cambierà. Hanno bisogno di evadere nella fantasia soltanto coloro che sono infelici.

Non abbiamo che noi stessi, ed è già molto. Eppure non ci basta mai. Tu che sei tanto saggio, Leo, sai trovare una risposta a tutto questo? Tu che sei un pesce speciale, scelto fra tanti tuoi simili insignificanti, stupidi, ottusi, semplici oggetti decorativi da sostituire quando un brutto giorno li ritrovi girati su un fianco. Ops! Non volevo essere indelicato. Scusami, amico mio. Dov'ero rimasto? Ah, sì. Non bastiamo a noi stessi. Speriamo in qualcuno che ci salvi. In un miracolo. Andiamo in cerca di qualcuno o di qualcosa che ci completi, ci guarisca dalle ferite, ci dia uno scopo. Forse questa è la parte più difficile in assoluto. Il silenzio, il vuoto incurabile, la solitudine in cui sguazzare con la testa sott'acqua. Come si fa, Leo? Insegnamelo tu. Come si fa a vivere così?

Mio Dio... Ma perché vengo a parlare di queste cose con te, che mi liquidi con un semplice movimento della tua pinna, mentre io quando ho un dubbio esistenziale ci bevo su un caffè o un bicchiere di Rossese.

Tu non le puoi nemmeno immaginare, certe cose.

Tu non conosci il cielo, Galileo.

A dispetto del nome che porti, non lo hai visto mai.

34

Seduto sulla panchina, nella penombra del chiostro, fumo perso nello sfavillio della notte stellata che scorre immobile davanti ai miei occhi.

È sabato e abbiamo fatto il pieno di visitatori.

«Allora chiudi tu? Sicuro?»

«Sì, Pierluigi. Voglio rimanere ancora un po'.»

«Non mi va di lasciarti solo.»

«Tranquillo. Ci sentiamo domani.»

«Va bene. Allora vado, Cecilia mi aspetta in macchina. Samuele...»

«Sì?»

«Mi raccomando, su con il morale!»

«Promesso.»

«E non restare qui tutta la notte. Fa freddo.»

Nel pomeriggio, dopo aver lasciato definitivamente la redazione del giornale, ho fatto una lunga passeggiata sul lungomare Imperatrice oltre il Casinò, ho guardato il mare impetuoso sfogarsi contro gli scogli, poi mi sono preparato per una serata di osservazione in cui i protagonisti sono stati la Luna e Giove, il gigante del Sistema Solare.

Meno di ventiquattro ore alla scadenza del concorso... Non ce la farò mai.

Quello che mi è capitato nell'ultimo mese avrebbe steso un toro.

Emma è sempre dentro di me, come un'emozione impossibile da sfogare.

Questi pensieri sono accompagnati dal gusto amaro dell'illusione destinata a frantumarsi.

D'altra parte dimenticare è un esercizio doloroso, significa spazzare via quello che siamo stati.

Tiro l'ultima boccata dalla sigaretta, quindi scendo le scale che conducono al museo per cominciare il giro di ricognizione prima della chiusura.

Sembra tutto in ordine. Le sedie allineate su un lato della stanza, le teche con i documenti storici che riposano nella quiete perfetta delle cose concluse. Quando spengo l'interruttore, però, la mia attenzione viene catturata da un particolare. Per un bizzarro gioco di luce, il ritratto di Gian Domenico Cassini rimane sotto il bagliore proveniente dal lucernario del chiostro. Come rapito, cammino tra le chiazze di buio fino al quadro, per osservarlo più da vicino, una strana inquietudine addosso, un altro perché che non tornerà mai indietro nella forma di una risposta chiara e netta.

Sono già parecchio provato, ma davanti al volto solenne del genio di Perinaldo mi sento ancora più insicuro, fragile e pieno di soggezione. Allungo la mano verso il dipinto, con la punta delle dita ne sfioro delicatamente i tratti.

«Come hai fatto a trovare la tua strada?» gli domando con un mezzo sorriso. «Partire da un paese così piccolo e sperduto del Ponente Ligure per arrivare a Parigi e ai vertici della scienza, scrivendo pagine fondamentali della storia dell'astronomia.»

Sto un po' a guardarlo. Questo quadro grande, appeso alla parete di fronte, è muto. Non può parlarmi. Eppure è come se stesse ugualmente dialogando con me e mi fa sentire come se avessi perso qualcosa lungo la strada.

Un'ipotesi quasi sacrilega affiora alla mia mente.

È un pensiero che non mi ha mai sfiorato, ed è certamente pretenzioso, ma adesso si sta facendo largo dentro di me.

E se Cassini si fosse messo a guardare lassù, banalmente, perché quello che c'era intorno a lui era troppo poco o non gli piaceva? Con questa idea, torno a casa.

La mia vita è a un cambio di direzione, e non quello che desideravo. Anche se Ilenia sostiene con ostinazione il contrario, non ha più senso rincorrere i sogni. Mi viene voglia di bere. Attingo alla mia riserva di Rossese, brindo a Leo sollevando la bottiglia e mi lascio cadere sul divano.

«Una volta perso tutto, non rimane che perdere se stessi» dico alzando l'indice per aria con fare da filosofo ubriacone.

Guardo il salotto della mia casa-faro e libero un sospiro, anche se somiglia di più a un rantolo. Adoro questo posto. In questi anni ha contenuto tutta la mia indipendenza, la mia libertà. Adesso, senza il pur misero stipendio da giornalista part time, sarà dura continuare a sostenere l'affitto. Dovrò dire addio al mio rifugio. La prospettiva mi annichilisce.

Non riesco a trovare un'idea. Non riesco nemmeno a respirare.

Sono sfiancato. Manca solamente un'ora alla mezzanotte, alla deadline per la presentazione del progetto. Non ho più la forza di fare niente, comprendo di essere arrivato alla fine della corsa.

«Mi arrendo» concludo con voce infelice, rivolto a Leo. «Se vuoi che partecipiamo, questa campagna pubblicitaria dovrai scriverla tu, vecchio mio. Samuele ne ha abbastanza di mangiare merda. Samuele ha chiuso!»

Il pesce rosso nuota in tondo nella sua boccia di vetro.

«È finita. Questa volta cado e me ne resto faccia a terra. Non ho voglia di rialzarmi. Rimango giù e buonanotte a tutti. Sono un fallito, Leo. Hai capito? Il tuo padrone è un buono a nulla. Presto avremo lo sfratto, saremo poveri e infelici. A meno che tu non partecipi alle spese, ci dovremo trasferire in una casa molto più piccola, uno di quei postacci in cui la caldaia non funziona, o magari sotto un ponte.»

Sento affiorare le lacrime.

«Perdonami Leo, non doveva andare così. Ti avevo promesso un futuro migliore e un acquario più grande. Dovevamo avere il mondo in pugno.»

Ha ragione Iacopo, sono patetico. Emma è una sconosciuta. E gli sconosciuti, a un certo punto, scompaiono nel nulla e non li rivedi mai più.

Mi sento impotente e furioso. Con tutta la forza che ho, prendo le riviste pubblicitarie dal tavolino e le butto per terra.

«La odio, Leo! La detesto con tutto me stesso!»

Non è vero, o forse sì. Decido che non ha importanza. Sono solo. Il dolore bruciante e il torpore tiepido del vino mi invadono il petto, gli arti e il resto del corpo. Tutto si fa ancora più confuso e distorto.

«Sai, Leo? Adesso te lo dico io cosa facciamo.»

Balzo in piedi, mi dirigo a passi veloci verso la boccia di vetro e la sollevo. Lui non mostra alcun segno di preoccupazione, lo interpreto come un via libera. Salgo al piano superiore ed esco sul terrazzo. In compagnia del pesce rosso, mi fermo per un istante a guardare il mio angolo di paradiso, il mare in lontananza è una tavola scura che si fonde con l'orizzonte.

«Voglio mostrarti quello che non hai mai potuto vedere. Te lo ricordi, Leo? Prima ti invidiavo, perché niente e nessuno può turbare quello che sei. Poi sono giunto alla conclusione che io e te non condividiamo un destino tanto diverso, ognuno nel proprio acquario. Ma adesso mi rendo conto che a te è sempre mancata una cosa.»

Mi volto verso il mio amico e mi scopro emozionato.

«Eccoci, Leo. Ti presento... il cielo!»

Resto immobile ad attendere la sua reazione. Non succede nulla. Che cosa mi aspettavo? Che uscisse dalla boccia per supplicarmi di comprargli un telescopio? Insisto.

«Al momento della loro formazione, le stelle sono composte prevalentemente da idrogeno, elio e una piccola percentuale di metalli. La maggior parte di loro ha un'età compresa tra uno e dieci miliardi di anni.»

Vado avanti, non mi fermo.

«Pensa che il pianeta Saturno potrebbe galleggiare perché ha una densità minore di quella dell'acqua. Certo, ci vorrebbe una boccia molto ma molto grande...»

La cosa non lo tocca. Allora prendo a spiegargli le costellazioni, gli trasmetto altre nozioni di astronomia a voce alta come farei con una scolaresca in visita all'Osservatorio.

«L'uomo, fin dalle sue origini, ha sempre studiato la volta celeste. Te lo immagini? Non sapevamo neanche parlare, eppure tendevamo già all'irraggiungibile. Che poi, millenni dopo, è persino diventato raggiungibile, con le prime missioni spaziali.»

Gli mostro le tre stelle allineate della cintura di Orione. Leo, per tutta risposta, fa una flessione indifferente e punta in discesa verso il fondo della boccia. Forse è tutto inutile, mi scoraggio.

«No, dài! Non guardare giù, lo spettacolo è sopra!»

Poi, all'improvviso, qualcosa cambia. Leo si volta con un guizzo e intuisco che la manovra di prima era il modo di prendere la rincorsa. Sta venendo su, sempre più veloce. Quello di Leo è uno slancio elegante, perfetto. Una risalita inarrestabile.

Trattengo il respiro, il sangue mi pulsa nelle tempie. Quasi non posso credere a quello che sto vedendo.

Leo, al pelo dell'acqua, rivolto all'insù, sta scoprendo il cielo.

Il cuore mi si gonfia di emozione. Il tempo degli uomini, quello che non basta mai, quello destinato a scandire le giornate e a scadere, lascia il posto all'eternità. All'infinito.

«Che ti avevo detto? Non è inebriante, amico mio?» grido, colmo di felicità. «Le vedi le stelle? Sei libero di non credermi, ma lì, dove sembra che tutto sia fatto di oro e di argento, non esistono confini.»

Davanti a questa meraviglia, splendida come solo le cose distanti sanno essere, proclamo il mio atto di resa. Ho portato Leo sul terrazzo per provare a mettermi il cuore in pace e rinunciare definitivamente a inseguire le illusioni. Ho perso tutto: la ragazza dei miei sogni, lo stipendio da reporter, l'ultimo treno per diventare un genio della pubblicità. Di qui a poco non mi potrò più permettere la casa, e al mio risveglio, ogni mattina, non mi si pareranno davanti il blu e i colori vivi della costa. Devo accettarlo.

Ripenso a Emma e a quell'inutile bacio stampato con il rossetto sullo specchio. Come sostengono tutti quanti, magari con il tempo ci metterò una pietra sopra. La Terra continuerà a ruotare intorno al Sole per una sorta di miracolo scientifico, facendo avanzare il calendario. E arriveranno il solstizio d'inverno, il Natale, e presto, come ha detto Ilenia, anche la festa di San Valentino.

E pazienza se, come ha fatto notare la Verrando, non si scrivono più lettere d'amore e si fa tutto tramite i messaggini e i telefonini. Io non ho alcun indirizzo a cui spedire parole e pensieri pieni di passione e sentimento...

Avverto un tonfo nella testa, il respiro mi si ferma in gola.

Guardo Leo con gli occhi sbarrati. Il pesce rosso ripete il movimento di prima in continuazione: nuota verso il basso, poi all'improvviso vira verso il cielo e le stelle e resta a galleggiare verticalmente, quasi fuori dall'acqua.

La bocca mi si spalanca, a poco a poco i contorni si schiariscono.

Ed è così che capisco tutto.

35

Un mese dopo

«Stringetevi un po', così vi prendo tutti. Ok, fermi, un bel sorriso!»

Click.

«Come siete belli!»

Il gruppo di persone vicino a noi si accalca intorno al telefono che ha scattato la fotografia. Sono seduto tra Ilenia e Iacopo e, se possibile, mi innervosisco ancora di più. Controllo l'orologio. La cerimonia di premiazione sta per cominciare.

«Che emozione! Non riesco a credere di essere qui» dice Ilenia, stringendomi forte il braccio. «Grazie ancora per avermi portata.»

Osserva tutto in estasi, come una bambina. Non riesce a staccare gli occhi dal soffitto affrescato.

«Raffigura il *Trionfo della Divina Provvidenza*» esclama, incoraggiante. «È un segno di sicuro.»

Siamo a Roma, in un'enorme sala di Palazzo Barberini, monumento barocco del XVII secolo trasformato per l'occasione in un centro convegni dedicato alla creatività moderna. Tutto intorno è un crogiolo di studenti, designer, creativi di diverse nazionalità. E ancora, inserzionisti, professionisti nel campo delle pubbliche relazioni, imprenditori e film maker. Speaker ed esperti di tutte le età, esperienza e background.

Le sale straripano di persone che chiacchierano serie, in un momento di continuo confronto. Ma sta per arrivare quello che tutti quanti attendono, il pezzo forte dell'intero evento, e la tensione sale di minuto in minuto.

Iacopo si avvicina al mio orecchio con tono vagamente mortificato: «I tuoi percorsi mentali restano un vero mistero, ma ti devo delle scuse».

«Se non ti conoscessi, penserei che sei un sentimentale.»

«Devo ammettere che sono impressionato.»

Iacopo si ferma a riflettere, come se cercasse le parole giuste. «Mi sento anche un po' stronzo» mormora.

«Addirittura!»

«Avrei dovuto tenere un atteggiamento più adulto nei confronti dell'intera faccenda. Sono fiero di te. Come ti senti? Sei in forma?»

«Insomma...»

«Sei pronto a castigare gli avversari?»

«Non direi. Mi viene da vomitare e sto per svenire.»

«Be', comunque vada a finire, complimenti amico mio.»

«Guarda che ho capito, non c'è bisogno che tu me lo ripeta ogni cinque minuti.»

«Shhh, ci siamo» ci zittisce Ilenia.

Il conduttore della serata brandisce il microfono, sale

sul palco e prende la parola. Per prima cosa dà un caloroso benvenuto a tutti, quindi passa a spiegare i tratti salienti e le varie tappe del concorso indetto dal Conchiglia Group per la nuova campagna pubblicitaria delle Poste. Con scambi di battute rapidi, accompagnati da risate e applausi, l'uomo saluta la giuria internazionale, chiama con sé Biagio Baldelli e dà ufficialmente il via alla finalissima.

«Eccoci qui con il presidente della commissione giudicante. Un suo parere sul contest?»

«Come sapete, questo premio nasce da una collaborazione importante. E, prima di tutto, devo dire che è già un enorme successo.»

«Sono arrivate moltissime candidature da tutta Italia e voi giurati quasi non avete dormito la notte per visionarle. Vogliamo dare un po' di numeri?»

«Una selezione durissima. Sono partiti in quasi tremila e sono rimasti solamente in cinque» illustra Baldelli. «Questa sera scopriremo insieme chi sono i finalisti, eleggeremo il vincitore e vi presenteremo il suo progetto.» L'atmosfera è vibrante e piena di eccitazione. «Un'idea capace di lasciare a bocca aperta, di comunicare in modo brillante, originale, anche irriverente.»

Una pausa.

«Stasera, qui a Roma in questa sede meravigliosa che ci ospita grazie alle Poste, nascerà una stella!»

Dio che ansia, mi sento male. Sì, è come ho detto a Iacopo. O vomito o svengo, o magari entrambe le cose. Mi contorco sulla sedia, continuo a scostarmi i capelli all'indietro e ad aggiustarmi la cravatta con gesti nervosi. Ormai non parlo più da diversi minuti. Guardo tutto quello che sta accadendo sul palco con troppa meraviglia negli occhi, incapace di credere di essere qui e di far parte di questo mondo.

Il presentatore fa l'annuncio più importante: «Signore e signori, adesso chiameremo sul palco i cinque finalisti. Successivamente la giuria tecnica si riunirà e individuerà il vincitore del concorso».

Le luci si abbassano. Vedo degli sconosciuti sfilare per la sala e andare a posizionarsi sul palco, accanto a Biagio Baldelli. Sono troppo emozionato, non riesco a essere freddo. Aspetto ancora. Dopo i primi nominati, finalmente chiamano anche me. Alzandomi, mi sento come se fossi di pietra. Ilenia mi stringe la mano e mi sorride, Iacopo mi assesta una beneaugurante pacca sul sedere.

Passo dopo passo, raggiungo il centro della scena mentre tutti i presenti mi seguono con lo sguardo.

È successo dieci giorni fa. Mentre perdevo tempo su una delle tante panchine della pista ciclabile di Sanremo, ho ricevuto una telefonata dall'agenzia pubblicitaria di Milano. Questa volta non da Marco, l'amico insider, ma dall'amministratore delegato Biagio Baldelli in persona, il quale mi comunicava che la giuria aveva valutato positivamente la mia idea, che ero stato inserito nella cinquina finalista ed ero invitato a Roma per la cerimonia di premiazione.

«Vuole dire qualcosa?» mi chiede il presentatore.

La mia schiena si irrigidisce. Non sono preparato. Guardo l'uomo con il microfono senza cambiare espressione e senza trovare le parole, abbasso le mani come un manichino, poi con la testa faccio cenno di no.

«Benissimo, in attesa che il nostro amico riscopra l'uso della parola» scherza il presentatore suscitando l'ilarità generale, «sveliamo al pubblico l'ultimo finalista.»

Incapace di mettere a fuoco immagini precise, traggo un respiro profondo nel tentativo di riprendere il controllo.

«Un po' di mistero... Questo candidato ha partecipato al concorso con uno pseudonimo.»

D'altronde non è mica uno scherzo, questa situazione. Sono a un centimetro di distanza dal mio sogno, decine di individui mi stanno squadrando con interesse, percepisco i loro occhi su di me.

«Chiamiamo sul palco... E-Moon!»

Accanto a me c'è Biagio Baldelli in persona. Non mi capacito di essere a fianco dell'istituzione vivente nel mondo del marketing.

E poi laggiù, oltre la platea, in fondo a una delle sale più belle di Roma, scorgo una figura femminile. È in piedi e sta avanzando verso di noi tra gli applausi. Anche lei mi sta guardando. Ha i capelli castani dai riflessi color miele e un vestito rosso. È un'immagine che ho già visto, in passato.

Le orecchie iniziano a ronzarmi. Per un attimo, tutto scorre al rallentatore.

All'improvviso non riesco più a respirare, tremo così tanto che ho l'impressione che l'antico pavimento di pietra inizi a ondeggiare. Sbatto le palpebre, incredulo.

A meno che non stia avendo un'altra colossale allucinazione... quella donna è Emma!

36

Gli occhi non mi ingannano. Quello che vedono, non è frutto della mia fantasia. Emma – è davvero lei! – accenna un sorriso, imbarazzata, si dispone con garbo tra gli altri concorrenti e risponde con frasi concise alle domande del presentatore. Vorrei parlarle ma su questo palco è impossibile.

«Un bell'applauso per i nostri cinque finalisti! Adesso la giuria si ritira per decidere. Una mezz'ora di pausa e ci ritroveremo qui per il verdetto!»

Quando il conduttore della serata dà il via libera, Emma si dirige fuori dalla sala. Sono completamente spiazzato, non so cosa pensare. Non l'ho mai saputo, con lei. Apro la bocca, cerco di chiamarla, ma non mi esce la voce. Allora mi decido ad agire e le corro dietro.

Ilenia e Iacopo devono pensare che sia impazzito vedendomi mentre mi faccio largo tra la folla, scansando bruscamente alcune persone che mi si parano davanti, per raggiungere di gran carriera l'uscita. Sbuco dietro una colonna, appena in tempo per vedere Emma scendere per la scala elicoidale con i gradini in marmo che

– una targa in bella evidenza lo ricorda – fu disegnata dal Borromini.

«Ehi, aspetta!»

Mi lancio all'inseguimento, l'adrenalina che mi scorre in tutto il corpo come un fiume impetuoso. Non riesco a crederci. Il tempo delle profezie e delle ipotesi è terminato. Finalmente sto per sapere la verità. Tre piani più in basso, salto a piè pari gli ultimi scalini, passo sotto l'arco dell'ingresso principale e mi ritrovo in uno spazioso piazzale semideserto. Prendo aria e la butto fuori.

«Cazzo» impreco.

Mi guardo intorno, disperato, stringendo gli occhi per cogliere meglio il movimento di eventuali ombre. Davanti a me c'è solo una spettacolare fontana a candeliere al centro di una vasca ottagonale.

Vengo investito da un inquietante déjà-vu.

«Scusate, avete visto una donna con un abito rosso?» chiedo ad alcuni passanti.

Quelli si stringono nelle spalle e io annuisco desolato. Della donna che credo di aver visto non c'è più traccia in questa enorme villa antica.

Mi dico che no, non posso averla persa di nuovo. Soprattutto dico a me stesso che questa volta non era un miraggio. Era reale. L'ho vista, ci siamo guardati, ho sentito la sua voce. Era Emma. Ed era lì, a pochi metri da me.

Torno indietro a passo deciso, supero l'atrio a Ninfeo e mi spingo verso la corte interna di Palazzo Barberini. Attraverso il cortile fiancheggiato da statue, fregi e colonne, svolto dietro una siepe e mi trovo davanti a uno spettacolo di cui mi avevano parlato ma che non avrei mai creduto possibile: un giardino nascosto nel cuore della città.

La ghiaia scricchiola sotto le scarpe, l'aria è calda e profumata. Mi lascio alle spalle una grossa serra adibita a bar e servizio catering, per immettermi tra i sentieri del parco delimitati da siepi concentriche, alla luce soffusa dei lampioni. Scorgendo un'apertura poco più avanti nella siepe, mi dirigo con decisione da quella parte. D'un tratto il mio cuore accelera. La vedo.

È in cima a una doppia scalinata che porta a una terrazza sospesa, la sua figura luminosa si staglia contro lo sfondo scuro del cielo. I battiti salgono al punto da rimbombarmi nelle orecchie. Anche se adesso non sta più tentando di fuggire, mi avvicino esitante, lentamente, continuando a fissarla, quasi avessi paura di essere in un sogno.

È quando rivedo quei liquidi occhi blu di nuovo posati su di me, che non ho più il dubbio di essere in un sogno. È lei. Emma.

«Ciao» la saluto, con il cuore in gola.

«Ciao.»

«Che sorpresa.»

«Già...»

Il silenzio fodera la distanza tra di noi, lei mi osserva con un'espressione tesa. Fisso la ghiaia per qualche secondo, poi rialzo lo sguardo.

«Posso salire?»

Fa cenno di sì con la testa.

«Cosa ci fai qui fuori?» domando quando la raggiungo in cima alla scalinata.

Il giardino di Palazzo Barberini si apre sotto di noi come un fiore.

«Speravo che non mi trovassi» risponde, arrossendo, e io mi sento mancare.

È proprio Emma, fragile, bellissima, sfuggente. I movimenti armoniosi, il viso punteggiato da minuscole lentiggini, la sua aria vulnerabile. È lei, semplicemente lei. Le vado incontro d'istinto, con un abbozzo di sorriso, poi però mi blocco. L'imbarazzo è reciproco, così come di entrambi è l'indecisione sulla prossima mossa.

«Non avrei mai pensato di ritrovarti qui, a questa serata.»

La sua voce è un velo.

«Non dirlo a me! Quando ti ho vista in fondo alla sala ho temuto che mi venisse un attacco di cuore.» Tento di calmarmi. «Emma, ho così tante cose da dirti che non so da dove cominciare.»

«Io invece sì, lo so da dove cominciare. Perdonami» sibila a capo chino.

«Per cosa?»

La guardo trattenendo il fiato.

«Lo sai.» Emma alza gli occhi di nuovo. «Per essere sparita.»

Sono qui, titubante come un uomo che deve tuffarsi in mare da uno scoglio molto alto. Qualcosa mi suggerisce di continuare a parlare senza pormi troppe domande.

«È stata colpa mia, non dovevo addormentarmi.»

«Non è stato così grave.»

«Scherzi? È stato orribile. Ho la nausea al solo pensiero.»

«Non essere imbarazzato, hai fatto un sacco di cose carine per me. Poteva capitare a chiunque.» Esita un attimo, poi mi domanda una cosa che sembra si ricordi in quello stesso momento. «Come sta Leo?»

«Oh, lui sta alla grande. Stasera è ospite della mia vicina. È una signora adorabile, non gli farà mancare nulla. Anzi, è probabile che andranno molto d'accordo.»

Rimaniamo a fissarci per un istante. Emma si rabbuia. Nei suoi occhi appare ancora quella scintilla di turbamento.

«Samuele, la mia vita è davvero complicata» mi anticipa. «Quella sera mi sentivo confusa, per così tante cose. C'è un peso che mi opprime.» Si passa una mano sulla fronte. «Non ce la faccio ad avere una vita normale. A essere libera.»

«Non capisco...»

«Mi hai fatto ridere e stare bene. E io mi sono comportata così male. Il fatto è che...»

Si ferma, e aspetto alcuni secondi ma non va avanti.

«Qual è? Qual è il fatto?» domando sperando di leggerle in viso qualcosa che mi aiuti a capire.

Lei esita ancora e io tremo.

«Il fatto è che quella notte, anzi, quella mattina, ho sentito che dentro di me stava succedendo qualcosa. E sono fuggita davanti a questa possibilità.»

«Perché, Emma?»

«Perché non me lo posso permettere.»

37

«Continuo a non capirci niente… Che senso ha?»

Emma tace, così sono io ad andare avanti: «Non ho mai dimenticato quella notte. Non la dimenticherò mai. Sarei rimasto lì per sempre».

«Già» mi sorride abbassando lo sguardo, ma non in tempo per impedirmi di scorgere il lampo quasi impercettibile che l'ha attraversato. «Era come se il cielo ci stesse parlando.»

«Ci sono stati momenti in cui ho creduto di aver perso la ragione e che quella magia fosse solo nella mia testa. Non ho mai smesso di chiedermi dove avessi sbagliato. È una domanda che mi ha perseguitato ogni giorno.»

Lei socchiude appena le labbra e mi dà le spalle. Le vado dietro senza capire, in attesa di una spiegazione.

«Vuoi la risposta? Niente. Non hai sbagliato niente.»

Sembra affranta. Sempre più a disagio e sulla difensiva, si ammutolisce.

«Chi sei, Emma? Avrei voluto saperti trattenere ancora, raccontarti altre cose di me, sapere di più sul tuo conto. Avrei voluto conoscere la tua storia, chi sei veramente. Chi sei?» le ripeto. «Parlami! Sei o non sei un'illustratrice di libri per bambini?»

«Sì» sospira. «Firmo i miei disegni con uno pseudonimo, E-Moon. Alterazione fantasiosa di Emma Maestri.» La sua espressione si immalinconisce. «Ma non è questo il punto. Io sono fuggita senza darti una spiegazione perché ho avuto paura.»

«Ma paura di cosa?»

«Dei sentimenti che stavo iniziando a provare.» Ha di nuovo un'esitazione. «Può capitare, no?» Riflette ancora per un momento, quindi finalmente prende a spiegare: «È qualcosa di più grande di me, Samuele. Non mi potevo permettere di impegnarmi in una relazione, non con le responsabilità che ho». Socchiude gli occhi e inclina la testa. «Il mio è un lavoro senza certezze, malpagato, non diverso dal gestire un piccolo osservatorio astronomico. Tutte piccole case editrici, compensi ridicoli e mai regolari.»

«Anch'io sono un esperto di precariato e salti mortali per la sopravvivenza.»

Non fa neanche caso alla mia interruzione.

«La mia famiglia non è ricca, i miei hanno fatto mille sacrifici per farmi studiare e, lo sai come va, finita l'università mi sono trovata a spasso con la mia abilità nel disegno, qualche sogno nel cassetto e poco altro.» La sua voce, improvvisamente, si spezza: «Poi mio padre ha perso il lavoro. Siamo precipitati in un incubo. L'ultimo anno è stato davvero duro. Ho messo da parte le mie ambizioni e cominciato a girare e a sbattere la testa ovunque».

Come me, Emma. Come Leo, nella sua boccia sempre uguale a se stessa. Come tutti quelli della nostra età, o quasi. E probabilmente non solo loro.

Sono queste le parole che vorrei pronunciare. E invece stavolta scelgo di rimanere in silenzio, perché provare dei sentimenti per qualcuno significa soprattutto rispettarlo, saperlo ascoltare e provare a metterlo a suo agio. Anche in un momento difficile come questo.

«Ho fatto decine di colloqui deliranti, inviato il curriculum a qualsiasi ufficio, negozio, ristorante e call center. Mi sono rivolta a chiunque, centri per l'impiego e sportelli di ogni genere, per qualsiasi tipo di occupazione. Ogni volta ne uscivo distrutta. Non mi hanno mai richiamata se non per lavori occasionali o sostituzione a termine. Ho fatto anche la baby sitter e accudito i cani dei vicini di casa.»

Si morde le labbra e le viene da piangere.

«Emma, ti capisco. Un mese fa ho perso il mio lavoro al giornale.»

Le sfioro la mano, poi provo a prenderla con delicatezza ma lei si allontana.

«Mi dispiace. Allora puoi comprendere che non sempre il cuore ha la precedenza» continua lei tenendo la testa bassa e i pugni stretti. «Per me è precipitato tutto così rapidamente. A un tratto ho avuto attacchi di ansia e un'acuta paura di soffocare.» Continua a raccontare scuotendo il capo, quasi sgonfiandosi a ogni parola. «Riuscire a superare le notti diventa sempre più difficile. E i giorni sono persino peggio, pieni di tutto e di niente.»

«Già» intervengo. «Conosco bene le sensazioni. Ti reggi a malapena in piedi, ma devi essere forte, devi stare su. Non puoi lasciarti cadere a terra o crollerà tutto quanto.»

Annuisce, le lacrime iniziano a scivolarle lente in bocca. «Ti ripeti che questo schifo un giorno finirà, che ti farai una posizione, comprerai una casa e farai i viaggi che hai sempre desiderato. E vedrai di nuovo il sorriso sul volto di un padre distrutto.»

Non dico una parola. La guardo incurvarsi mentre mi racconta pezzi di vita che non avrei potuto immaginare. È un'emozione strana. Non è la Emma che ho sempre creduto. Come potrebbe, in effetti? L'ho rincorsa follemente per settimane, l'ho cercata dappertutto, ho smosso mari e monti per trovare un indizio che mi mettesse sulla buona strada per rintracciarla. E adesso che ce l'ho finalmente davanti, in carne e ossa, non posso comunque dire di conoscerla davvero. Perché quella che avevo di lei era una mia proiezione mentale.

«Dopo non so quanti rifiuti ricevuti» continua a sfogarsi, «ho anche smesso di essere delusa, ero solo rassegnata. Non solo ci hanno portato via i sogni e la speranza, non solo ci hanno ingannato convincendoci che lavorare gratis sia la normalità… Non solo non ci permettono di poter costruire qualcosa, ma ci hanno fatto perdere anche la voglia di rinascere, e non è giusto.»

Adesso la guardo a distanza di sicurezza, come se questa figura esile potesse disfarsi al tatto.

«Sono così stanca di questa farsa senza fine. Non lo sei anche tu, Samuele?»

Nel modo in cui ha pronunciato il mio nome ci sono rabbia e disperazione.

Realizzo che io ed Emma siamo sempre stati lontani

e opposti, vicini e simili per una manciata di ore soltanto. Traballanti e intrappolati tra le difficoltà, i dubbi e i sogni, con il pensiero fisso di una vita diversa e migliore che ci aspetta da qualche parte, i nostri mondi che cadono a pezzi e perdono di significato anche senza incrociarsi.

Emma è svuotata, gli occhi gonfi e arrossati. Nonostante l'ondata di emozioni, si ferma alla ricerca delle parole esatte perché il suo racconto sia ordinato.

«Poi, a inizio agosto, navigando su Internet sono venuta a sapere di questo concorso e mi ci sono aggrappata con tutte le forze. In fondo, immaginare cose e tradurle agli occhi della gente è il mio mestiere.»

Le sue mani tremano.

«Io sono di Milano» ed è così che, oltre al cognome, scopro anche da dove viene. «Mi trovavo in Riviera e non avevo mai sentito parlare dell'Osservatorio di Perinaldo. Per caso mi sono imbattuta nella locandina della notte di San Lorenzo, così ho deciso di venirci in cerca di ispirazione, di un'idea per il concorso.»

Le regalo un sorriso, appena accennato e accompagnato da un sospiro profondo. Anche lei ha cercato una risposta tra gli astri e i pianeti.

«La sera in cui ci siamo incontrati, non dovevo fare altro che prendere appunti e andarmene. E invece c'eri tu, del tutto inaspettato, che mi hai regalato momenti così speciali. Quel posto è veramente unico, e anche tu. Sei stato così tenero, brillante e spiritoso.» Questa volta è lei a cercare un contatto, mi appoggia la mano sul braccio. «Per un attimo ho perso la concezione del tempo e dello spazio.»

«Per me è stato lo stesso, Emma.»

«Mi è piaciuto subito il modo in cui ti sei rivolto a me, mi hai riempito di attenzioni e fatto sentire viva. Non avevo mai passato una serata così. Ultimamente non sono più riuscita ad avvicinarmi agli altri, ma tu mi hai come sbloccata. Per un momento, hai rimesso insieme i pezzi della mia anima.»

Mi fissa per un istante.

«Hai un dono speciale, sai? Tu fai sembrare il mondo un posto nuovo.»

I lampioni nel giardino sottostante mi ricordano le lucciole dell'Osservatorio. Gettiamo entrambi lo sguardo verso l'alto, quindi lo allunghiamo fino alla luna e alle stelle che dominano la città. Le luci lampeggianti di un aereo attraversano il cielo.

«Perché non mi hai parlato delle tue difficoltà?» domando guardandola con occhi seri.

I pensieri mi sfrecciano nel cervello. La fronte di Emma si increspa.

«Ognuno ha i suoi modi di lottare, e ognuno ha i suoi modi di difendersi. Eri poco più di uno sconosciuto, Samuele. Come potevo gettarti addosso i miei problemi? Mi avresti preso per matta.»

Si strofina il palmo della mano sotto il naso, una lacrima le scende lungo la guancia. Si appoggia al parapetto della terrazza, assorta. Anch'io resto in silenzio, tentando di sistemare tutti i tasselli e ricavarne un senso.

«Ero così spaventata» confessa posandosi la mano sul petto. «Una metà di me si stava già affezionando a te. Mi sono seduta sul tuo letto, ti ho guardato mentre dormivi per qualche minuto, eri così in pace. E intanto stavo cercando di capirci qualcosa, chiedendomi se tu fossi lì per prenderti cura di me e tirarmi fuori dall'inferno.»

Inspiro profondamente e infilo le mani nelle tasche.

«E l'altra metà cosa ti diceva?»

Ora mi guarda come se non mi vedesse, il suo sguardo è ancora pieno di insicurezza.

«Che non avevo altra scelta che andarmene, per non distrarmi dalle mie responsabilità. I miei genitori hanno fatto tanto per me, adesso tocca a me occuparmi di loro.»

Cerco di assorbire le sue parole, gli occhi riversi in basso a scrutare un punto che non esiste.

«Sono una vigliacca? Probabilmente sì, non sto cercando giustificazioni» prosegue Emma massaggiandosi il braccio.

«È successo tutto così in fretta» ammetto.

«Sapevo di dover mettere fine a quella serata, volevo restare e volevo scappare. Avevo la testa piena di dubbi, non mi sentivo sicura. Mi dispiace, ho troppa paura. Non ho la forza di guardare la vita che ho davanti.»

«La vita non è solo quella davanti a noi.»

«Ma come facevo a lanciarmi così? Ho dovuto fare una scelta, non posso permettermi gesti impulsivi.»

«E il bacio stampato sullo specchio?»

Un'impronta che per me ha avuto il gusto amaro dell'addio.

Emma si lascia sfuggire un sorriso tenero. «È stato un gesto spontaneo, non calcolato. Volevo che qualcosa di me ti rimanesse accanto.» Ruota lentamente la testa. «A volte sfuggire alla felicità è più facile che accoglierla, o affrontarla.»

Le sue parole fluttuano nell'aria della sera, il vento soffia leggero tra gli alberi. I miei pensieri, invece, si schiantano l'uno sull'altro. Dunque è così. Adesso lo so perché è scappata da me. Mi sento al centro di un vortice. Eppure...

C'è qualcos'altro che non va, un significato diverso che mi sfugge ancora. Lo percepisco dalla sua agitazione.

«No» mi sorprendo a dire, secco. «Non può essere soltanto questo.»

«Samuele, la mia è una storia difficile...»

La voce le trema. Cerco il suo viso, ancora più tirato.

«Emma, cos'altro c'è che non riesci a dirmi?»

Ho un formicolio lungo tutto il corpo.

Ci guardiamo come se ci vedessimo per la prima volta.

Lei si morde le labbra, esita ancora. Abbassa la testa, sembra tentata di andare via. Poi prende un lungo respiro e dice quella frase che mi entra dentro come una scheggia.

«Tre mesi fa mi dovevo sposare.»

38

Rimango così, scosso e sospeso per un lunghissimo istante, la bocca semiaperta. È tutto immobile, in questo giardino da mille e una notte. Il silenzio diventa sempre più pesante, si è aperta una voragine dentro di me e ci vuole un po' prima che io riesca a dire qualcosa.

«Come sarebbe, ti dovevi sposare?»

Continuo a fissarla finché non le è più possibile evitare di guardarmi. Ha gli occhi piene di lacrime.

«Fino a qualche tempo fa ero totalmente sicura che l'avrei fatto, non potevo neanche immaginarla una vita senza di lui.»

Sento un'ondata di calore in faccia. Si chiama gelosia.

«Che è successo?»

«Sono stata io a tirarmi indietro, se è questo che ti stai chiedendo.»

Annuisco lievemente.

«Scusami, sono un po'...»

«Scioccato?» mi fa lei.

«Sorpreso.»

Il retro di Palazzo Barberini, con i suoi maestosi saloni illuminati e ricchi di arte e storia, ci scruta discreto.

«Siamo stati insieme più di dieci anni, ci conosciamo fin da quando eravamo due ragazzini» specifica Emma. «Gli ho sempre voluto bene. È una persona stabile, premurosa, molto presente. Avevamo scelto la data, la chiesa, i fiori, il catering per il ricevimento e le bomboniere. Era tutto pronto, però...»

Ormai non può più sfuggire a ciò che ha sempre sentito dentro.

«Non riuscivo a essere felice. E si vedeva, anche se rispondevo sempre che non avevo niente. Poi, non so come, all'improvviso mi sono ritrovata al buio.»

«In che senso, al buio?»

«Ho avuto paura che fosse troppo presto, che non fosse il momento giusto, con tutto quello che stavo vivendo a livello personale e lavorativo.»

Le sue labbra si contraggono. Prende tempo, credo per non schiantarsi definitivamente. Io tento di riacquistare un minimo di lucidità.

«Ti sei confidata con qualcuno?»

«No, mi sono tenuta tutto dentro, e forse questo è stato l'ennesimo errore. Naturalmente a un certo punto ho anche pensato che le mie fossero normalissime ansie. Solo che non riuscivo a liberarmene, e le nozze si avvicinavano. I dubbi si sono moltiplicati fino a che...»

Non termina la frase ma non ce n'è bisogno. La guardo e cerco di sorriderle nel modo più dolce possibile. Non è facile nemmeno per me.

«Mi dispiace davvero tanto.»

«Di che cosa?»

«Che tu sia stata così male.»

«Io sto ancora male» precisa con le braccia lungo i fianchi. «E me lo merito, per non essere stata in grado di far funzionare le cose.»

«Non dire così...»

«E perché non dovrei? Stavo per diventare una moglie e sentivo di avere bisogno di più spazio. Mi provavo il vestito da sposa e mi mancava il fiato. Progettavamo una vita insieme e ogni occasione era buona per cogliere le differenze tra me e lui. Differenze che si stavano trasformando in voragini.»

Emma è immobile, non sembra nemmeno che stia respirando.

«Eppure nel nostro rapporto c'erano sintonia, rispetto, consapevolezza. Gioia.»

Non posso ignorare che manca qualcosa.

«Non lo amavi più?»

Mi pento della domanda nello stesso istante in cui mi sfugge. Non sono nella posizione di giudicare, e nemmeno ne ho l'intenzione.

«Ho passato giorni terribili» dice scostandosi un altro po'. «Soffrivo per me stessa, per lui e per tutte le persone che avevo vicino. Quando alla fine mi sono fatta forza e gli ho parlato, lui, che era sempre stato così posato, ha pianto, mi ha urlato contro, ha sfogato la sua rabbia.» Socchiude le palpebre e si strofina i palmi sulle guance. «Poi mi ha supplicato di ripensarci, di restare. È una cosa orribile ferire così tanto qualcuno a cui vuoi bene, sai? Ti senti infetta e capace di infettare, con il veleno al posto del sangue.»

«Magari non eri ancora pronta ad aprire quella porta sul futuro. Fermarsi un attimo prima, per quanto doloroso, potrebbe aver evitato a entrambi sofferenze più gravi tra qualche anno.»

Emma si toglie una ciocca di capelli dal viso, lo sguardo spostato sulla notte.

«Samuele, ho mandato a monte un matrimonio. Le poche certezze che credevo di aver costruito con fatica, i progetti che avevamo insieme... L'idea che avevo di me stessa... Tutto spazzato via dalla mia insicurezza nel fare un passo in più.»

Questa sua ultima frase mi dà un brivido. Non dico nulla – le mie parole sono piantate lì, a metà tra lo stomaco e la gola – e lei va avanti.

«È stata una somma di situazioni a bloccarmi. Non sapevo più che persona fossi né quale fosse il mio posto, non ci stavo con la testa. E allora sono partita per prendere aria. Mi sono allontanata per ragionare e provare a mettere ordine.»

Il mondo si è fermato un altro po'.

«E poi hai trovato me» azzardo rompendo la sospensione del momento. «Da quando ti ho conosciuto, Emma, mi è successo di tutto! Tu ovviamente non puoi saperlo, ma io ti ho cercato ovunque, su Internet, anche usando degli speciali motori di ricerca a pagamento.»

«Che stai dicendo?»

«Oh, l'ho fatto. Eccome se l'ho fatto. Ho scoperto un sacco di informazioni inutili su quasi tutte le altre Emma del mondo! Se mi interrogassi, vedresti quanto sono preparato.»

«Samuele...»

«E non è tutto... No che non è tutto. Ho anche rischiato una denuncia per stalking da un'innocente disegnatrice di libri per bambini, sono quasi finito sotto una macchina perché ero convinto di averti visto in un ristorante a Sanremo, ho parlato di te alle persone a me più vicine fino allo sfinimento, chiedendomi perché fossi sparita così all'improvviso e sono arrivato a dubitare della tua esistenza e della mia salute mentale!» elenco tutto d'un fiato.

È sorpresa. Un timido sorriso nasce e muore subito sulle sue labbra. Sta per aggiungere qualcosa ma non lo fa. Dice soltanto: «Ti prego, è così strano essere qui a parlare di queste cose con te».

«Però ne stiamo parlando, con me puoi farlo» cerco di tranquillizzarla e di placarmi a mia volta. «Parlare non è mai inutile.»

«Una decisione come questa ti cambia più di quanto potessi credere, ti scava dentro ogni giorno, è la presa di coscienza di uno smarrimento profondo.»

Si passa il dorso della mano sugli occhi, prima di piantarli nei miei.

«Sono rotta, Samuele, minata dalle fondamenta. E devo capire se ho la forza di ripartire. Ho bisogno di tempo, non so quanto. Non so nemmeno se sarò mai pronta per un'altra storia e se sono fatta per stare con qualcuno...»

«Non sei affatto rotta, Emma» le dico di scatto. «E comunque, anche se ci vogliono tempo e fatica, si può sempre tentare di aggiustare quello che non va.»

«Come puoi esserne sicuro?»

«Non lo sono... Ma vorrei almeno provarci.»

Lei soffoca a stento un singhiozzo.

«Sei quasi convincente ma... Dài, lo sai anche tu.»

«Cosa?»

«È bello credere che se uno vuole può rimettere tutto a posto, ma non funziona così.»

«Invece potrebbe succedere.»

«Si sono aperte in me delle crepe che non possono più essere riparate.»

«Non dico che tu debba lasciarti tutto alle spalle dall'oggi al domani o fingere che non sia mai accaduto...»

«Vedo tutto così provvisorio, Samuele. Non ho idea di cosa diventerò e se imparerò mai a essere felice. Non vedo un futuro.»

Eccolo, dunque, il punto scuro che non riuscivo a mettere a fuoco, il peso sul cuore che la fa cadere giù. Lo ha preso, tirato fuori e messo qui, in mezzo a noi. Un ostacolo che non posso spazzare via con un semplice gesto, né posso alleviare dicendole che non è la sola a essere fragile, qui.

Vorrei, ma non posso farmi carico del suo dolore.

Navighiamo ciascuno nei propri pensieri, i nostri sguardi sono uno dentro l'altro.

«Tutto quello che ho provato quella sera con te era vero. Samuele, tu sei stato capace di abbracciarmi idealmente ancora prima di stringermi. Che poi in realtà ti ho abbracciato io... Ma insomma... Non sapevo nulla di te, ed ero già abbastanza destabilizzata. E poi abitiamo a centinaia di chilometri, sarebbe stata una complicazione dopo l'altra...» Mi squadra un istante. Il suo torace ha un sussulto. «Ero impreparata al nostro incontro...»

«... e te ne sei andata» concludo per lei.

«Già...»

Sento una fitta allo stomaco. Il suo tono diventa sempre più basso.

«Forse, da qualche parte, in qualche altra galassia o in una dimensione parallela, siamo ancora là, all'Osservatorio, sotto quel cielo meraviglioso. Quella notte abbiamo toccato qualcosa di eterno. Lo so, sembra contraddittorio. Sono un gran casino.»

Finisce di parlare guardandosi le mani e tormentandole come se fossero le prime responsabili di tutto quello che mi ha raccontato. Per un attimo anche io mi rivedo con lei all'Osservatorio, impacciato come solo io so essere, a guardare le stelle mentre le lucciole ci danzano intorno. Sotto quel cielo acceso che non si può spegnere. E sento un istinto di tenerezza, per lei e per me, perché capisco chiaramente che non ci si può sottrarre alla vita anche se non sai ancora che cosa vuoi farne o cosa vuoi da lei. Perché siamo sempre qui. Perché tra mille errori, fragilità e tentativi, bisogna perdere l'equilibrio per imparare a ritrovarlo. E poi, come sempre, sento spingere quella domanda che vuole a tutti i costi venire fuori.

«E se non mi fossi addormentato?»

Emma non risponde, i suoi occhi sono ancora rossi e gonfi di lacrime. Si soffia il naso, la discussione l'ha provata. Io galleggio a stento in un mare di emozioni contrastanti alle quali è difficile dare un nome. Finalmente so perché se n'è andata, ma nello stesso tempo sono ancora più in confusione.

Riemergiamo. Abbiamo entrambi bisogno di una boccata di ossigeno. È lei la prima ad arrivare in superficie.

«E adesso, eccoci qui» sussurra con voce tremante. «Il grande concorso... Tutti e due in finale... A quanto pare siamo rivali.»

«A quanto pare.»

Sorridiamo.

«Spero di aver dato il meglio di me in questa campagna. Lo sai che parla dei pianeti e delle stelle? In qualche modo mi hai ispirato.»

«Be', già essere arrivati fin qua è un risultato notevole, no?»

Fa una smorfia seria.

«No, Samuele. Non mi basta fare bella figura, io ho *bisogno* di questo lavoro. È fondamentale per me.»

Lo dice anche con gli occhi. Per lei non è solo un salto di qualità. È un'ancora di salvataggio.

«Che cosa farai, se vincerai?»

«Le clausole del concorso sono abbastanza chiare. Suppongo che tu sia qui per lo stesso motivo.»

«Hai ragione, domanda stupida. E per quanto riguarda noi?»

Emma si irrigidisce.

«Eh?»

«Come funziona tra noi due?»

Mi fissa per un lungo istante, e ancora una volta pagherei qualsiasi cifra per sapere cosa le sta passando per la testa.

«Sbaglio o non sei più tanto timido?»

Il sangue prende a scorrermi più veloce nelle vene.

«Lo sono ancora, ma stavolta so che potresti sparire di nuovo. E se è l'ultima volta che ti vedo, voglio almeno saperlo.»

«Cosa vuoi, Samuele? Non lo so cosa succederà. Dopo tutto quello che ti ho appena detto, come puoi sapere cosa sia meglio per me?»

«So che adesso siamo qui, entrambi.»

«Dici di avermi cercato tanto... È stato tutto magnifico, però non abbiamo trascorso che poche ore insieme.»

Faccio per aggiungere qualcosa, lei mi ferma con un cenno della mano.

«È quasi ora, rientriamo?»

Senza aspettare una risposta né me, si allontana con l'aria di chi sta ancora scappando. Da qualcuno, da qualcosa. Forse da tutto quello che ha nella vita. Quando si ferma, è perché ha ancora una cosa da dire.

«Ah» si volta, le dita incrociate, «niente in bocca al lupo o buona fortuna.»

La guardo interrogativo.

«Piuttosto, che vinca il migliore!» aggiunge.

Le faccio cenno di sì. Poi la seguo con gli occhi mentre percorre il sentiero di ghiaia verso l'entrata di Palazzo Barberini.

Rimasto solo, sospiro e dico: «In bocca al lupo, Emma».

39

La sala si è ripopolata. Noi cinque finalisti siamo al centro del palco. Accanto, Biagio Baldelli e un altro uomo in abito scuro che viene presentato come il direttore generale delle Poste.

«Signore e signori, meglio che tratteniate il fiato. Stiamo per scoprire a chi verrà assegnato il primo premio per la miglior campagna creativa» annuncia il presentatore.

Scalpito. Un silenzio denso e dilatato riempie la stanza.

«Qui nella mia mano, c'è la busta con il nome del vincitore. O della vincitrice. Prima, però, un'altra battuta con il nostro presidente di giuria, Biagio Baldelli.»

Mentre il celebre pubblicitario si accinge a parlare, ne approfitto per lanciare un'occhiata a Emma. Guarda davanti a sé, si torce le mani e si dondola leggermente sulle punte delle sue scarpe basse.

«Se selezionare i cinque finalisti è stato un compito improbo, decretare il vincitore è stato ancora più difficile.» Il guru si rivolge a noi concorrenti. «I vostri lavori sono tutti quanti eccezionali. Complimenti davvero.»

«Bene, ci siamo» dice il presentatore facendo salire la suspense.

Lo stomaco mi si contrae per l'ansia. Sono quasi incapace di respirare. È il momento. Qualunque cosa accada, dopo non saremo più gli stessi.

Chiudo gli occhi.

«Vince il concorso Conchiglia Group per le Poste la campagna...» Il silenzio diventa un manto che cala sulle teste di tutti. «*Kiss the Letter* di Samuele Serra!»

È un'esplosione improvvisa, come un gol al novantesimo in una finale. In sala si sente un boato di esultanza prodotto da Ilenia. Iacopo balza in piedi, e indicandomi ripetutamente con l'indice sta gridando: «Il mio amico! Ha vinto il mio amico!».

Emma si porta le mani tra i capelli, lo sguardo rivolto all'affresco sul soffitto, ed emana un lunghissimo sospiro. La sua via di uscita è sfumata. Vorrei avvicinarla, stringerla, dirle qualcosa. Ma subito dopo l'euforia diventa generale, tutti iniziano ad applaudire vigorosamente, mi abbracciano e si scatena la confusione. Lei si fa in disparte, capisco che in un momento come questo qualsiasi gesto sarebbe inadatto.

Poi mi lascio travolgere.

Ho vinto. Sono incredulo, mi sento come se mi fosse caduto un vaso in testa dal quarto piano. Ho la sensazione di riuscire a malapena a mantenere l'equilibrio.

Non è possibile. Non sta succedendo davvero. Guardo gli amici che mi stanno festeggiando, il presentatore che mi invita a raggiungerlo al centro del palcoscenico, le persone vicine che mi stringono la mano e si congratulano con me. Ho superato ostacoli e delusioni, sono caduto e mi sono rialzato. E adesso sono qui, in vetta, sul gradino più alto del podio, ancora frastornato. Vincere questo concorso è una cosa enorme. Vuol dire aver realizzato un sogno.

Sento qualcosa montarmi dentro, ed è qualcosa che viene da lontano. Comincio a piangere. Le lacrime che mi solcano il viso sono tinte di gioia mentre ricordo il momento esatto, un mese fa, a un'ora dalla deadline, in cui mi è arrivata l'illuminazione.

Me ne stavo lì, sulla terrazza di casa con Leo. Fresco di licenziamento, parzialmente ubriaco, in collera con il mondo intero. Ho portato il mio pesce rosso a guardare il cielo per la prima volta nella vita e gli ho spiegato le costellazioni.

È stato allora che, nella mia testa, si è insinuata una voce.

Una voce che mi parlava con insistenza e non voleva smettere, come una presenza acquattata nella mente. All'inizio era un semplice sussurro, poi il volume si è alzato e la voce ha iniziato a schiamazzare, infine si è trasformata in un ruggito.

Come avevo fatto a non arrivarci prima? Eppure me lo avevano detto tutti. Ilenia, il direttore Berti e persino la signora Verrando.

La mia mente ha cominciato a viaggiare. All'improvviso era tutto chiaro, ho trovato l'ispirazione. Di più, l'ispirazione mi ha travolto. Sono tornato di corsa al piano di sotto, ho imbracciato il computer e tirato giù lo script, di getto, consapevole di giocarmi il tutto per tutto.

«Ci sono un sacco di cuori che battono, là fuori.»

Con queste parole, recitate da una voce fuori campo, inizia il concept dello spot che ho ideato per *Kiss the Letter*.

Nella prima sequenza, alcune ragazze vengono riprese sdraiate sul divano di casa, sui banchi di scuola e sedute in un vagone del treno, mentre scrivono ai fidanzati alcuni messaggini con i loro tablet o smartphone. Un'immagine volutamente fredda e impersonale, che si scontra con l'idea forte alla base del progetto: tornare a scrivere e a inviare lettere e cartoline d'amore, quelle che nessuno più si prende la briga di redigere e spedire. In occasione di una data speciale, San Valentino, il giorno più romantico dell'anno.

Ma, soprattutto, con un incentivo particolare. In via del tutto eccezionale, infatti, viene concesso agli innamorati d'Italia di spedire al proprio amato o alla propria amata una lettera di San Valentino in cui il normale francobollo è sostituito con l'impronta di un bacio!

Ecco allora che le stesse ragazze della prima scena, a cui nello spot si aggiungono decine di altri giovani di entrambi i sessi, sposi novelli e persone anche di una certa età, si impegnano a scrivere delle lettere con carta e penna. Poi, prima di imbucarle, si mettono il rossetto o, nel caso degli uomini, un apposito stick, e con un bacio lasciano l'impronta delle proprie labbra sulla busta, nello spazio destinato al francobollo.

A questo punto la scena si sposta nei vari uffici postali e nelle aree di smistamento della corrispondenza, dove tutte le lettere con l'inconfondibile segno del bacio scorrono rapide sui nastri trasportatori, prima di finire nei furgoni e nelle mani dei postini che hanno il compito di recapitarle il 14 febbraio. Nelle immagini conclusive dello spot si vedono i volti soddisfatti, sorpresi e sorridenti, delle persone che ricevono la corrispondenza più speciale che abbiano mai visto. Grazie a questa trovata, un intero Paese riscopre l'incredibile potere dei baci e dell'amore. Gli antichi valori della tradizione, in un solo colpo, vengono recuperati e rinfrescati.

Biagio Baldelli mi consegna una targa e mi stringe energicamente la mano.

«Congratulazioni, benvenuto tra noi! La sua idea avrà un impatto sensazionale, ne siamo certi.»

Il pubblico torna a rumoreggiare, chiedendo a me, il vincitore, un discorso che naturalmente non mi sono preparato.

«Grazie» sussurro nel microfono, sempre più emozionato. «Non so cosa dire, è incredibile. Questo è uno dei giorni più belli della mia vita.»

Nel breve silenzio che segue, la mente mi si riempie di pensieri. Alzo lo sguardo verso la folla, mi passo una mano sulla faccia, stringo il microfono come uno scudo. Impacciato come sono, non mi sento una persona degna di dispensare insegnamenti. Poi, alla fine, le parole escono spontanee.

«Le idee sono una delle risorse più preziose che abbiamo, anche perché non hanno limiti di budget, e in tempo di crisi la cosa non guasta. Il loro bello è proprio questo. Se poi, dopo aver avuto un'idea, hai anche una storia, allora puoi fare tutto quello che vuoi.»

A me è successo. Ho perfezionato lo script, l'ho letto al mio pesce rosso, che l'ha approvato senza riserve, e ho presentato il progetto via email cinque minuti prima che scadessero i termini.

«Non dimentichiamo» prorompe il presentatore leggendo dalla cartellina, «che Samuele Serra, vincendo questo concorso, si aggiudica un contratto come creativo presso il Conchiglia Group. Comincerà dal mese prossimo.»

«Il tempo di mettere delle firme e di sbrigare un po' di burocrazia» aggiunge Biagio Baldelli. «Inoltre, la pubblicità sarà realizzata entro la data fatidica del 14 febbraio.»

«Ma quello che tutti vogliamo sapere adesso è... Samuele, come ti è venuta l'ispirazione?»

Mi asciugo il viso con le dita e sorrido.

«In questo momento mi sento molto grato. L'idea è il frutto di un cammino inconsapevole, una fortunata combinazione di fattori. Un secondo prima brancolavo nel buio, subito dopo è arrivata la luce. Ma se non avessi vissuto le esperienze che ho vissuto, se non fossi passato attraverso determinate tappe, se non avessi incontrato alcuni volti e sguardi... Se, per semplificare, non avessi sbattuto la testa, non mi si sarebbe mai aperta.»

A ripensarci adesso, mi sembra di aver fatto una lunga corsa. Forse è anche per questo che ho il fiato corto e l'emozione mi si arrotola in gola.

«Ci sono state persone che mi hanno spinto a crederci ogni giorno, riempiendomi il cuore di fiducia. Persone che mi hanno dato modo di pensare che ci sia sempre un'opportunità.» Cerco Ilenia con lo sguardo. La mia amica singhiozza e non riesce a trattenere le lacrime. «Mi hanno insegnato ad abbracciare la speranza, anche quando sembrava che non dovessi approdare al risultato, persino quando tutto sembrava perduto. Perché la speranza è fatta così. Certo, un po' a modo suo. Ci puoi litigare e fare a pugni, e lei se ne può andare per qualche tempo. Ma poi torna. Prima o poi, la speranza torna sempre. Ed è il punto fermo da cui ripartire tutte le volte che cadiamo.»

Guardo la targa e mi prendo una pausa. È una cosa assurda. Tutti mi seguono con attenzione.

«Un'altra persona che ho molto a cuore» riprendo «mi ha ispirato enormemente. Oddio, non è proprio una persona, in realtà è un pesce rosso, ma per me è come se fosse un umano e non escludo che abbia una mente più brillante della mia» scherzo suscitando una risata generale. «Magari mi prenderete per matto, ma Leo mi ha trasmesso un insegnamento che non potrò mai dimenticare e che è un po' la chiave di tutto: le idee migliori nascono quando ci eleviamo e guardiamo il cielo. Perché dentro di noi c'è un mondo, ma se siamo capaci di guardare in alto, ecco, sopra di noi c'è l'infinito.»

Un lungo brivido mi attraversa il corpo, mi si inumidiscono gli occhi. Niente da fare, mi commuovo ancora. Altri applausi scrosciano come una cascata. Poi, poco per volta, il pubblico si alza in piedi per una standing ovation. Sotto le luci dei riflettori, riesco a registrare solo alcune istantanee confuse. Ilenia e Iacopo battono le mani. Biagio Baldelli mi dà una pacca sulla spalla. I flash dei fotografi immortalano queste scene che porterò per sempre nel cuore. E poi, laggiù, nuovamente in fondo alla platea, confusa tra le decine di individui che mi stanno tributando un'ovazione, scorgo Emma che sta puntando l'uscita a testa bassa, il passo stanco.

«Solo un attimo di silenzio, per favore» esclamo cercando di riportare la calma. «C'è stato anche qualcun altro. Qualcuno che ho conosciuto in una magica notte d'estate.»

Emma si ferma, mi dà ancora le spalle.

«Lei è proprio come me, sapete? Come la maggior parte di noi. Una persona coraggiosa ma braccata da enormi insicurezze, una che lotta con quello che vorrebbe essere e quello che è, piegata da un destino che la vuole sconfiggere. Sì, è stancante, oltre ogni immaginazione. Sì, è una battaglia che si può perdere e che lei pensa di aver perso. Ma questa persona, senza volerlo, mi ha fatto capire che anche se vogliamo metterci una pietra sopra e non sentirne parlare mai più, i sogni non sfumano. Anzi, brillano come le stelle. Sono la luce con cui ci facciamo strada nel buio mentre proviamo a essere noi stessi.»

Emma si volta e io incontro i suoi occhi profondi. La fronte le si corruga in uno sguardo sorpreso.

«Se mi prendessi tutto quanto il merito della campagna *Kiss the Letter*, non sarebbe giusto. Il progetto, in realtà, è stato realizzato a quattro mani. E la persona che mi ha aiutato è qui. È Emma Maestri. L'idea del bacio è stata sua.»

Tutti i presenti sussultano a queste parole. Ilenia e Iacopo più degli altri.

«Questo sì che è un colpo di scena! Voi due vi conoscete?» mi domanda Biagio Baldelli.

Senza smettere di guardarla, lo confermo.

«Sì, ci conosciamo. Lei è la mia socia.»

Settimo dialogo con Leo

Hai visto che cosa ti ha combinato il tuo Samuele? Ce l'abbiamo fatta! È stato un trionfo! Certo che la vita è davvero sbalorditiva. Ha la capacità di portarti lontano, a volte, e di restituirti quello che credevi di aver perduto.

E così ho raggiunto il mio obiettivo: il lavoro dei miei sogni e un contratto a tempo indeterminato. Anche se... con uno stipendio diviso a metà. Sì, hai capito bene. Ho fatto in modo che assumessero anche Emma, e questa era l'unica strada. Come sostiene la signora Verrando, siamo qui per prenderci il nostro spazio, ma non per questo non possiamo darne agli altri, ti pare?

Condivisione, oggi, è una parola che ha un significato completamente diverso. È diventata l'opposto di quello che era, la capacità di intrattenere un rapporto vero con le persone. Un abbraccio, un gesto di solidarietà, una parola di conforto, te li possono dare solo una persona che hai fisicamente di fronte. O accanto. Condivisione... Che cosa è rimasto di questa parola, Leo? L'hanno fatta a brandelli. L'emotività, quella autentica di ciascuno di noi, non può essere ridotta a un clic.

Così ho preso questa decisione e adesso siamo in due. Io

ed Emma. Due creativi, un copywriter e un'illustratrice, al prezzo di uno. No, aspetta, che ti sei messo in testa? Non siamo una coppia. Come dici? Ok, te lo concedo. Potremmo diventarlo domani, o non diventarlo mai. Chissà... Adesso che l'ho ritrovata, tocca a me fare la mia parte. E vuoi saperlo? Non ho idea di che cosa succederà, e non avere idee è un pessimo affare per un creativo. Ma so che ho il mio presente da vivere e farò il possibile perché diventi il miglior futuro.

Mi sono già accordato con Pierluigi e Cecilia. Gestirò l'Osservatorio solo durante i weekend. Devo dire che un po' mi dispiace, ma quel che è certo è che all'astronomia non ci rinuncio. Guarda che cosa è capitato a Cassini e a noi, guardando il cielo!

Siamo tutti nella stessa condizione, amico mio. Cerchiamo di essere sempre perfetti agli occhi di tutti, quando la bellezza risiede proprio nell'imperfezione di ciascuno. Nella fragilità. La verità è che noi, "sistemati", come si diceva una volta, non lo saremo mai davvero. Sono consapevole che fallirò ancora. E fallirò, fallirò e fallirò un sacco di volte, perché è soprattutto sbagliando che si diventa un po' più esatti.

Arriveranno i momenti in cui mi prenderà il panico, sentirò nascere dentro di me un terrore informe e vorrò cancellare tutto. Ma sapere che esiste sempre un'altra occasione, che un nuovo inizio è possibile, è una grande consolazione. Un nuovo inizio... Sentito come suona bene? Finché si può sempre ricominciare amico mio, be', ricominciare è meglio che rinunciare.

E ora tocca a te, Leo.

Vogliamo andare a comprarci questo acquario più grande?

I'm the king of my own land.
Facing tempests of dust, I'll fight until the end.
Creatures of my dreams raise up and dance with me.
Now and forever, I'm your king.

Outro, M83

Ringraziamenti

Questo romanzo esiste principalmente per due motivi.

Il primo è che sono stato ostinato tanto quanto Samuele nell'inseguire un sogno, il mio. Il secondo è che ho avuto la fortuna di incontrare delle persone favolose. E se c'è una cosa che mi hanno insegnato è che, quando ti succede qualcosa di bello, devi essere grato. E di ringraziare coloro i quali ho raccolto in questo piccolo, grande elenco, io non mi stancherò mai.

Il primo grazie va a Silvia Meucci, la mia agente. Anche se tu sei molto più. Sei l'amica che ha riscritto per me che cosa significhi avere qualcuno che è sempre dalla tua parte. Grazie per tutto l'entusiasmo che mi hai instillato, per avermi preso per mano, per aver creduto in me più di quanto non facessi io e per tutti i preziosi consigli. Grazie per aver visto i miei occhi brillare quando parlo con te della scrittura.

Tutta la mia gratitudine è poi per l'Editore e per la sua incommensurabile squadra. A cominciare dal direttore generale editoriale Daniel Cladera, che al nostro primo incontro mi ha accolto dicendomi «Benvenuto a casa» e mi ha subito fatto sentire uno di famiglia. Un super ringraziamento all'indispensabile Stefano Izzo, editor nonché mio personale trasmettitore di energia: Stefano, il tuo fine ingegno e il tuo occhio capace di vedere oltre hanno dato a queste pagine uno sguardo profondo che, lo confesso, mi rende estremamente orgoglioso. Grazie al vulcanico Riccardo Barbagallo e alle strepitose Raffaella Bianucci e Norah Lopez per tutte le amorevoli cure che hanno prestato a questo libro. In DeA Planeta siete tutti animati da una passione inesauribile e spero di essere all'altezza della fiducia che avete riposto in me.

Grazie a Sara Rattaro, scrittrice di smisurata bravura con un cuore ancora più grande, se possibile, del suo talento.

Grazie ad Alberto Suarez, l'altra componente imprescindibile della Meucci Agency.

Grazie a mia mamma Maria Pia, a mio papà Roberto e a mia sorella Chiara. Che cosa potrei dirvi, se non che siete tutto per me? Grazie per tutto l'amore che mi date e il bene che mi volete. Questo romanzo è dedicato a voi.

Grazie a tutti gli amici e le amiche che ogni giorno rendono più ricca e allegra la mia vita.

Grazie alla mia "famiglia" del Teatro Ariston di Sanremo per le tante risate e le incredibili esperienze professionali e umane che mi hanno regalato e continuano a regalarmi. Lo spettacolo, che lì è di casa, non è soltanto quello sul palcoscenico.

A proposito di Sanremo, la mia città... Al netto delle "esigenze di scena", quasi tutti i luoghi descritti sono reali. Senz'altro verissimi sono il clima, il sole, il mare, il panorama e gli squisiti Baci. Se non vi è mai capitato, vi consiglio anche di visitare l'Osservatorio astronomico Gian Domenico Cassini di Perinaldo. Non posso promettervi che ci incontrerete l'amore della vostra vita, ma di sicuro rimarrete meravigliati dalla magia che vi si respira, persino maggiore di quella che ho provato a raccontare.

Quanto al sottoscritto, che dire... Per adesso mi fermo qui, ma non prima di aver ringraziato i lettori e i librai che mi onorano immensamente tenendo queste pagine tra le mani. Ve le affido, insieme all'augurio speciale che i vostri sogni e desideri diventino realtà. E se ancora non si sono realizzati, ricordatevi che state comunque vivendo. Guardate il cielo e continuate a crederci con tutte le vostre forze. Magari parlatene anche voi con Leo, chissà che non vi porti fortuna!

Speriamo di incontrarci anche là fuori. Fino ad allora, grazie veramente per le emozioni di questo viaggio che non potrò dimenticare mai.

Luca

ULTIMI VOLUMI PUBBLICATI

Francesco Mandelli, *Mia figlia è un'astronave*
Luigi Bernardi, *L'intruso*
Giovanna Zucca, *Noi due*
Irene Faranda, *Stringimi piano*
Teresa Righetti, *Se mi guardo da fuori*
Olivia Crosio, *Quando mi sei accanto*
Pino Imperatore, *Aglio, olio e assassino*
Igor De Amicis, *La settima lapide*
Ghirghis Ramal, *La colpa*
Enrico Pandiani, *Polvere*
Lorenzo Beccati, *L'ombra di Pietra*
Alessandro Milan, *Mi vivi dentro*

Questo volume è stato realizzato nel rispetto dell'ambiente,
utilizzando carte che impiegano cellulosa proveniente
da foreste gestite in modo ecosostenibile.

Finito di stampare
nel mese di dicembre 2018
presso PuntoWeb S.r.l. - Ariccia (Roma)